틴세상 (다이제스트)

틴세상 (다이제스트)

초판 1쇄 인쇄	2014년 08월 18일
초판 1쇄 발행	2014년 08월 20일

편저	김 형 남
펴낸이	손 형 국
펴낸곳	(주)북랩
편집인	선일영
디자인	이정만
출판등록	2004. 12. 1(제2012-000051호)
주소	서울시 금천구 가산디지털 1로 168, 우림라이온스밸리 B동 B113, 114호
홈페이지	www.book.co.kr
전화번호	(02)2026-5777
팩스	(02)2026-5747

ISBN   979-11-5585-329-0 03810(종이책)   979-11-5585-330-6 05810(전자책)

이 도서의 국립중앙도서관 출판예정도서목록(CIP)은 서지정보유통지원시스템 홈페이지(http://seoji.nl.go.kr)와
국가자료공동목록시스템(http://www.nl.go.kr/kolisnet)에서 이용하실 수 있습니다.
(CIP제어번호 : CIP2014023935)

틴세상

김형남 편저

몸과 마음이 건강한 세상
내 마음 속의 세상 틴세상!

북랩 book Lab

내 마음 속의 세상, "튄 세상!"

튄은 트인의 줄임말이다.
튄 세상은 몸과 마음이 건강한 세상이다.
튄 세상은 몸과 마음이 하나 된 세상이다.
튄 세상은 나 스스로의 세상! 참 '나' 오직 나만의 세상이다.

세상에 나를 숨기고 남에게 마음을 감추고 살아야 하는 시대
인생은 내가 나를 찾아다니는 술래가 아닐까?

너 자신을 알라. -고대 그리스 델포이의 아폴론
신전기둥에 새겨진 말

개인적으로 행복하기 위한 이기적 행복을 중시하는 문화가
사람들에게 증오와 시기와 경쟁을 부추기면서 작게는 개인에서
이웃과 공동체, 크게는 종교에서 국가와 민족 간의 긴장과 갈등,
이유 없는 적개심으로 불안하고 위험한 세상이 되어 버렸다.
모든 주체가 '나' 중심이 되다 보니, 나만 아니면,
'나' 외에는 다 '남'이 존재할 뿐이다.

우주엔 수많은 별이 있다.
별빛이 모두 같아보일지라도 모두 다 각각의 다른 빛을 만든다.
사람도 수많은 삶이 있다.
사람마다 각기 다른 삶의 방식으로 존재한다.
그러다 보니 세상을 바라보는 시각 또한 각각 다르다.
어떤 문제든지 다른 각도(객관적)에서 바라본다면

자신의 문제를 조금 편하게 생각 할 수 있을 것이라 생각한다.
각자의 삶의 경험. 삶의 능력, 삶의 지혜가 있기 때문이다.
만물은 서로서로 의존하고 있기 때문에 독립된 개체는
존재하지 않고 존재 할 수도 없다.
또한 생명체는 각각 다를수록 생존할 확률이 높아진다.
다르면(질병,등)누군가는 살아남을 수 있기 때문이다.

꿀벌은 알에서 갓 깨어난 순간부터 성채처럼 움직인다.
인간은 완성된 상태에서 태어나지 않는다.
결핍과 불안정한 인간은 어쩌면 죽을 때까지 미완성이다.
현재의 삶이 불안하기에 과거의 경험(역사)을 되살려
미래를 생각하는 것은 아닐까?

명언의 함축적이고 압축된 내용을 풀어 삶이 행복할 수 있게
지혜의 향기를 가득 담아 삶의 지혜를 스스로 생각하며
찾을 수 있을 것이다.
삶에 문제에 대한 해결의 실마리, 그 안에 담긴 지혜,
그리고 아주 명쾌한 해답
그리고 스스로 변할 수도 있고 누군가의 해석하기 나름에 따라
명언은 살아 움직이는 말이다.
세상을 살아가면서 누구나 크고 작은 고통과 괴로움을 격 는다.
사람은 끊임없이 행복을 추구하고 고통이나 고난을 피하려 한다.

인생에 정답은 없으나 현명한 답은 있으며
현명한 답을 아는 사람들에게 인생은 축제가 된다.
- 지구에서 인간으로 유쾌하게 사는 법 서문/ 막시무스 -

행복을 찾아 헤매는 동물!
이렇게 불행하게 사는 동물은 오직 사람밖에 없을 것이다.
세상에 그 어떤 동물도 인간처럼 살지 않는다.
동물들은 신이 없이도 잘 살 수 있지만
사람은 많은 신을 의지하면서도 불행하다.
아마 신의 경지란 동물처럼 사는 것일지 모른다.
나만의 기준이 있으면 누구나 행복할 수 있다.
남들이 만들어 놓은 행복의 기준에 의해 사는 사람은
결코 행복할 수 없다.

세네카: 인간은 단지 행복하기를 원하는 게 아니라
          남들보다 더 행복하기를 원한다.
        그런데 우리는 무조건 남들이 자기보다
          행복하다고 생각하기 때문에
        남들보다 행복해지기 어려운 것이다.
          세상에 절대적인 것은 없다.
            모두에게 최고도 없다.
다만 아무리 부족하더라도 어느 한 사람에게는 최선일 수 있다.
              – 마야인 –

크나르: 어떤 것이 웃긴다고 해서
            그것이 진지하지 않은 것은 아니다
유머는 현실을 이겨내는 감각으로 풍자나 방어의 목적으로
사용하기도 하며 답답함과 어려움을 이해하고 일상을 비틀고
해결해 주는 창의적인 해결책이라 할 수 있을 것이다.

우문현답(愚問賢答): 어리석은 질문에 대한 현명한 대답.

우리가 바라는 행운은 모두 기적에 가깝고,
분노는 우리가 할 수 있는 것을 놓칠 때 생긴다.
근심의 무게는 생각의 저울에 따라 달라지고
좋은 습관을 갖는 것 보다 나쁜 습관을 버리기가 더 힘들다.
사람의 수명은 늘어났는데 살기는 더욱 더 힘들고 지루해졌다.
사람들은 한방을 노리지만 사실은 헛방이 훨씬 많은 세상이다.

인간은 삶의 의지를 본능적으로 가지고 태어난다.
인간이 창조된 후 유전 정보는 세대에서 세대로 인간이
알 수 없는 시간 동안 진행되어 오고 있다.
생명은 DNA를 복제시켜 가는 데에 그 본질이 있다.
이 유전 정보를 세포에서 세포로,
세대에서 세대로 전해 DNA가 복제한다.
사랑이라는 것도 사실은 가장 원초적인 목적은
종족번식이라 할 수 있다.
모든 생명은 삶의 욕구로 가득 차 있으며,
죽는 날까지 능력껏 삶에 최선을 다한다는 것이다.
인류 또한 어느 시대 어느 곳 에든 최선을 다해 살아왔다.

느낌 없는 책은 읽으나 마나,
깨달음 없는 종교는 믿으나 마나,
진실 없는 친구는 사귀나 마나,
자기희생 없는 사랑은 하나 마나이다.
- 아리스토텔레스 -

※ 이 책을 잘 읽는 방법
쉽게 본다.
우습게 본다.
웃기게 본다.
가볍게 본다.
재밌게 본다.
천천히 본다.

책장을 넘길 때
웃어 넘긴다.
그냥 넘긴다.
조용히 넘긴다
모른 척 넘긴다.

★ 주의 ★
혹여 이 책을 읽고 자신의 건강 상태를 판단하여 치료하려
하지 마십시오. 이 정보는 건강에 대한 일반적인 정보제공과
예방적 목적으로 상식적으로만 이해하고 개인적인 의학적
상담이나 실제 치료의 적용은 반드시 담당의사 또는
자격을 갖춘 의학전문가의 지시에 따를 것을 권장합니다.
또한 이 책을 처음부터 끝까지 한꺼번에 계속 읽지 않기를...
만약 지금 읽는 부분이 혹여 마음에 들지 않으면
즉시 다음 장으로 넘겨라, 더 재미없을지도 모르지만 말이다.

목차

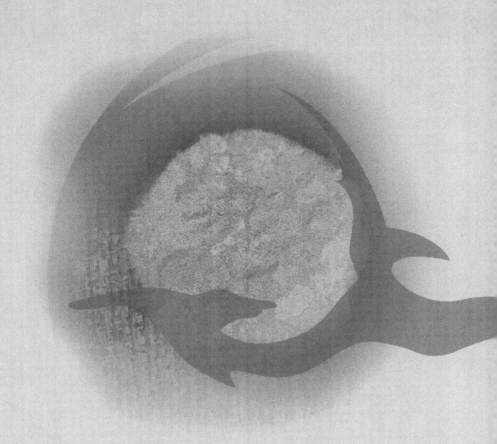

나 뿐인 나

※ 나뿐인 나

이 세상에서 나와 똑같은 사람은 단 한 사람도 없다.

과거에도 없었고 지금도 없으며 미래에도 없을 것이다.

세상에 오직 하나 뿐인 나뿐인 나다.

이것은 세상에서 나만의 특별한 삶이 있다는 것을 의미한다.

지금 현대의 시대는 'I, My, Me'시대다.

모든 주체가 '나' 중심이 되다 보니, 나'외에는

다 '남'이 존재 할 뿐이다.

내 한 몸은 곧 몇 천만대의 선조가 전한 것을 물려받은 것이다.

그렇다면 감히 누가 내 몸이 곧 나만의 소유라고 말하겠는가?

나는 하나다.

나는 오직 하나다.

나는 세상에 오직 하나다.

나는 세상에 오직 혼자다.

나는 오직 혼자다.

나는 혼자다.

A.루빈스타인: 영국인이 대문자로 쓰는 유일한 글자는 나(I)이다.

자기를 아는 것이 최대의 지혜이다.   -탈무드

그대, 그대가 태어나기 전엔 존재하지 않았었다는 것에 대해

어떤 두려움을 느낀 적이 있는가?   -배꼽/ 오쇼 나즈니쉬

너 자신을 알고, 너 자신이 되는 법을 배워라.

너는 너 자신과 가장 가까운 친구가 되는 법을 배워야한다.

- 체로키 인디언들이 아이들에게 주는 가르침 -

자기야말로 자신의 주인 어떤 주인이 따로 있을까

자기를 잘 다룰 때 얻기 힘든 주인을 얻은 것이다.   -법구경

너 자신을 알라.　　-소크라테스

너 자신을 알라고 말한 소크라테스가 사형당한 것은
전혀 놀라운 일이 아니다. 자기가 누구인지를 알고 나서
제정신으로 견딜 수 있는 인간은 거의 없기 때문에 그리스인들은
자기 자신을 아는 대신에 소크라테스를 죽이는 방법을 택했다.
- 지구에서 인간으로 유쾌하게 사는 법/ 막시무스 -

소크라데스는 시장판을 돌면서 만나는 사람마다
"너 자신을 알라! 너 자신을 알라!"라며
말 하고 다니는 것이 아침 일과였다.
그러던 어느 날 더 자세히 알아봐야겠다고 생각한
제자 중 한명이 물었습니다.
"스승님, 스승님은 스승님에 대하여 잘 아시는지요?"
질문을 받은 소크라데스!!
"나는 내가 누구인지 모른다는 것을 알고 있다."

왜 그런지 궁금해, 왜 그런지 궁금해
왜 궁금한지 궁금해
왜 궁금한지를 왜 궁금해 하는지가
왜 궁금한지 나는 궁금해
- 리처드 파인만(물리학자-대학시절에) -

Who am I?

나는 누구인가?

어떤 부인이 죽었다.

그녀는 곧바로 하늘로 인도되어 염라대왕 앞에 세워 졌다.

염라대왕:　　　　　너는 누구냐?

부인:　　　　　시장의 아내입니다.

염라대왕: 누구의 아내냐고 묻고 있는 것이 아니다. 너는 누구냐?

부인:　　　　　저는 네 아이의 엄마입니다.

염라대왕: 누구의 엄마냐고 묻는 것이 아니다. 너는 누구냐?

부인:　　　　　나는 교사입니다.

염라대왕: 너의 직업을 묻는 것이 아니다. 너는 누구냐?

부인:　　　　　나는 크리스천입니다.

염라대왕: 너의 종교를 묻는 것이 아니다. 너는 누구냐?

나는 존재하나 내가 누군지 모른다.

나는 왔지만 어디서 왔는지 모른다.

나는 가지만 어디로 가는지 모른다.

내가 이렇게 유쾌하게 산다는 것이 놀랍기만 하다.

－ 안겔루스 질레지우스 －

나, 아닌 것 이 없고,

나, 없는 곳이 없도다.

나 있는 곳이 천당이요,

내가 가는 곳이 극락이라

－ 법명선생 게송 －

※. 황당한 상담원

※ 나는 누구인가

저는 초등학교 6학년인 13세 소녀입니다.
사춘기가 왔는지 요즘 여러 가지 생각으로 싱숭생숭합니다.
그 중 가장 큰 고민은 자꾸 '나'란 누구인가? 하는
스스로의 질문에 사로 잡혀 공부가 제대로 되지 않아요.
도대체 '나'는 누구일까요?
'1인칭 대명사'입니다.

다른 사람을 아는 것은 지식이다.
나를 아는 것은 진정한 지혜이다.
다른 사람을 지배하는 것은 힘이다.
나를 지배하는 것은 진정한 능력이다.
                    - 노자 -

오스카 와일드: 일평생 계속되는 로맨스,
        그것은 바로 자기 자신에 대한 사랑이다.

네가 원하는 것은 무엇이든 생각할 수 있고,
네가 원하는 것은 무엇이든 말할 수 있고,
네가 원하는 것은 무엇이든 해볼 수 있다.
네가 그 결과에 기꺼이 맞서겠다면 말이다.
        - 까마귀 발 추장/ 블랙피트 -

너의 조상이 누구인지 말할 필요 없다.
    네가 누구인가 그것이 문제이다.   -영국

장자: 네가 알고 있다는 것이 실은 모르는 것인지도 모른다.
그리고 네가 모르고 있다는 것이 실은
알고 있는 것인지도 모른다.

허수아비다. 높은 장대 끝에 매달려 꼼짝달싹 못하고 있다가
도로시가 내려준 허수아비는 뇌가 없음을 슬퍼한다.
지나가던 까마귀의 놀림 때문에 자신이
`뇌가 없고 뇌가 없으면 생각할 줄 모르니 나는 바보!'라는
이상한 깨달음을 얻게 되었다.
허수아비는 얼굴을 붉히며 도로시에게 고백한다.

"도로시, 내가 아는 건 내가 모르고 있다는 사실 뿐이야."

그대가 자기 자신과 일치할 수 있다면
그대는 신과 일치할 것이다.
그대가 자기 자신과 일치할 수 있다면,
그대 완성될 것이다. 마침내 활짝 꽃필 것이다.
– 배꼽/ 오쇼 라즈니쉬 –

어느 날 숲속에 사냥꾼들이 들이닥쳐 곰이란 곰은 모두 잡아갔는
데, 딱 한마리만 남겨두었다. 혼자 남은 곰은 왜 자기만 잡아가지
않았는지 궁금해서 영리하다고 소문난 여우에게 물었다.
"여우야, 난 왜 안 잡혀갔지?"
그러자 여우가 혀를 차면서 말했다.
"에구, 이 쓸개 빠진 자식아, 그것도 몰라?"

초서: 자신을 알 수 있는 사람이야말로 진정한 현인이다.
세르반테스: 너 자신을 아는 것을 너의 일로 삼으라.
　　　　그것은 세상에서 가장 어려운 교훈이다.

몽테뉴:　　세상에서 가장 중요한 일은 어떻게 하면
　　　　내가 온전히 나 자신의 주인이 되는가를 아는 일이다.
　　　　처음부터 끝까지 자신의 삶을 살아야 한다.
　　　　누구도 그대를 대신해 살아 줄 수 없다.　-호피족

※ 내 영혼의 주인
내가 옳지 않은 일을 한다면,
내 영혼을 책임져야 할 사람은 바로 나 자신이다.
저 너머에 있는 산이나 태양 탓으로 돌릴 수도 없다.
바로 내가 잘못한 것이다. 나의 잘못에 대해 누구도
뭐라고 할 사람은 없으며 나를 무덤으로 데려갈 사람은
다른 사람이 아니라 궁극적으로 바로 나 자신이다.
- 알렉스 살루킨/ 야키마 족 -
퓰러: 자신의 주인인 자는 곧 다른 사람들의 주인이 될 것이다.
노자: 남을 이기는 사람은 힘이 있는 자이지만
　　　자기 스스로를 이기는 사람은 더욱 강한 사람이다.
너 자신을 다스려라. 그러면 당신은 세계를 다스릴 것이다.-중국
나는 여기에 있다.
나를 보라.
나는 태양이다.
나를 보라.
- 아침인사/ 라코타, 수우족 -

※ 내가 나에게 주는 허가서.

사람들은 말할 것이다. 할 수 있는 여행은 모두 다했다고,
그러면 말하라. 아직 나 스스로 가보지는 못했다고.
사람들은 주장할 것이다. 할 수 있는 말은 이미 다했다고,
그러면 말하라. 아직 내 말은 하지 않았다고.
사람들은 말할 것이다. 안 한 일은 이제 없다고,
그러면 대답하라. 내 길은 아직 끝나지 않았다고.
그러나 똑똑히 알고 있어라.
어떤 길을 택하더라도 길은 멀고 험난하다.
두려워하지 마라. 네가 문이다.
네가 문을 지키는 사람이다.
문을 열고 가도 된다, 앞으로 계속 가도 된다.
잘 가라!
- 지구에서 웃으면서 살 수 있는 87가지 방법/ 로버트 풀검 -

그대 자신의 영혼을 탐구하라.
다른 누구에게도 의지하지 말고 오직 그대 혼자의 힘으로 하라.
그대의 여정에 다른 이들이 끼어들지 못하게 하라.
이 길은 그대만의 길이요, 그대 혼자 가야할 길임을 명심하라.
비록 다른 이들과 함께 걸을 수는 있으나
다른 그 어느 누구도 그대가 선택한 길을 대신 가줄 수 없음을
- 북미 인디언도덕경 -

회사에서 가장 중요한 사람은 누구인가라는 면접관 질문에
사장님, 주주, 고객, 등의 답변이 나왔다.
그런데 한 지원자는 자신이라면서 그 이유를 설명했다.
"제가 없는 회사가 무슨 의미가 있습니까?"
그는 바로 채용 됐다.

남에게 대접을 받으려면 내가 먼저 대접하라.   -영국

황금율이란 "자신이 대접 받고 싶어 하는 만큼 남을 대우하라"는
예수의 계명에 대한 17세기(1674) 이후의 현대적 명칭이다.
힌두교: 너희가 원하지 않는 일을 남에게 하지 마라.
이는 완전한 법이니 잘 따르라.
유대교: 자기가 혐오하는 일을 남에게 하지 마라.
이는 그대로 율법이다.
불교: 자신에게 해롭다고 생각하는 것을 타인에게 하지 마라
유교: 자신이 당하고 싶지 않은 일을 남에게 하지 마라.
버나드쇼: 남들이 자신에게 해주기를 바라는 대로 남들을
대우하지 마라. 서로 취향이 다를지도 모르니.
윌스 와일드: 자기본위는 살기 원하듯 사는 것이 아니라,
타인더러 살기 원하듯 살라고 요구하는 것이다.

내가보는 모든 것,
내가 생각 하는 모든 것이 조화를 이루기를
내 안에 있는 신
내 둘레에 있는 신
모든 나무를 만드신 이와
- 차누크 노래 -

캘빈: 우리는 사람을 알려고 할 때,
          그 사람의 손이나 발을 보지 않고 머리를 본다.

          누가 가장 똑똑한 사람인가?
모든 경우 모든 사물에서 무엇인가를 배울 줄 아는 사람이다.
누가 굳센 사람인가? 자기 자신을 누를 수 있는 사람이다.
누가 가장 풍족한 사람인가? 자기 자신의 몫에 불만이 없이
          만족하는 사람이다.   -탈무드
에머슨: 내가 만나는 사람은 누구나 그 어떤 면에서라도 나보다
     더 나은 점이 있다. 그런 점에서 나는 모든 이에게서 배운다.
틱낫한: 모든 것은 내가 선택한 것이고
          때로는 나는 비싼 값을 치러야 한다.
아니시나베: 감정의 고통을 치료하기 위해
          영혼을 풍요롭게 가꾸라.
          누구도 그대의 양심을 대신할 수 없다.

          나는 먼저 나 자신을 용서해야 했다.
     자신을 비난하지 말고, 지나간 일들로부터 배워야만 했다.
내가 남을 받아들이고 남한테 진실해지고 남을 사랑할 수 있으려면,
먼저 나 자신을 받아들이고 나한테 진실해지고 나를 사랑해야 한다.
그것이 얼마나 중요한 일인가를 참사람 부족이 내게 가르쳐 주었다.
          - 무탄트 메시지/ 말로 모건 -

에히리 프롬: 이기주의자란 남은 물론이고
          자기 자신 조차 사랑할 능력이 없는 사람
          내 것, 네 것, 우리 것을 구별시킨다. -유태

클레안데스:　　　　　운명은 뜻이 있는 자를 안내하고,
　　　　　　　　　　뜻이 없는 자는 질질 끌고 다닌다.

한 늙은 인디언 추장이 자기 손자에게 자신의 내면에 일어나고 있는
　　　　　　　　'큰 싸움'에 관하여 이야기하고 있었습니다.
이 싸움은 또한 나이 어린 손자의 마음속에도 일어나고 있다고 했다.
추장은 궁금해 하는 손자에게 설명했습니다.
　　"애야, 우리 모두의 속에서 이 싸움이 일어나고 있단다.
　　　두 늑대간의 싸움이란다. 한 마리는 악한 늑대로서
그 놈이 가진 것은 화, 질투, 슬픔, 후회, 탐욕, 거만, 자기 동정,
죄의식, 회한, 열등감, 거짓, 자만심, 우월감, 그리고 이기심이란다.
다른 한 마리는 좋은 늑대인데 그가 가진 것들은 기쁨, 평안, 사랑,
소망, 인내심, 평온함, 겸손, 친절, 동정심, 아량, 진실,
　　　　　　　　그리고 믿음이란다."
　　　손자가 추장 할아버지에게 물었습니다.
　　　"어떤 늑대가 이기나요?"
　　　추장은 간단하게 답하였습니다.
　　　"내가 먹이를 주는 놈이 이기지."
　　　※ 빅토르 위고의 세 가지 싸움
① 인간의 삶은 자연과의 끊임없는 싸움 ─더위, 추위, 질병,
　　　　　　　　　　　　기아, 기술, 지식, 기계 등.
② 인간과 인간과의 싸움 ─ 개인의 존재, 경쟁, 인종, 종교,
　　　　　　　　　국가, 민족 등.
③ 자기와 자기와의 싸움 ─ 야누스(兩面神), 앞과 미래,
　　　　　　　　뒤와 과거, 게으름과 부지런함,
　　　　　　나약과 용감, 거짓과 참됨, 비열과 위대와 싸움 등.

윌리엄 러셀: 모든 자기학대의 감정은 체념이 부족한 까닭이다.
자기학대의 감정은 자기를 다칠 뿐만 아니라
나아가서 남을 다치게 한다.

새롭게 태어난다는 것은
아침이란 이렇게 상쾌했던가?
태양빛은 이렇게 찬란했던가?
저녁노을은 이렇게 아름다웠던가?
무엇 때문에 살아있는 것 일까?
인간은 무엇을 위해 살고 있을까?
나는 도대체 무엇일까?
나는 무엇 때문에 사는 것 일까?
산다는 것 그 자체를 위해
— 로망 롤랑 —
장크리스토프: 인생을 모르는 나는 살고 있다.

자연과 멀어진 문명인들은 문명화되는 속도만큼 순수의 빛을 잃었다.
목이 마를 때 물을 찾듯이 우리는 영혼의 갈증을 느낄 때면
평원이나 들판으로 걸어 나간다. 그곳에서 혼자만의 시간을 갖는다.
그리고는 홀연히 깨닫는다. 혼자만의 시간이란 없다는 것을.
대지는 보이지 않는 혼(魂)들로 가득 차 있고, 부지런히 움직이는
곤충들과 명랑한 햇빛이 내는 소리들로 가득 차 있기에.
그 속에서 누구라도 혼자가 아니다.
자신이 아무리 혼자뿐이라고 주장해도 혼자인 사람은 아무도 없다.
— 상처입은 가슴 —
— 나는 왜 네가 아니고 나인가/ 류시화 —

미국의 타임지가 정한 20세기 성공한 사람의 기준은
"남들이 부러워하는 나"이다. 하지만 21세기의 성공한 사람의
기준은 "내 맘에 드는 나"라고 한다.
과거에는 성공의 척도가 타인의 시각에 의해 좌우되었지만
현재는 스스로 만족하고 자부심을 느껴야 한다는 의미이다.
세상은 나로 인해 아름답다.
행복하든 불행하든 모든 인간은 자기 자신을 위해 태어났다.
남의 의해 쓰러지는 것 보다 스스로 무너져 쓰러질 때가
더 많다는 것을 우리는 알고 있으면서 다른 핑계를 만들어
스스로를 위로 하려고 한다.

인생이란 잠시 동안만 자기 것일 뿐이다.   ㅡ모독 족
세네카: 내가 약하면 운명은 그만큼 강해진다.
비겁한 자는 늘 운명의 그물에 걸리고 만다.

프로이트: 본능적인 충동이 있었던 곳에는 자아가 있을 것이다.

혼자라고? 위대한 정령이 말했다. 이 세상에 혼자는 없다.
내가 어찌 그대를 떠난단 말인가?
우리는 한 존재이며 서로 떨어질 수가 없다.
이 우주 안의 모든 것은 저마다 존재 이유를 갖고 있다.
일시적인 변덕이나 부적합한 일, 우연 따위는 존재하지 않는다.
단지 인간의 머리로는 이해하지 못하는 것들이 있을 뿐이다.
좋은 사람에게도, 좋지 않은 사람에게도 비는 내리고,
태양은 떠오른다.
ㅡ 호피족 ㅡ

내가 생일 파티에 대해 이야기하자
그들은 열심히 귀를 기울였다.
나는 케이크와 축하노래, 생일선물 등을 설명하고
나이를 한살 더 먹으면 케이크에 꽂는 양초 수도 하나 더
늘어난다고 이야기하였다.
그러자 그들은 이해할 수 없다는 듯 질문을 하였다.
"왜 그렇게 하죠? 축하란 무언가 특별한 일이 있을 때 하는 건데
나이를 먹는 것이 무슨 특별한 일이라도 되는 건가요?"
"나이를 먹는 데는 아무 노력도 들지 않아요.
나이는 그냥 저절로 먹는 겁니다."
내가 물었다.
"나이 먹는 걸 축하하지 않는다면 당신들은 무엇을 축하하죠?"
그러자 그들이 대답했다.
"나아지는 걸 축하합니다. 작년보다 올해 더 훌륭하고
지혜로운 사람이 되었으면 그걸 축하하는 겁니다. 하지만 그것은
자신만이 알 수 있습니다. 따라서 파티를 열어야 할 때가
언제인가를 말할 수 있는 사람은 자기 자신뿐이지요."
- 무탄트 메시지/ 말로 모건 -

제레미 벤담: 별을 따려고 손을 뻗는 사람은
                 자기 발밑의 꽃을 잊어버린다.
몽테뉴: 세상에서 가장 중요한 일은 어떻게 하면
             내가 온전히 나 자신의 주인이 되는가를 아는 일이다.

나는 누구인가. 스스로 물으라.
자신의 속 얼굴이 드러나 보일 때까지 묻고,
묻고, 물어야 한다.
건성으로 묻지 말고 목소리 속의 목소리로
귓속의 귀에 대고 간절하게 물어야 한다.
해답은 그 물음 속에 있다.
- 산에는 꽃이 피네/ 법정 -

누구한테 물어볼 수 있지 내가
이 세상에 무슨 일이 일어나게 하려고 왔는지?
-파블로 네루다 -

산중문답(山中問答)
나에게 왜 청산에 사느냐고 물으면
웃으며 대답하지 않으니 마음이 한가롭네.
복사꽃 물 따라 묘연히 흘러가니
인간세상이 아닌 별천지 일세.
-이태백

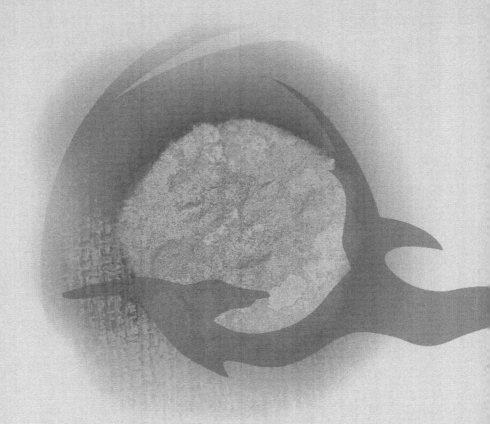

가장 훌륭한 시는
아직 씌어지지 않았다

우리는 왜 우리의 인생이 힘들지 않아야 된다고 생각을 할까?

세상사 뜻대로 안 되는 일이 뜻대로 되는 일보다 더 많다.
마음먹은 대로 되지 않는 것이 세상만사일
삶은 힘들다. 힘들지 않는 삶은 삶이 아니다.
삶이 재미있으면 힘든 줄 모르고 사는 것이다.
삶은 견디는 것이다. 힘 빠질 때까지 삶은 참는 것이다.
죽을 때까지 우리의 삶에서 고통은 치를 가치가 분명히 있다.
고통이란 살아있는 가장 확실한 증거이기 때문이다.
살아있는 모든 것은 살아 있는 동안 고통이 함께 하기 때문이다.
살아도 살아도 익숙해지지 않는 것이 삶이다.

나폴레옹: 바로 '뜻대로 안 되는 일을 뜻대로 해 보겠다'는 것은
자기가 하고 싶은 모든 것을 하는 것은 신이 되는 것이다.
윌리엄 해즐릿: 다른 사람이 내가 원하는 대로 되지 않는다고
분노하지 말라. 나 자신조차도 내가 원하는 존재가 되기 힘들다.
셰익스피어: 인생은 불확실한 항해이다.

사오정이 철학시험을 치르는데
시험지에 단 한 줄의 문제가 적혀있었다.
"이것은 문제인가? 이에 대해 논하라"
잠깐 고민한 후 사오정이 딱 한 줄의 답을 적었다.
"그것이 문제라면 대답은 이것이다."

하고 싶은 것을 하는 것이 아니라 할 수 있는 일을 하라.
그래, 어떻든 간에 인생은 좋은 것이다.

"최초의 가르침을 시작하기 전에 하나 당부하고 싶은 게 있네."
마법사가 말했다.
"일단 길을 발견하게 되면 두려워해선 안 되네.
실수를 감당할 용기도 필요해. 실망과 패배감, 좌절은
신께서 길을 드러내 보이는 데 사용하는 도구일세."
인생에 있어서 난관에 부딪치면
우리는 왜 이런 어려움에 처했는지가 아니라
어떻게 이 어려움을 헤쳐 나가야 할 것인지를 고민하면 된다.
– 드래곤 라자 –

앨버트 하버드: 당신이 저지를 수 있는 가장 큰 실수는
실수를 할까 두려워하는 것이다.
나폴레온 힐: 변화를 포기하면 실패에 대한 두려움도 근심도
사라진다. 그 즉시 평온과 위안이 따른다. 시련도, 시행착오도
없어진다. 그러나 불행하게도 성공의 기회까지 사라진다.

용기는 두려움과 공포 사이에서 생긴다. 관대함은 본인의 손해에
대한 두려움 없이 자유롭게 무언가를 나누는 능력이다. 온화함은
타인들의 충분한 신뢰를 불러 일으켜 받아들이도록 하는 것이다.
– 땅 에너지를 이용한 자연치유/ 워렌 그로스맨 –

고통은 인내를 낳고, 인내는 시련을 이겨내는 끈기를 낳고,
그러한 끈기는 희망을 낳는다.   –신약성서
태양을 마주보고 서십시오.
그러면 그림자는 당신 뒤에 생길 것이다.   –마오리족 속담
무어: 인생의 어려움은 선택에 있다.

로맹 롤랑 :　　　인생은 왕복차표를 발행하지 않는다.

　　　　　　　　일단 떠나면 다시는 돌아오지 못한다.

W.NL.영안:　　　인생은 행복한 자에게는 너무 짧고,

　　　　　　　　불행한 자에게는 너무나 길다.

톨스토이: 인생의 참된 목적은 영원히 생명을 깨닫는데 있다.

P.J베일리:　　　인생은 흘러가는 것이 아니라,

　　　　　성실로서 내용을 이루어 가는 것이라야 한다.

　　　　　우리는 하루하루를 보내는 것이 아니고

하루하루를 내가 가진 그 무엇으로 채워 가는 것이라야 한다.

　　　　　　　　　※ 평준화 시대

40대: 지식의 평준화(학벌이 높거나 낮거나, 많이 알건 모르건,

　　　　　　좋은 학교를 나왔건 안 나왔건 상관없음).

50대: 미모의 평준화(옛날에 예뻤건 안 예뻤건 별 차이 없음).

60대: 성의 평준화(옛날에 정력이 셌건 안 셌건 차이 없음).

70대: 재산의 평준화(재산이 많으면 어떻고 없으면 어떠리).

80대: 생사의 평준화(죽은 사람이든 산 사람이든 큰 의미 없음).

인생 뭐 있어…… 뭐 있다. 인생에 뭐 없으면 인생이 아니다.

인생 아무것도 아니다. …………아무것도 아닌 인생은 없다.

오울디즈:　　　할 수 있는 한 훌륭한 인생을 만들라.

　　　　　　　인생은 짧고 곧 지나간다.

에픽테투스: 두려운 것은 죽음이나 고난이 아니라,
고난과 죽음에 대한 공포이다.

옛날에 어떤 사람이 마차를 몰고 콘스탄티노플로 가고 있는데
한 할머니가 길가에서 제발 태워 달라고 애걸을 하는 것 이었다.
그래서 마차에 태워 한참 가다가 그 할머니를 자세히 보니 어찌나
무섭고 흉측하게 생겼는지 보통 사람 같지가 않았습니다.
그래서 "할머니는 도대체 누구요?" 하고 물어 보았더니
그 할머니가 하는 말이 "나는 호열자 귀신이요." 하는 것이었다.
그래서 당장 내리라고 하니까
"더도 말고 꼭 다섯 사람만 죽일 것이니 좀 태워다 주시오." 하면
서 내리지 않기에 하는 수 없이 태우고 갔는데 그 후부터 호열자
(콜레라)가 돌면서 수많은 사람이 죽었습니다. 그래서 그 사람은
할머니를 본 까닭에 그 할머니를 죽이려고 찾아 다녔습니다.
찾고 찾다가 드디어 어느 곳에서 만났습니다. 그리고 죽이려고
하면서 "왜, 다섯 사람만 죽인다더니 5천 명도 더 죽였소?" 했더니
그 할머니가 대답하기를 "나는 사실 다섯 명밖에 안 죽였는데
나머지 사람들은 다 내 이름만 듣고도 무서워하다가
병이 나 죽은 사람입니다."라고 하더란다.

피콜로미니/ 실러: 우리가 두려워하는 공포는 종종 허깨비이지만,
그럼에도 불구하고 실제 고통을 초래한다.

두려움을 다스리느냐 두려움에 시달리느냐
어찌할까? 어찌할까? 와 어찌할까? 의 차이

세상에 욕심 없는 사람은 있어도 걱정 없는 사람은 없다.
세상에 욕심보다 끝이 없는 것이 걱정이다.
하늘이 무너질까? 땅이 꺼질까? 모두 걱정하기 나름이다.

해결될 문제라면 걱정할 필요가 없고
해결 안 될 문제라면 걱정해도 소용없다.   -티베트

인간은 평생 쓸데없는 걱정을 하고 산다.
걱정의 40%는 절대로 일어나지 않을 사건, 걱정의 30%는
이미 일어난 사건, 걱정의 22%는 별로 신경 쓸 필요가 없는 일,
걱정의 4%는 바꿀 수 없고 어쩔 수 없는 운명이며 걱정의 4%가
우리가 진정으로 걱정해야 할 걱정이다.
즉 96%의 걱정거리가 쓸데없는 것이다.
- (Dont Hurry, Be Happy)/ 어니 J. 젤린스키 -

무무라카미 하루키: 무언가를 가진 사람은
언젠가 그것을 잃어버릴까 걱정하고
아무것도 갖지 못한 사람은
영원히 아무것도 가질 수 없을까 걱정한다.
모두가 마찬가지다.
걱정은 종종 작은 것을 크게 보이게 만드는 것이다.   -스웨덴
세네카: 인생에서 가장 쓸데없는 것이 탄식이다.
무엇을 얻을까 눈을 두리번거리기 전에 먼저 탄식을 버려라.
J.패트릭 :   고통은 인간을 생각하게 만든다.
사고는 인간을 현명하게 만든다.
지혜는 인생을 견딜 만한 것으로 만든다.

63빌딩에서 뛰어내려도 죽지 않는 방법은 없을까요?"

간단하죠. 1층에서 뛰어내리세요."

용감한 사람은 단 한 번 죽는다.

그러나 겁쟁이는 끊임없이 죽는다.　　-인디언격언

아버지와 아들 둘이서 사막 길을 걷다가 길을 잃어 버렸습니다.
음식도 떨어지고 물도 없어졌다. 이제 허기지기 시작하였습니다.
죽음을 앞두고 길을 찾을 수가 없었다. 그런데 무덤 하나가
보였다. 아들은 무덤을 보자 죽음을 생각하며 말했습니다.

아버지! 우리도 이제 저렇게 되겠네요.

아버지가 말했습니다.

아들아! 희망을 가져라.

무덤이 있다는 것은 이 근처에 마을이 있다는 증거다.

사람 사는 곳이 가까이 있다. 마지막 힘을 다하여 찾아보자.

- 탈무드 -

보브나르그:　　용기의 최고단계는 위험에 처했을 때의 대담성이다.

월터 엔더슨:　용기는 두려움이 생길 때 생기는 것임을 명심하라

에머슨 :　　　용기에는 공격하는 용기와 포용하는 용기가 있다.

전자는 살육자가 되기 쉽고 후자는 위대한 일을 성취한다.

비겁한 이는 잔인하고 용기 있는 이는 자비를 사랑한다.

용기를 잃는 것은 보상받지 못할 손실이다.

에머슨:　　　용기란 남보다 무서움을 좀 더 참고 있을 뿐이다.

영웅은 보통 사람보다 더 용기가 있는 사람이 아니라,

한 5분가량 더 용기가 오래가는 것뿐이다.

F. 실러: 용감한 사람은 자기 자신의 일을 맨 나중에 생각 한다.

타키루스: 용기가 없어도 대담하게 행동하는 훈련을 쌓아 가면
실제로 대담한 인간이 되어가는 것이다.
용기가 있는 곳에 희망이 있다.

라 로슈프코: 완벽한 용기와 극도의 두려움,
이것은 어느 누구에게도 생기지 않는 두 극단이다.

니체 : 운명아 비켜라. 용기 있게 내가 간다.

한 남자가 친구를 차에 태우고 좁은 산길에서 운전하고 있었다.
얼마 지나지 않아 친구가 말했다.
"난 네가 이렇게 심하게 구불구불한 길을 운전할 때마다
아주 겁이 나."
"그럼 나처럼 해봐."
남자가 말했다.
"너도 눈을 감아."

G.K. 체스터톤 : 용기의 모순은 인간이 자신의 생명을 힘을 다해
지킬 때조차도 반쯤은 목숨을 걸어야 한다는 점이다.

세네카 : 용기는 사람을 번영으로 이끌고,
공포는 사람을 죽음으로 이끈다.

공자: 옳은 일임을 알고도 행하지 않는 것은 용기가 없는 것이다.

노자: 누군가를 깊이 사랑하면 힘이 생긴다.
그리고 깊이 사랑받으면 용기가 생긴다.

두 꼬마가 누구 아버지가 더 겁쟁이인지를 따지고 있다.
첫 번째 꼬마가 말했다.
"우리 아빠는 너무 겁이 많아서 번개가 치면 침대 밑으로 숨어."
그러자 두 번째 꼬마가 답하기를
"그래? 그쯤은 아무 것도 아니야. 우리 아빠는 너무 겁이 많아서
엄마가 야간 근무하는 날이면 옆집 아줌마랑 같이 잔다니까."

볼드윈:　　용기를 버리지 말라. 살아가고 싸우고 반항하고
　　　자기의 생을 발전시키며 자유를 누릴 용기를 버리지 말라.
L.C. 보브나르그 : 용기는 역경에 처했을 때의 빛이다.
처칠:　　용기를 사람의 첫째가는 자질로 여기는 것은 당연하다.
　　　용기는 다른 모든 자질을 보증하기 때문이다.
윌콕스:　　　운명은 용기 있는 자 앞에 약하고
　　　비겁한 자 앞에는 강하다.

남북전쟁 때 일이다.
남군의 한 장군이 결사적인 공격을 계획했다.
그 작전이 실패할 것을 두려워한 부하가 작전에 반대했다.
"이것은 무모한 작전입니다.
저는 이 작전이 실패할까 두렵습니다."
그러자 장군은 부하의 어깨에 손을 올려놓고 이렇게 말했다.
"부관, 자네의 공포심과 상의해서는 안 되네."

토머스 칼라일 : 우리가 바라는 용기는 떳떳하지 못하게 죽는
　　　용기가 아니라 씩씩하게 살아가는 용기이다.

어느 무도회장의 구석진 곳에 한 아가씨가 혼자 앉아 있었다.

그녀의 표정에는 두려움과 열등감이 가득했다.

무도회장의 화려함마저도 그녀에게는 두려움의 대상이었다.

그때였다. 한 청년이 다가와 춤을 청하는 것이었다.

당시 그곳에 있던 사람들 중에서도 돋보이는 멋있는 청년이었다.

당황한 아가씨는 어서 그 자리를 도망치고 싶은 생각뿐이었다.

하지만 문득 '언제까지나 도망치면서 살 수는 없다'라는 생각이

그녀를 붙잡았다. 용기를 낸 아가씨는 그 청년과 함께 춤추었다.

그 청년은 장차 대통령이 될 프랭클린 루즈벨트였고,

그 여자는 영부인이 될 엘리노어 여사였다.

그녀는 나중에 이렇게 말했다.

"두려움과 진정으로 맞서 싸울 때

당신은 힘과 경험과 자신감을 얻게 됩니다.

당신은 자신이 할 수 없다고 생각하는 그 일을 해야만 합니다."

키신저 :   위기의 시기에는

가장 대담한 방법이 때로는 가장 안전하다.

잔잔한 바다에서는 좋은 뱃사공이 만들어지지 않는다.   —영국

기번 : 육지에 가만히 앉아서 좋은 선장이 될 수는 없다.

바다에 나가서 무서운 폭풍을 만난 경험이 유능한 선장을만든다.

격전의 현장에 나서야만 전쟁의 끔찍함을 느낄 수 있다.

사람의 참된 용기는 인생의 가장 곤란한 때 풍랑은

항상 능력 있는 항해자 편이다.

링컨: "할 수 있다, 잘 될 것이다." 라고 결심하라

그리고 나서 방법을 찾아라.

니체: 우리 중 가장 용기 있는 사람마저도 자신이 아는 것을
　　　행동에 옮기는 용기는 거의 가지고 있지 못하다.

누명을 쓰고 백의종군을 하다 다시 삼도수군통제사로 복귀한
　　　　　　　　　　　이순신 장군.
왜적에 대항할 변변한 군사조차 없는 그때 설상가상으로
선조는 수군을 해체하고 육군에 편입하여 싸우라고 지시한다.
　　　　하지만 이순신은 이렇게 말했다.
"신에게는 아직도 열두 척의 배가 남아 있나이다."
두려움을 모르는 배 12척은 결국 전력의 우세만을 믿고
　　　　달려드는 133척의 왜군에 승리를 거둔다.

세네카:　　　자기가 어떤 항구로 가는지 모르는 자는
　　　　　　어떤 바람도 순풍이 못된다.
F. 난선: 죽으려고 하는 것보다 살려고 하는 편이 더 큰 용기를
　　　필요로 한다. 우리가 진정으로 존중하는 것은 어떠한 역경에
처해서도씩씩하게 살아가는 용기이다. 겁쟁이는 위험을 피하려고
하지만 위험은 용감한 사람을 피해가는 법이다. 더 좋은 미래를
원한다면 보다 나은 삶을 향해 나아가는 용기가 필요하다.
　　　멀리 떨어져서 용감해지기는 쉬운 일이다.　　　－오마하족

　　　'나중에'라는 길을 통해서는
　　　이르고자 하는 곳에 결코 이를 수 없다.　　　－에스파냐
토마스 사우전: 실패는 낙담의 원인이 아니라 신선한 자극이다.

버나드 쇼에게 한 신문 기자가 질문을 했다.
"낙천주의자와 염세주의자의 차이는 무엇일까요?"
"간단하지. 술병에 술이 반쯤 남아 있다고 하자. 그것을 보고
됐다 아직 반이나 남았다고 하면서 기뻐하는 것이 낙천주의자,
아차 이제 반밖에 안 남았다고 탄식하는 것이 염세주의자이지."

" 보통의 합리적인 사람은 자신을 세상에 맞춥니다.
그러나 고집불통인 사람은 세상을 자기에 맞추려고 합니다.
그래서 세상의 모든 진보는 이런 고집불통들이 이루어냅니다."
– 조지 버나드 쇼 –

자신이 그토록 바라고 소망하는 미래는
자신의 과거에 의해서 결정되는 것이 아니라
지금 현재에 의해 좌지우지된다는 사실.
'기억하십시오.'
우리 인생의 목표는 '지금까지'가 아니라 '지금부터'입니다.
– 보이지 않는 소중한 사랑 –

두려움은 당신을 가둬 두고,
희망은 당신을 자유롭게 한다.   –쇼생크탈출–중–

실러: 태양이 빛나고 있는 한, 희망도 빛난다.

"여기 들어오는 모든 자는 모든 희망을 버려라."
−단테의 신곡(神曲) 지옥편의 서문에

당신이 남에게 베풀 수 있는 것이 아직 남아 있다면
결코 포기하지 마십시오.
자신이 노력하는 것을 멈추지 않는 한
아무 것도 진정으로 끝난 것은 없습니다.
당신이 완전하지 못하다는 것을
인정하기를 두려워하지 마십시오.
이것이 우리 모두를 하나로 묶어주는 작은 끈이기 때문입니다.
위험에 부딪히는 것을 두려워 말고,
용기를 배울 수 있는 기회로 삼으십시오.
− 더글라스 태프트 −

데일 카네기: 　　도중에 포기하지 말라. 망설이지 말라.
　　　　　　　최후의 성공을 거둘 때까지 밀고 나가자.

카네기가 거대한 회사를 만들었던 어느 날 신문기자가 물었다.
"사장님 만약 이 회사가 지금 망한다면 어떻게 하시겠습니까?"
그러자 카네기는 간단하게 대답했다.
"다시 시작할 것입니다."

골드스미스: 내 생애의 최대의 자랑은 한 번도 실패하지 않았다
　　　　　는 것이 아니라 넘어질 때마다 다시 일어났다는 것이다.
헬렌 켈러: 　　희망은 사람을 성공으로 이끄는 신앙이다.
　　　　　　희망이 없으면 아무 것도 성취할 수 없다.

모든 실패는 포기하기 때문에 존재한다.
희망을 위해서 노력한 자만이 실패 할 수 있고, 성공하려고
도전자만이 실패할 수 있고 시도조차 하지 않는 사람에겐
포기도 없다.
청춘이란? 성공하는 것보다 포기하는 것이 더 힘들 때다.
실패를 걱정하지 말고, 먼저 부지런히 목표를 향하여 노력하라.

하나님은 말씀하시고 계신다.
"네가 원하는 것을 가져라.
그리고 그것에 대한 대가를 지불하라."
– 스페인 –

노먼 V. 필 :   노력한 만큼 보상을 받을 것이다.
어니스트 헤밍웨이: 사람을 강하게 만드는 것은
          사람이 하는 일이 아니라, 하고자 노력하는 것이다.
데일 카네기: 자신이 특별한 인재라는 자신감만큼 그 사람에게
          유익하고 유일한 것은 없다.
에디슨: 자신감은 성공으로 이끄는 제 1의 비결이다.
괴테: 자기가 하는 일에 신념을 갖지 않으면 안 된다. 누구나
     자기가 하는 일이 좋다고 굳게 믿으면 힘이 생기는 법이다.
버너드 쇼 :   성공하는 사람들이란
          자기가 바라는 환경을 찾아내는 사람들이다.
          발견하지 못하면 자기가 만들면 된다.
루치아노 베네통: 남의 뒤를 따르는 자는 성공 할 수 없다
슈바이처: 세상을 바라보는 방식이 그 사람의 운명을 결정한다.

머리는 냉철하게, 그러나 심장은 따뜻하게
– 경제원론/ 알프레드 마샬 –
노만 V. 필: 남의 힘을 바라지 말고 당신의 신념을 믿으라!
굳은 신념이 당신의 새로운 성공을 보장해 줄 것이다.
매슈 아놀드: 신념을 갖지 않는 한 남에게 신념을 줄 수 없다.
스스로 납득이 가지 않는 한 남을 설득시킬 수가 없다.
H.L. 멩켄: 신념을 위해 목숨을 바친다는 것은
확실히 숭고한 것이다.
그러나 참된 신념을 위해 목숨을 바친다면
얼마나 더 숭고할 것인가?
조광조: 얻기 어려운 것은 시기요, 놓치기 쉬운 것은 기회이다.
에머슨: 위대한 사람은 절대로 기회가 부족하다고 불평하지 않는
다.   위대한 것 치고 정열이 없이 이루어진 것은 없다.
윌리엄 해즐릿 : 천재는 노력하기 때문에 어떤 일에도 탁월하다.
그러나 천재는 탁월하기 때문에 그 일에 노력하는 것이다.

천재가 못 푸는 수학 문제는 나도 못 푼다.
내가 푸는 수학 문제는 천재도 푼다. 고로 나도 천재다.

바보는 천재를 이길 수 없고,
천재는 노력하는 자를 이길 수 없고,
노력하는 자는 즐기는 자를 이길 수 없다.

에디슨: 천재란 하늘이 주는 1%의 영감과,
그가 흘리는 99% 의 땀으로 이루어진다.
디즈레일리: 천재는 위업을 시작하나 노력만이 그 일을 끝낸다.

워렌 버핏:　　기업은 왜 변화해야 하는가? 라는 질문에
　　기업이 변화를 하면 더 많은 기회를 얻을 수 있기 때문이다.
노무현:　　　왜 변화해야 하는가? 라는 질문에
　　변화를 하지 않으면 낙오하기 때문에.

행동이 바뀌면 습관이 바뀌고
습관이 바뀌면 성격이 바뀌고
성격이 바뀌면 운명이 바뀐다.
- 나폴레옹 -

생각을 바꾸면 행동이 바뀌고
행동을 바꾸면 습관이 바뀌고
습관을 바꾸면 인격이 바뀌고
인격을 바꾸면 운명이 바뀐다.
- 윌리엄 제임스 -

생각을 조심하라, 그것이 너의 말이 되리라.
말을 조심하라,　그것이 너의 행동이 되리라.
행동을 조심하라, 그것이 너의 습관이 되리라.
습관을 조심하라, 그것이 너의 인격이 되리라.
인격을 조심하라, 그것이 너의 운명이 되리라.

짐 라이언 :　　출발하게 만드는 힘이 '동기'라면,
　　계속 나아가게 만드는 힘은 '습관'이다.
오프라 윈프리:　　현재 상태로 머물러라.
　　당신이 원하는 바를 결코 달성할 수 없을 것이다.

레오 아길라:　　　성공하고자 하는 자는 길을 찾을 것이며,
　　　　　　　　　그렇지 않은 자는 변명을 구할 것이다.

　　　　가장 빛나는 별은 아직 발견되지 않은 별이고,
　　　당신 인생 최고의 날은 아직 살지 않은 날들이다.
스스로에게 길을 묻고 스스로 길을 찾아라. 꿈을 찾는 것도 당신,
　　그 꿈으로 향한 길을 걸어가는 것도 당신의 두 다리,
　　　　새로운 날들의 주인은, 바로 당신 자신이다.
　　　　　　－ 토마스 바샾의 파블로 이야기 －

　　　찾아라, 얻을 것이다. 문을 두드려라, 열릴 것이다. －성경
스마일즈 :　　　하늘은 스스로 돕는 자를 돕는다.
밀러:　　기회를 기다려라, 그러나 때를 기다려서는 안 된다.
지드:　　　　　미지를 향해 출발하는 사람은
　　　　　　　누구나 외로운 모험에 만족해야 한다.
풀러:　　바보는 방황하고, 현명한 사람은 여행을 떠난다.

슈바이처: 삶을 바라보는 인간의 방식은 그의 운명을 결정한다.

최상의 것을 희망하되 최악의 경우를 대비하라.　－고버덕의 비극
연마된 돌은 언제까지나 땅에 버려져 있지 않는다.　－아르메니아
B.프랭클린: 백년을 살 것같이 일하고 내일 죽을 것같이
　　　　　　　　　　기도하라.

오프라 윈프리 : 나는 스스로에게 여러 가지를 입증해야 하는데,
　　　　　그 중의 하나가 바로 두려움 없이 인생을 사는 것이다.

믿는다고 다 좋은 것은 아니니 알고 믿어야 하고,
안다고 다 능한 것이 아니니 신념이 있어야 한다.
부지런하고 신념을 가진 사람에게는
인생은 결코 짧은 시간이 아니다.
게으르고 신념이 없는 사람에게는 인생이
천 년이라도 만 년이라도 한 가지일 것이다.
하루하루가 겹쳐 한 달이 되고 일 년이 되고 십 년이 되듯,
인생의 위대한 사업도 서서히 그러나 꾸준히 변함없이 계속해
나가는 동안에 드디어 열매를 맺는다.
- 채근담 -
실패를 극복하는 지혜와 힘은
자기 안에서 발견 할 수 있는 것이 능력.
우리가 바라는 행운은 모두 기적에 가깝고 분노는
우리가 할 수 있는 기회를 놓칠 때 생긴다.

브라이언: 운명은 기회의 문제가 아니라 선택의 문제이다.
            기다리는 것이 아니라 성취하면 되는 것이다.
아리스토텔레스: 성공은 단 한가지의 길에서 가능하지만
                실패는 여러 가지 길에서 가능하다,

패배를 인정하고 실패를 가르치는 학원은 없다.
그래서 패배자와 실패자가 많은 것일까?
인생 내내 이기는 방법을 배우지만 이길 때보다 질 때가 많다.
경쟁심을 키우는 것이 아니라 경쟁력을 키워라.
힘든 것은 삶의 한계를 느껴서만 아니라 이겨낼 수 있다는 것을
알고 있지만 포기하지 않을까 겁나기 때문은 아닐까?

옥스퍼드 대학의 졸업 축사를 하게 된 처칠.
비장한 각오로 담배를 문 채 나온 처칠에게 환호성이 쏟아진다.
작은 목소리로 처칠이 말했다
"포기하지 마라!"
이 말을 조금 더 길게 설명하자면 "절대 포기하지 마라!"
그리고 강단에서 내려왔다.

전함의 경비병이 우현에서 빛이 반짝이는 것을 발견했다.
함장이 병사에게 상대 배에 신호를 보내라고 명령했다.
"즉시 진로를 20도로 변경하라!"
대답이 돌아왔다
"그 쪽이 변경하라."
함장은 분개했다. 그가 신호했다."난 함장이다.
이대로 가면 충돌한다. 지금 진로를 20도로 틀어라!"
대답이 돌아왔다.
"난 이등병이다. 강력히 경고하는데 그쪽이 진로를 바꿔라!"
함장은 이제 분노로 정신이 아득해졌다.
"이건 전함이다!"
대답이 돌아왔다.
"여긴 등대다!"

포기하지마라. 난 죽었다라고 말할 수 있는 순간까지는
살아있는 것이다.
결코 스스로 포기 하지마라.
노력의 댓 가는 이유 없이 사라지지 않는다.

닉슨: 인간은 패배하였을 때 끝나는 것이 아니다.
                포기했을 때 끝나는 것이다.
새뮤엘 스마일스 :   우리들은 성공에서 보다는
                실패에서 더 많은 지혜를 배운다.
하지 말아야 할 것을 발견함으로써 해야 할 것을 발견하게 된다.

            still has a chance.
            도전자의 길은 설레는 길.
좁고 험한 이 길 위의 험난한 세상을 어떻게 살아갈까 허니?
        삶의 한가운데 뜨거운 햇빛을 받아들여야 한다면
            천둥번개도 받아 들여야 한다.
원하는 만큼 이룰 수 없다면 그 대신 할 수 있는 만큼 노력하라.

            용기를 감싼 두려움을 벗겨내라
            걸림돌이 아니라 디딤돌이다.
        밑바닥에 있는 것이 아니라 밑거름이다.
어깨 위에 있는 두려움을 발끝에 내려두고 무릎 꿇은 용기여
                이제는 일어나라.

배저트: 인생의 커다란 기쁨은
        당신이 할 수 없다고 사람들이 말하는 일을 하는 일이다.
괴테: 시작과 창조의 모든 행동에 한 가지 기본적인 진리가 있다.
그것은 우리가 진정으로 하겠다는 결단을 내리는 순간 그때부터
            하늘도 움직이기 시작한다는 것이다.
소크라테스: 인간사에는 안정된 것이 하나도 없음을 기억하라.
그러므로 성공에 들드거나 역경에 지나치게 의기소침하지마라.

라 로슈푸코: 우리를 절망에 빠뜨리는 것은 불가능이 아니라
　　　　　 우리가 깨닫지 못했던 가능성이다.
나폴레옹:　　　 내 사전에 불가능은 없다.

※ 불가능(不可能)

불가능, 그것은 나약한 사람들의 평계에 불과하다.
불가능, 그것은 사실이 아니라 하나의 의견일 뿐이다.
불가능, 그것은 영원한 것이 아니라 일시적인 것이다.
불가능, 그것은 도전할 수 있는 가능성을 의미한다.
불가능, 그것은 사람들을 용기 있게 하는 말이다.
불가능 그것은 아무것도 아니다.
IMPOSSIBLE IS NOTHING
－ 아디다스 광고 문구 －

키케로: 어떤 일을 끝내기 전에는 불가능하다고 생각하지 마라.
카알라일:　 가장 어려울 모든 위대한 사업에도
　　　　 최초에는 불가능한 일이라고 했던 것들이다.

학원에서 언어영역문제 풀다가
'사공이 많으면 배가 산으로 간다.' 라는 속담이 나왔다
선생: 뜻이 뭐지?
친구: 여럿이 힘을 모으면 불가능한 일도 가능하다 말입니다.

칸트:　　 나는 해야 한다. 그러므로 나는 할 수 있다.
생텍쥐페리:　 다른 사람이 성공한 일은 누구나, 언제든지,
　　　　　 어디에서건 성공할 수 있다.

넓은 광장 한 가운데에 동상 하나가 세워져 있었습니다.
어느 더운 여름날 남루한 옷을 입은 사내가
그 동상 앞에서 두 손을 내밀고 하염없이 서 있었습니다.
한참이 지나도록 꼼짝도 하지 않는 사내에게 주위 사람들이
대체 뭘 하느냐고 물었습니다.
그러자 사내가 대답했습니다.
"거절당하는 법을 연습하고 있소."
그리스의 철학자 디오게네스의 이야기다. 거절에 익숙해지면
거절에 대한 두려움을 극복 할 수 있다는 거절 요법의 한 예다.
간다 마사노리 : 99%의 인간은 현재를 보면서 미래가 어떻게
될지를 예측하고, 1%의 성공하는 인간은 미래를 내다보면서
현재 어떻게 행동해야 될지를 생각한다.

나로 하여금 위험을 벗어나 피하고자 축원을 올리게 마옵시고,
위험을 당하여도 두려움 없기를 축원케 하옵소서.
나로 하여금 고통을 억제하기를 비는 것이 아니라
용기로써 고통을 이기도록 하옵소서.
인생의 싸움터에서 동지들을 찾을 것이 아니라
내 자신의 힘을 찾도록 하여 주소서.
고생스런 두려움 속에서 구원을 받고자 허덕이는 것이 아니라
끈기로써 내 자유를 이겨 찾도록 희망하게 하여 주소서.
나로 하여금 겁쟁이가 되어 내 성공에만
당신의 자비를 느끼는 일이 없게 하여 주시고,
내가 실패를 당할 때
당신의 손이 나를 잡는 것을 발견하게 하여 주소서.
– R. 타고르 –

존 찰스 샐랙:　　실패하는 사람에는 두 부류가 있다.
한 부류는 행동하지만 생각하지 않는 사람들이고,
나머지 하나는 생각하지만 행동하지 않는 사람들이다.
R. 타고르: 나는 최선을 고를 수가 없다. 최선이 나를 고른다.
레이 헌트: 인내와 시간과 돈이 있으면 안 되는 일이 없다.
노자: 마지막에 이르기까지 처음과 마찬가지로 주의를 기울이면
어떤 일도 해낼 수 있을 것이다.
마틴 루터 킹: 세상의 모든 일은 꿈과 희망이 있기에 이루어진다.
사람이 오래도록 한 가지 꿈을 꾸면
그 꿈의 내용을 닮는다.　　　　　-인도

록키는 실베스터 스탤론이 무려 32번이나 퇴짜 맞은 끝에
완성한 33번째 시나리오였다.
실베스터 스탤론이란 무명배우가 각본을 3일 만에 쓴 시나리오로
100만 달러도 안 되는 제작비로 최소의 비용으로 촬영해
28일 만에 모든 촬영을 끝냈다.
록키 (ROCKY, 1976)
관객수 약7400만, 전세계 극장 흥행 수익: 약 2억 달러

어느 부부가 동전을 던지고 소원을 비는 우물가에 서 있었다.
먼저 부인이 몸을 굽혀 소원을 빌고 동전을 던졌다.
남편도 소원을 빌러 몸을 굽혔다. 하지만 몸을 너무 많이 굽히는
바람에 우물 속에 빠져 죽고 말았다. 순간,
부인이 깜짝 놀라 말했다
"와, 정말 이루어지는구나!"

나폴레옹:	승리를 원한다면, 모든 것을 걸어야 한다.
보르나르그:	무슨 일이고 참을 수 있는 사람은
	무슨 일이고 실행할 수 있다.
카이사르:	주사위는 던져졌다.
J 폴 게티:	어려울 때 새로 시작하라
윈스턴 처칠:	이것이 끝이 아니다.
	끝의 시작도 아니다.
	아마 시작의 끝일 것이다.
뉴턴:	오늘 할 수 있는 일에 전력을 쏟으라.
G 마로리:	산에는 왜 오르는가?' 산이 거기 있기 때문이다.
마키아벨리:	산을 보려면 들로 가서 우러러 보아야 하고,
	들을 보려면 산에 올라 내려다 봐야 한다.

가장 훌륭한 시는 아직 씌어 지지 않았다.
가장 아름다운 노래는 아직 불려 지지 않았다.
최고의 날들은 아직 살지 않은 날들.
가장 넓은 바다는 아직 항해되지 않았고
가장 먼 여행은 아직 끝나지 않았다.
어느 길로 가야 할지 더 이상 알 수 없을 때.
그때가 비로소 진정한 여행의 시작이다.

− 나짐 히크메트는 감옥에서 쓴 시 −

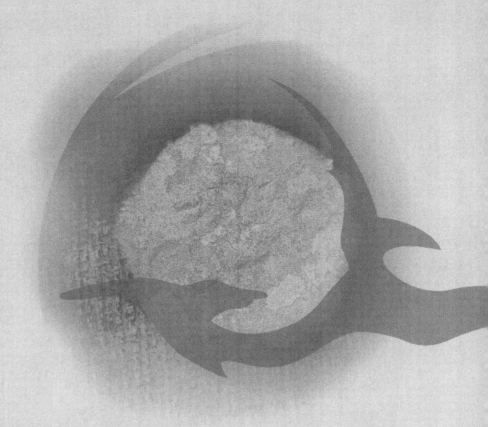

지혜를 아는 데는
지혜가 필요하다

리프먼:　　　 지혜를 아는 데는 지혜가 필요하다.

사람들은 지식을 구하지만 지혜를 찾지 아니한다.
그러나 지식은 과거의 것이요,
오로지 지혜를 가진 자만이 미래를 볼 수 있다.
오래 살다 죽는 것은 훌륭하지 않다,
그러나 대부분의 사람들은 그것을 원한다.
－ 까마귀 족 －

기원전 5세기에 살았던 그리스의 철학자 디오게네스에게는 호박으로
만든 그릇 하나와 누더기 한 벌이 전 재산이었다. 그는 낮이면 거리를
걸어 다니며 사람들과 대화를 나누고, 밤이 되면 썩은 나무 구멍이나
굴러다니는 나무통 속에서 잠들었다. 그는 환한 낮에도 등불을 들고
다녔는데 사람들이 이유를 물으면 이렇게 대답했다고 한다.
"현자를 찾기 위해서네."
그리스 철학자요, 시인이며, 변론가요, 의사요, 예언자인
엠페도클레스가 이렇게 말했다.
"현자를 찾아내는 것은 ‚불가능해."
그러자, 크세노파네스가 이렇게 되받았다.
"물론! 현자를 찾아내려면 자기가 먼저 현자가 되지 않으면 안 되니까?"

R.C.:　　 과학은 아무리 발달해도 지혜가 아니고 상식이다.
지혜란 지식과 판단력이 조화된 것.
달은 모든 사람의 것, 인생에서 가장 소중한 것들은
공짜다.　　　　　　　　　　　－뮤지컬 굿 뉴스 중

옛날 어느 현명한 왕이 현자(賢者)들을 한 자리에 모아놓고 후세에
남길 수 있는 지혜를 모아 책으로 만들라고 했다. 현자들은 오랜 세월
연구를 거듭한 끝에 12권의 책으로 묶어 왕에게 바쳤다. 그러나 왕은
"사람들이 읽지 않으면 소용이 없으니 간략하게 줄이라"고
되돌려 보냈다.
현자들이 퇴고를 거듭한 끝에 완성한 것은 한 문장,
"공짜는 없다"였다.
※ 세상에 없는 3가지
첫째, 공짜가 없다. 둘째, 정답이 없다. 셋째, 없는 게 없다.
아리스토텔레스: 젊은 세대를 보면 나는 문명의 미래에 대하여
절망에 빠진다.
소크라테스:　　어려서 겸손해져라, 젊어서 온화해져라,
장년에 공정해져라, 늙어서는 신중해져라.

기원전 그리스의 대 철학자 소크라테스는
청소년에 대해 이렇게 말했다고 한다.
"오늘의 청소년들은 사치를 좋아한다.
그들은 버릇이 나쁘고 권위를 비난하고 어른을 공경하지 않는다.
오늘의 아이들은 폭군이다.
그들은 어른이 방에 들어 와도 일어나지도 않는다.
그들은 부모들과 너무 다르며, 여러 사람들 앞에서 재잘거리고,
음식을 쩝쩝거리며 먹고, 선생님들을 괴롭힌다."

젊음은 빨리 가고 지혜는 더디게 온다.　　　─아미시 족
젊은이의 힘과 용기는 노인의 지혜로 지켜주고
어른의 지혜는 젊은이의 힘과 용기로 지켜준다.　　─중국 묘족

지혜를 아는 데는 지혜가 필요하다　**53**

순자: 듣는 것은 보는 것만 못하고, 보는 것은 아는 것보다
        못하며, 아는 것은 행동 하는 것만 못하다.

※지혜는 어떻게 얻어지는가? 지식과 경험과 자기반성이다.

不經一事면 不長一智니라
한 가지 일을 겪지 않으면, 한 가지 지혜가 자라지 않는다.
- 명심보감 -

아인슈타인은 운전사가 딸린 차편으로 이 대학 저 대학으로 다니면
서 상대성이론을 강의했다. 하루는 어느 대학으로 가는 길이었는데
            운전사가 한마디 하는 것이었다.
"박사님, 저는 선생님 강의를 어찌나 많이 들었는지 죄다 외게 되어,
        저더러 해보라고 해도 해낼 자신이 있습니다."
"그렇다면 어디 한번 해보지 그래. 지금 가는 대학에서는 내 얼굴을
    잘 모른다네. 그러니 거기 가서 내가 자네 모자를 쓰고 운전사가
        될 것이니 자네가 내 이름을 대고 강의를 해보게나."
운전사는 흠잡을 데 없이 강의를 해냈다. 그런데 교수 한 사람이
        까다로운 질문을 해왔다. 운전사는 얼른 머리를 굴렸다.
"그 문제는 아주 간단한 것이므로, 제 운전기사가 나와서
            설명하도록 하겠습니다."

사마천: 지식 없는 열정은 무모하며,
                열정 없는 지식은 무의미하다.
        과장된 지식은 허망하며, 거짓된 지식은 사악하다.
            그리고 분별없는 지식은 위험하다.

알렉산드 뒤마: 모든 인간의 지혜는 두 가지 말로 요약 된다.
기다림과 희망 그것이다.
호라티우스: 지혜 없는 힘은 그 자체의 무게 때문에 쓰러진다.

플라톤: 지혜·용기·전체가 조화될 때 정의가 실현되고,
또한 만인의 행복을 보장하는 이상 국가가 이루어질 수 있다.
홈스: 말하는 것은 지식의 영역이고 듣는 것은 지혜의 영역이다.

캐네디가 우주비행사에게 공로 메달을 수여할 때였다.
그런데 아뿔싸 실수로 메달을 떨어뜨리고 말았다.
"텅"소리와 동시에 주변은 조용한 침묵만 흐르고 있었다.
하지만 캐네디는 태연하게 메달을 주워 들고 말했다.
"하늘의 용사에게 땅으로부터 이 영광을 건넵니다."
박수가 일제히 터져 나왔다.

그라시안: 재치 있는 말은 상황과 경우에 따라 사용되어야 하며,
이것이 바로 지혜의 힘임을 알라.

一日淸閑이면 一日仙(일일청한 일일선)이니라
하루 동안 마음이 깨끗하고 한가로우면 하루 동안의 신선이다.
- 명심보감 -

푸볼릴리우스 시루스: 백발이란 나이를 먹었다는 표시이지
지혜를 나타내는 것은 아니다.
존 패트릭: 고통은 생각하게 만들며, 생각은 현명하게 만들며,
지혜는 인생을 견딜만하게 해준다.

풀러:　　역경은 사람을 부유하게 하지는 않으나 지혜롭게 한다.

어느 청년이 어느 아가씨를 무지하게 좋아했다. 아가씨는 청년을 좋아하지 않았다. 아가씨는 청년이 쫓아다닐수록 더욱더 싫었다. 어느 날 청년이 '타이타닉' 영화티켓을 가지고 찾아와서 같이 극장에 가자고 했다. 아가씨는 청년은 싫었지만 보고 싶었던 영화였기 때문에 청년을 따라나섰다.

아가씨는 청년과 같이 앉아 있는 것이 조금도 즐겁지 않았다.

영화가 시작되려면 아직도 시간이 꽤 남아 있었다.

아가씨는 은근히 장난이 하고 싶어졌다. 아가씨가 청년에게 말했다.

"당신이 앞에 앉아 있는 남자의 이마를 한 대 때리면
내 손을 잡도록 해 주겠소."

청년은 자기가 오매불망 좋아서 죽고 못 사는 아가씨가 손을 잡게 해
주겠다니 죽는 것 말고는 못 할 짓이 없을 것 같았다.

청년은 벌떡 일어나 다짜고짜 앞에 앉아 있는 남자의 이마를 사정없이
한 대 때리면서 이름을 정답게 불렀다.

"야! 봉수야!"

남자의 이름은 물론 봉수가 아니었다. 남자는 돌아서서 눈을 부라렸다.

청년은 손이 발이 되게 빌면서 남자에게 말했다.

"아이고! 정말 미안합니다. 나는 당신이 내 친구 봉수인 줄 알았습니다.
내 친구 봉수와 너무 닮았습니다."

아가씨는 청년에게 자기의 손을 잡게 해 주었다. 아가씨는 너무나도
재미있었다. 아가씨는 영화보다 그 장난이 더 재미있었다.

아가씨가 청년에게 다시 말했다.

"당신이 저 남자의 이마를 한 대 더 때리면
나에게 키스를 한 번 하게 해 주겠소."

청년은 정신이 하나도 없었다. 청년은 마음을 가다듬고 잠시 기다리다
가 다시 벌떡 일어나 남자의 이마를 딱 때리면서 남자에게 소리쳤다.

"야! 이 자식아! 너 정말 봉수 아니냐?"

남자는 벌떡 일어나 청년에게 죽일 듯이 덤벼들었다.

"이런, 정신 나간 놈이 있는가? 나는 네 친구 봉수가 아니라고 했잖아!"

청년은 손이 발이 되게 빌면서 남자에게 말했다.

"아이고 죽을죄를 지었습니다.

어쩌면 내 친구 봉수하고 그렇게도 닮았습니까?"

그러는 사이에 불이 꺼지고 영화가 시작되었다. 아가씨는 청년에게
키스를 한 번 하게 해 주었다. 아가씨는 너무나도 재미있었다. 아가씨는
영화보다도 그 장난이 더 재미있었다. 아가씨가 청년에게 다시 말했다.

"당신이 저 남자를 한 번만 더 때리면

돌아가서 나와의 결혼을 허락하겠소."

영화가 끝나고 사람들이 극장 밖으로 나가고 있었다. 청년은 아가씨의
손을 끌고 사람들 틈을 비집고 극장 밖으로 빠져나와 남자를 기다렸다.

남자가 저기서 걸어 나오고 있었다. 청년은 남자 앞으로 다가가

남자의 이마를 또 한 번 때리면서 남자에게 말했다.

"야! 봉수야! 이 안에서 너하고 똑같이 생긴 놈 봤다!

정말 너하고 똑같이 생겼더라!"

남자는 기가 막혀 말이 없었다.

두 사람은 돌아가서 결혼하기로 약속했다.

앙드레 모로아:　　　 살아가는 기술이란

하나의 공격 목표를 골라 그리로 힘을 집중시키는 일이 다.

바이런:　　 내 자신의 무식을 아는 것은 지식에로의 첫걸음이다.

파스칼:　　 무지함을 두려워 말라. 거짓 지식을 두려워하라.

※ 긍정적인 생각이란?

한 여행객이 수영복으로 갈아입고는
사하라 사막을 걸어가고 있었다.
원주민이 그를 발견하고는
원주민: 아니, 수영복 차림으로 어딜 가십니까?
여행객: 수영하러 갑니다.
원주민: 하지만 여기서 바다까지는 3천 리나 되는데요.
그러자 여행객은 놀라며
여행객: 아! 정말 대단히 넓은 백사장이군요.
때로는 사막은 세상에서 가장 넓은 길일 수도 있다.

아에스킬루스: 지혜는 고통을 통해서 생긴다.
진리에 의지하고 사람에 의지하지 말라.
뜻에 의지하고 말에 의지하지 말라.
지혜에 의지하고 지식에 의지하지 말라.
– 열반경 사의품 –

어느 마을에 바보 둘이 살았다. 그 둘은 너무 친했다.
밤이 되자 한 바보가
"저기 떠 있는 건 해야." (달을 보고)
"아니야 별이야." (달을 보고)
둘이 싸우고 있을 때 나그네가 걸어가고 있었다.
바보 가로되
"아저씨 저기 위에 있는 것이 무엇입니까?"
나그네 가로되 "우리 동네가 아니라 잘 모르겠는데요."
아침은 그 전날 밤보다 현명하다.   –러시아

노자:　　　　거거거중지 행행행리각(去去去中知 行行行裏覺)
　　　　　가고 가고 가는 중에 알게 되고
　　　　　행하고 행하고 행하는 중에 깨닫게 된다.

어느 날 김삿갓(김병연)은 전라도 화순 적벽에 가는 도중,
날이 저물어 하룻밤 신세를 지려고 어느 서당에 들렀다.
서당학생들 열심이 공부하는 모습에 감탄하여 한마디 내뱉었다.
"자지는 만지고, 보지는 조지라!"
이 말을 들은 서당 선생과 학생들이 욕하는 줄 알고
달려들어 때리려 하자 도망치기 시작했다. 그러나 곧 붙잡혔다.
훈장: "어째서 열심히 공부하는 서당에 욕설이나 하는 것이요?"
김삿갓:　　　　　　　"욕이 아니라
　　　하도 열심히 공부해서 감탄하여 격려의 한 말씀이었소."
　　　　　自知晩知 補知早知=자지만지 보지조지
　　　自:스스로 자 知:알 지 補:도울 보 晩:늦을 만 早:일찍 조
　　　스스로 알려고 하면 늦게 알게 될 것이고
　　　남의 도움을 받으면 빨리 알게 될 것이다.

제비도 논어를 읽는다는 아랫말
知之爲知之 不知爲不知 是知也
"지지위지지, 부지위부지, 시지야"
뭘 모르는지 모르는 사람에게 뭔가를 알려주기란
참으로 어려운 일이다

몽테뉴:　　　　나는 무엇을 아는가?

미국의 어느 인디언 보호구역 학교에서 있었던 일이다.
막 부임한 백인 선생님은 학생들에게 까다로운 시험문제를 냈다.
서로 커닝을 하지 못하도록 아이들을 떨어뜨려 앉힌 다음
시험지를 나눠주었다. 조금 지나자 아이들이 모두 일어나 책상을
서로 붙여서 둘러앉았다.
"이게 무슨 짓이냐."
화를 내는 선생님을 바라보던 아이들이 고개를 갸웃거리며
이렇게 반문했다.
"어려운 문제라면 모두 힘을 합해 함께 푸는 게 옳지 않습니까?"

앙드레 지드: 진실도 때로는 우리를 다치게 할 때가 있다.
 하지만 그것은 머지않아 치료를 받을 수 있는 가벼운 상처이다.
토니 로빈슨: 우리는 누구나 자신의 인생을 바꿀 수 있다.
 우리가 원하는 것은 무엇이든 할 수 있고 가질 수 있으며,
또 원하는 그 무엇이 될 수 있다.

삶은 소유물이 아니라 순간순간의 있음이다.
영원한 것이 어디 있는가.
모두가 한때일 뿐.
그러나 그 한때를 최선을 다해 최대한으로 살 수 있어야 한다.
삶은 놀라운 신비요, 아름다움이다.
- 버리고 떠나기/ 법정 -

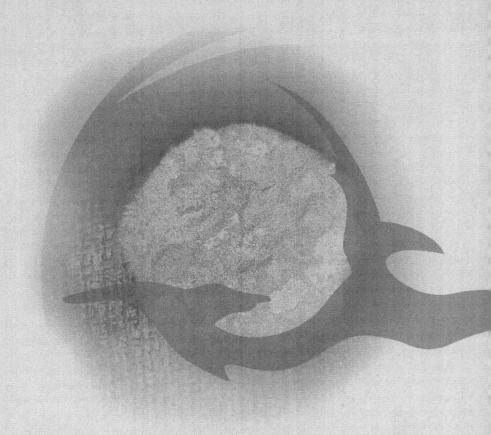

사랑하는 사람과
만나지 말라

"Doubt that the stars are fire,

doubt that the sun doth move,

doubt truth to be a liar,

but never doubt I love."

별빛이 불꽃임을 의심할지라도

태양의 움직임을 의심할지라도

진리가 거짓임을 의심할지라도

결코 나 그대 사랑 의심치마라."

    – 햄릿이 사랑하는 오필리어 에게 –

사랑하는 사람과 만나지 말라.

미운 사람과도 만나지 말라.

사랑하는 사람은 못 만나 괴롭다고

미운 사람은 만나서 괴롭다.

그러므로 사랑하는 삶을 애써서 만들지 마라

사랑하는 사람을 잃은 것은 커다란 불행

사랑도 미움도 없는 사람은 얽매임이 없다.

사랑해서 근심이 생기고

사랑해서 두려움이 생긴다.

사랑을 벗어난 이는 근심이 없는데

어찌 두려움이 있겠는가?

– 법구경 –

고우치; 첫사랑이 현실적으로 열매를 맺지 못했다 해도

그 아름다운 꽃은 추억 속에서 영원히 아름답게 필 것이다.

우리들은 어떻게 태어났는가?
사랑 우리는 어떻게 멸망할 것인가?
사랑이 없으면 우리들은 무엇을 자기를 극복할 수 있는가?
사랑에 의해 우리들은 사랑을 발견할 수 있는가?
사랑에 의해서 우리들을 울릴 수 있는 것은 무엇인가?
사랑은 우리들을 늘 결합시키는 것은 무엇인가?
-사랑/ J. W. 괴테/ 슈타인 부인에게 -

여성들은 남성을 만날 때 3분 안에 좋아할지 아닐지를 결정한다.
여성의 경우 상대방 남성이 자기 남자인지 아닌지 판단하는데
3분밖에 안 걸린다. 여성들은 보통 3분 안에 상대방 남성의
외모, 체격, 패션 감각, 향기, 억양, 말솜씨를 모두 판단한다.
- 본능/ 벤 케이가 신저 -

사람은 3초 만에 사랑에 빠진다.
남녀 1만528명의 데이트 형태분석 결과
대부분 3초 동안 의 정보를 바탕으로 교제여부를 결정한다.
- 펜실베이니아 심리학 교수-로버트 크르즈빈 -

못생긴 어떤 남자가 오랜만에 미팅을 나가게 되었다.
상대여인이 너무나 아름다워 바로 청원을 했다.
애절하게 던진 프로포즈

"제발 저와 결혼해주세요" "안되면 약혼만 해 주세요"

첫 사랑이 잘살면 가슴 아프고,
첫 사랑이 못살면 마음 아프고
첫 사랑과 살면 머리 아프다.

첫사랑의 여성과 결혼하는 것처럼 행운을 잡은 자도 없다. —유태

로슈푸코: 여자가 처음으로 사랑할 때는 연인을 사랑하고
두 번째 사랑을 할 때는 사랑 자체를 사랑한다.

와일: 남자는 첫사랑을 평생 동안 잊지 못하지만
여자는 딴 사랑이 생길 때까지만 잊지 못한다.
남자는 언제나 여인의 첫사랑이 되고 싶어 한다.
여자는 남자의 마지막 낭만이 되려고 한다.

넌 세상 네 방향으로 달려갈 것이다.
땅이 큰물과 만날 때까지
하늘이 땅과 맞닿는 곳까지
겨울이 머물고 있는 곳까지
비가 머물고 있는 곳까지 달려라!
그리고 강해져라!
넌 부족의 어머니이니까?
—소녀(생리를 시작한)를 위한 기도/ 아파치 족

사무엘 스마일즈: 사랑을 알기까지는 여자도 아직 여자가 아니고,
남자도 아직 남자가 아니다.
따라서 사랑은 남녀 모두가 성숙하기 위해 필요한 것이다.
F.M.밀러: 아무도 사랑하는 것을 가르쳐 주는 사람은 없다.
사랑이란 생명과 같이 날 때부터 가지고 태어나는 것이다.

알퐁스 도데:　　　어려운 것은 사랑하는 기술이 아니라
　　　　　　　　　사랑을 받는 기술이다.

사랑을 하면 화색이 돌고 근심 걱정을 하면 사색이 된다.
사랑의 에너지가 세포 속의 원자를 자극하면 광자가 돌출해
화색이 도는 반면 근심에 쌓이면 전자의 회전속도와
광자의 분출이 감소되기 때문에 안색이 어둡게 된다는 것이다.

사랑에 빠진 남자는 눈이 멀고 사랑에 빠진 여자는
　　　　　　　　간뎅이가 붓는다.

사랑은 온 몸이 눈이지만 아무 것도 보지 못한다.　　　 -중국
　사랑을 하면 눈이 먼다고 하는데 그 이유는?
　　　　　　　밝아도 더듬게 된다.
　　사랑하는 사람의 눈에는 장미꽃의 가시도 안 보인다. -독일
J W. 괴테:　사랑은 눈을 멀게 하지만 결혼은 눈을 뜨게 해준다.
페트라르카:　얼마나 사랑하고 있는지 말할 수 있다는 것은
　　　　　　　조금도 사랑하고 있지 않다는 것이다.

여자는 마음에 떠오른 말을 하지만,
남자는 마음에 먹은 말을 한다.
여자는 말속에 마음을 남기고,　남자는 마음속에 말을 남긴다.
여자는 상대의 행동에 속고, 남자는 칭찬하는 말에 속는다.
여자는 사랑하기 시작한 남자에게 거짓말을 하고,
남자는 사랑의 감정이 없어진 여자에게 거짓말을 한다.

남자들이 싫어하는 여자 세 가지
반상을 막론하고 조선의 남자들이 싫어하는 세 가지 허
첫째는 남자 체면 깎이는 것 용납 않는 허요
둘째는 남자보다 높은 식견 인정 않는 허요
셋째는 남자 앞에서 큰소리 거북스런 허외다
그래서 남자가 싫어하는 세 가지 여자란
남자보다 잘난 체하는 여자요,
남자 자존심 건드리는 여자요
남자보다 큰 소리로 웃는 여자이외다.
– 신사임당이 허난설헌에게 준 글 중에서 –
버나드 쇼:　　　　남자의 으뜸가는 기쁨은
여자의 자존심을 만족시키는 것이지만,
여자의 으뜸가는 기쁨은
남자의 자존심을 상하게 하는 것이다.

※ 남자들의 거짓말
네가 첫사랑이야!: 백 번 까지도 첫사랑이라고 한다.
너 없인 못 살아! 나중엔 너 땜에 못 산다고 한다.
내 친구가 그러던데: 실은 자기가 하고 싶은 말일 경우가 많다.
술 좀 마셔. 일찍 내가 집까지 데려다 줄게: 늑대조심!
내일 아침 일찍 데려다 줄 겁니다.

여자는 거짓말도 사실이라고 믿으려고 하고,
남자는 사실도 거짓말이라고 의심한다.
세상에서 가장 어설픈 거짓말은 남자가 하는 거짓말이고,
그 거짓말을 믿어주는 건 세상에서 젤 똑똑한 여자들이다.

세르반테스: 　　여자의 '예스'와 '노우'는 같은 것이다.
　　거기에 선을 긋는다는 것은 무모한 짓이다.
　　젊은 여자의 입 속에서 싫다고 하는 것은
　　반드시 싫은 것은 아니다. 　-스웨덴

한 남자를 만나 행복하게 살려면,
여자인 당신은 그를 아주 잘 이해해야 한다.
또 적어도 약간은 그를 사랑해야 한다.
한 여자와 만나 행복하게 살려면,
남자인 당신은 그녀를 몹시 사랑해야 한다.
하지만 그녀를 이해하려는 노력은 전혀 기울일 필요가 없다.
－ 롤프 브레드니히의 위트 상식사전에서 －

※ 여성과 남성의 자질
요즘 여성들이 너무 설치는데 분개한 보수파 국회의원이
여성단체 세미나에서 열을 올렸다.
"요즘 우리나라 여성들의 질이 너무 형편없습니다."
"때문에 우리 여성들의 질을 더욱 넓혀야 하겠습니다."
그러자 각 여성 단체에서 벌떼처럼 일어났다.
"저놈은 지께 얼마나 굵기에 여성들의 질을 넓히라는 거야.
지가 언제 우리나라 여성들의 질을 다 보았단 말인가?"
사방에서 여론이 안 좋아지자 이 의원이 정정 성명을 냈다.
"제가 보기에는 지금의 여성들의 질은
그만하면 충분한 것 같습니다.
그 보다는 우리나라의 남성의 자질을 키울 필요가 있습니다."

※ 여성만의 규칙

1.여성은 항상 규칙을 만든다.

2. 규칙은 예고 없이 바뀌는 것을 원칙으로 한다.

3. 어떤 남성도 규칙을 모두 알 수 없다.

4. 만약 어떤 남성이 규칙을 알고 있다는 것을 여성이 감지하면
즉각 그 규칙을 바꿔야 한다.

5. 여성은 절대 틀리는 법이 없다.

6. 혹시 남성이 자기가 옳다고 믿는다면 '
여성규칙 5조'를 참조해야 한다.

A.S. 푸시킨; 여자에 대해서 조금이라도 비꼬면 모든 여성은
일제히 일어나서 항의한다.
여성이란 것은 한 국민, 한 종파를 형성하고 있다.

아들: 아빠 아프리카의 남자는 결혼하는 순간까지
상대방 여성에 대해 모른다는데 사실이야?

아빠: 그건 어느 나라나 다 그렇단다.

사랑이란?

세상에서 가장 쉬운 것은? "남녀가 서로 사랑에 빠지는 것."
그렇다면 세상에서 가장 어려운 것은?
"사랑했다는 이유로 서로 평생을 함께 살아줘야 한다는 것."

※ 사랑

여자: 사랑을 위해서라면 모든 것을 포기할 수 있음.

남자: 사랑하는 사람을 위해서라면 모든 것을 포기할 수 있음.

괴테: 20대의 사랑은 환상이다. 30대의 사랑은 외도이다.
　　　사람은 40세에 와서야 처음으로 참된 사랑을 알게 된다.
로맹 롤랑:　　　　사랑은 신뢰의 행위이다.
　　　　　사랑하니까 사랑하는 것이다.
　　　　　대단한 이유는 없다.
W.G. 베넘:　　　사랑하라 그러면 사랑받을 것이다.
　　　　　사랑을 이야기하면 사랑을 하게 된다.

여자는 원망하면서 사랑하지만, 남자는 사랑하면서 원망한다.
남자의 사랑은 일생의 일부요, 여자의 사랑은 일생의 전부다.
　여자는 잡아두면 도망가려 하고, 놓아주면 날아들어 온다.
남자는 잡아두면 꼼짝 않다가도, 놓아주면 아주 딴 생각을 한다.
　　여자는 결국 꾸준히 기다려 준 남자에게로 돌아간다.
　　그래서 여자의 사랑에는 감사의 의미도 포함되어 있다.

　　　　　　※ 결혼의 이성관
　　　남자: 우리 엄마 같은 아내를 얻어야지
　　　여자: 우리 엄마 같이 살지는 않을 거야

타고르:　　　죽은 자로 명예를 즐기게 하고
　　　　　산 자로 사랑을 즐기게 하라.
　　　　　사랑은 끝없는 신비이다.
　　　그것을 설명할 수 있는 것이 전혀 없기 때문이다.
간디:　　　사랑은 세상의 가장 신비한 에너지이다.
괴테:　　　사랑이여! 너야말로 진정한 생명의 꽃이다.
　　　　　휴식 없는 행복이다.

바이런:　　　　　사랑은 타오르는 불길인 동시에
　　　　　　　앞을 비추는 광명이라야 한다.
　　　　　　　타오르는 사랑은 흔하다.
　　　　　그러나 불길이 꺼지면 무엇에 의지할 것인가.
　　　　　사랑은 정신에 던지는 빛이 있어야 한다.
생텍쥐페리:　사랑은 서로를 마주보는 게 아니라,
　　　　　　　서로 같은 방향을 바라보는 것이다.
J. C. 플로리앙: 남자가 천지창조 이후로 사랑한다고
　　　　　　고백해서 여자에게 목 졸려 죽은 남자는 없다.

　　　　　저는 당신의 딸을 사랑합니다.
　　　　　　그녀를 제게 주십시오.
　　　그녀 가슴의 잔뿌리들이 제 것과 함께 엉킨다면
　　　　　　아무리 거센 바람이 불어도
　　　　　우리를 떼어 놓지 못할 것입니다.
　　　　　저는 진실로 그녀만을 사랑합니다.
　　그녀의　가슴은 사탕나무에 흐르는 달콤한 수액 같고
　　그녀는 언제나 생기 있게 반짝이는 미루나무 잎과 자매입니다.
　　　　　－ 어느 캐나다 인디언의 청혼가 －

H. 보우;　　　　　　　청년과 처녀가 만난다.
　　　이 사실이 없다면 인류는 멸망하고 말았으리라.
존 릴리: 결혼이란 하늘에서 맺어지고 땅에서 완성된다.
　　　　　전쟁터에 가기 전에는 한 번 기도하고,
　　　　　　바다에 가게 되면 두 번 기도하고,
　　그리고 결혼 생활에 들어가기 전에는 세 번 기도하라.　－러시아

바이런:　　　　죽음으로 모든 비극은 끝나고,
　　　　　　　결혼으로 인해 모든 희극은 끝난다.

　　　　여자는 남편을 찾을 때까지 자신의 미래에 대해
　　　　　　　　　끊임없이 걱정한다.
　　　　남자는 아내를 맞이하기 전까지 미래에 대해
　　　　　　　　전혀 걱정하지 않는다.
　　　여자는 남자가 살면서 나아지리라는 기대를 가지고
　　　　남자와 결혼하지만 남자는 바뀌지 않는다.
　　　　남자는 변하지 않으리라는 기대를 가지고
　　　　　여자와 결혼하지만 여자는 변한다.

소크라테스;　　　　결혼하는 편이 좋은가,
　　　　　　　아니면 하지 않는 편이 좋은가를
　　　묻는다면 나는 어느 편이나 후회할 것이라고 대답하겠다.
　　　　　　※ 나바호족 결혼식 축원
　　　이제 두 사람은 하나의 불을 피울 것이다.
　　　　이 불은 꺼지지 않을 것이다.
　　　두 사람은 사랑과 이해 지혜를 상징하는
　　　　하나의 불꽃을 갖게 될 것이다.
　　　이 불은 언제까지나 타올라야 한다.
　　　두 사람은 언제까지나 함께 있으리라
　이제 두 사람은 새로운 삶을 위한 불을 밝히리라
　　　　이 불은 꺼지지 않으리라
　　늙음이 그대들을 갈라놓을 때까지

사랑하는 사람과 만나지 말라　71

프랭클린:　　　결혼 전에는 눈을 크게 뜨고,
　　　　　　　결혼 후에는 반쯤 감아라.
젊은이는 공작새, 약혼하면 사자, 결혼하면 당나귀.　　　－스페인
　　　　　남자는 결혼하면 죄가 불어난다.　　　　　　－탈무드
셰익스피어: 남자란, 말하며 접근할 때는 봄이지만
　　　　　　　결혼해 버리면 겨울이다.
톨스토이:　　　서둘러 결혼할 필요는 없다.
결혼은 과일과 달라서 아무리 늦어도 계절이 변하는 법이 없다.
봄에 남자와 여자 중 누가 결혼을 많이 할까?　　　　　　똑같다.
　　　혼자서는 결혼할 수 없으니까?

쇼는 '결혼이란 인간이 만든 가장 방종한 제도'라면서
　　　　50세가 될 때까지 결혼을 하지 않았는데,
　　"금요일에 결혼한 사람은 불행해진다는 말이 있는데
그걸 믿으십니까?"라고 한 신문기자가 묻자 이렇게 대답했다.
　　"물론 믿지요. 금요일만 예외일 수는 없으니까요."

찰리 채플린:　　우나 오닐을 좀 더 일찍 만났다면
　　　　　　사랑을 찾아 헤매는 일은 없었을 것이다.
　　세상의 단 한 사람에게만 느낄 수 있는 것이 바로 사랑이다.
그레이스 캘리:　나는 사람들에게 부끄럽지 않은 인간으로
　　　　기억되기를 바랍니다. 그러나 내가 사랑했던 사람에게는
　　　　　그저 아름다운 한 여자로 기억되고 싶습니다.
크리스토퍼 리브: 나에게 기적은 다시 일어서는 것이 아니라
　　　　　　사랑하는 아내와 하루하루를 함께 하는 것입니다.
사랑하는 사람과 함께 하는 삶은 날마다 기쁨이고 기적입니다.

회사에서 퇴근하고 귀가한 김 과장에게 아내가 물었다.
"자기 결혼 전에 사귀던 여자 있었어? 솔직히 말해봐 응?"
"응, 있었어."
"정말? 사랑했어?"
"응, 뜨겁게 사랑했어."
"뽀뽀도 해봤어?"
"해봤지."
아내는 드디어 화가 머리끝까지 치밀어 올랐다.
"지금도 그 여자 사랑해?"
"그럼 사랑하지. 첫사랑인데."
완전히 열이 오른 아내가 소리를 빽 질렀다.
"그럼 그녀와 결혼하지 그랬어!"
그러자 김 과장이 빙그레 웃으며 말하길,
"그래서 그년하고 결혼했잖아."

아내는 세 가지의 눈물을 가지고 있다.
괴로움의 눈물, 초조의 눈물, 거짓의 눈물.   —네덜란드
체호프: 고독한 것이 두렵다면, 결혼을 하지 마라.
쥬우베에르; 아내의 인내만큼 그녀의 명예가 되는 것은 없고
          남편의 인내만큼 아내의 명예가 되지 않는 것은 없다.
토마스 프라: 아내는 남편에게 끊임없이 복종함으로써
          남편을 지배한다.
남자의 인생에는 세 여자가 있다.
하나는 아내가 닮았으면 하는 어머니이고
또 하나는 전능한 어머니였으면 하는 아내이며
나머지 하나는 가슴에 숨겨두고 몰래 그리는 여인이다.

신혼 아내가 처음으로 김치를 담았다.

아내: 자기야 김치 맛 좀 봐봐.

남편: 우리 엄마 손맛과 똑같은데

아내: 정말 엄마 손맛처럼 느껴져?

남편 :그렇다니까? 우리 엄마도 간을 못 맞추거든.

T.풀러:　　아내를 눈으로 보고서만 택해선 안 된다.

눈보다는 귀로써 아내를 선택하라.

백 명의 남자가 하나의 숙박소를 만들 수는 있으나,

하나의 가정을 만들려면 한 여자가 필요하다.　ㅡ중국

코끼리를 보려면 꼬리를 보고

여자를 보려면 그녀의 어미를 보아라.　　ㅡ인도

※ 여보(如寶)는 같을 如(여)자와 보배 보(寶)이며

보배와 같이 소중하고 귀중한 사람이라는 의미

7가지 아내

어머니 같은 아내, 누이동생과 같은 아내, 친구와 같은 아내,

며느리와 같은 아내, 종과 같은 아내, 원수와 같은 아내,

도둑과 같은 아내

쉬토올:　　　좋은 아내가 되는 비결은

단 한 가지 결코 불평을 말하지 않는 것이다.

귀머거리 남편과 장님 아내는 행복한 부부라 할 것이다. ㅡ덴마크

라 로슈푸코: 부인들의 정숙은 대부분 자기의 평판이나 자기의

안정을 소중하게 여기려는 마음에 지나지 않는 경우가 많다.

※ 정말로 멋진 여자

예쁜 여자를 만나면 삼년이 행복하고,

착한 여자를 만나면 삼십년이 행복하고,

지혜로운 여자를 만나면 '삼대'가 행복하다.

모든 것을 바쳤을 때,

한 남자를 교육시키면 한 사람을 교육시키는 것이지만,

한 여자를 교육시키면 한 가정을 교육시키는 것이 된다.   ―아랍

남자는 천하를 움직이며, 여자는 그 남자를 움직인다.   ―영국

사랑은 아내에게, 비밀은 어머니에게 주어라.   ―아일랜드

앨프레드 테니슨 경: 사랑한다는 것과 현명하다는 것,

그 두 가지를 동시에 할 수 있다는 것은 얼마나 어려운 일인가.

영국 의회 사상 첫 여성 의원이 된 에스터 부인. 하지만 처칠과
는 매우 적대적인 관계였다. (처칠은 여성의 참정권을 반대했다)

"내가 만약 당신의 아내라면

서슴지 않고 당신이 마실 커피에 독을 타겠어요."

처칠은 태연히 대답한다.

"내가 만약 당신의 남편이라면 서슴지 않고 그 커피를 마시겠소."

J.G.홀런드: 사람은 집에 있을 때 그의 행복에 가장 가까워지고,

밖으로 나가면 그의 행복에서 가장 멀어지는 법이다.

J.H.페인: 쾌락의 궁전 속을 거닐지라도 초라하지만

내 집만 한 곳은 없다.

메릴린 먼로: 어릴 땐 지나가는 사람들이 모두 날 바라봐 주었으
면 했어요. 하지만 지금은 오직 한 사람만 날 바라봐 주었으면 해요.

그것이 사랑이라고 믿어요.

어떤 결혼식장에서 신랑이 청중들에게 중요한 말을 하겠다고 했다.
전 제 신부를 만나기 전까지 다른 한 여자의 품 안에서 살아왔습니다."
그러자 식장 안이 웅성거렸다.
"그 여인인 제 어머니께 감사드립니다."
그러자 여기저기서 감탄하는 소리가 들려왔다.
그때 식장 안에는 어느 칠순이 가까워지는 한 할아버지가 있었다.
그 할아버지 역시 그 얘기에 큰 감동을 받았다.
그리고 얼마 후, 그 할아버지가 칠순을 맞아 잔치를 하게 되었다.
잔치가 한 참 무르익어 가던 중 할아버지에게 소감을 말할 기회가
돌아왔다.
그런데 막상 말을 하려니 할 말이 생각나지 않았다.
그때 예전에 결혼식장에서 들었던 말이 생각났다.
"난 내 할멈을 만나기 전에 다른 한 여자의 품속에서 살아왔지."
그러자 장내가 웅성거리기 시작했다. 그때 할아버지의 말.
"근데 그게 누구였더라."

당신의 인생에서 사랑의 문을 닫지 마세요.
사랑을 얻는 가장 빠른 길은 져주는 것이고,
사랑을 잃는 가장 빠른 길은 사랑을 꼭 잡고 놓지 않는 것이며,
사랑을 지키는 가장 최선의 길은
그 사랑에게 날개를 달아 주는 것입니다.
- 더글라스 태프트 -

오스카 와일드: 남자란 일단 여자를 사랑하게 되는 날엔
그 여자를 위해서라면 무엇이든지 해주지만 단 한 가지
해주지 않는 것은 언제까지나 계속해서 사랑해 주는 일이다.

충분한 사랑이 있으면 어떤 어려움도 극복할 수 있다.

충분한 사랑이 있으면 어떤 병이든 고칠 수가 있다.

충분한 사랑이 있으면 열지 못할 문은 없다.

충분한 사랑이 있으면 건너가지 못할 심연도 없다.

충분한 사랑이 있으면 헐어 내지 못할 벽도 없다.

충분한 사랑이 있으면 갚지 못할 죄도 없다.

문제의 뿌리가 아무리 깊게 자리잡고 있을지 라도,

외견상 아무리 가망이 없는 것처럼 보일 지라도,

아무리 일이 꼬여 있을지라도,

아무리 큰 실수를 저질렀을지라도 상관이 없다.

충분한 사랑을 깨달으면 모든 것은 해결된다.

충분히 사랑을 할 수만 있다면 당신은 이 세상에서

제일 행복하고 제일 힘있는 사랑이 될 수 있을 것이다.

– 에메트 폭스 –

로망롱랑: 사랑할 때는 사상 따위가 문제가 안 된다.

사랑하는 여자가 음악을 좋아 하는가 어떤가는 문제가 아니다.

결국 어떤 사상에도 우열을 결정하기란 힘든 것이다.

세상에는 오직 하나만의 진리가 있을 뿐이다.

그것은 서로 사랑하는 것이다.

여자는 약자를 괴롭히며 쾌감을 얻고,

남자는 강자를 괴롭히고 쾌감을 얻는다.

여자는 약하기 때문에 악하기 쉽고,

남자는 착하기 때문에 척하기 쉽다.

여자는 남자 앞에서 한없이 약해지고,

남자는 여자 앞에서 한없이 강해진다.

결혼한 남자들은 결혼하지 않은 남자들보다 오래 산다. 그러나
결혼한 남자들은 결혼하지 않은 남자들보다 빨리 죽고 싶어 한다.

판단력이 떨어지면 결혼을 한다.
인내력이 떨어지면 이혼을 한다.
기억력이 떨어지면 재혼을 한다.

하늘에서 내리는 비와 재혼하려는
여자는 누구도 말릴 수가 없다.   -중국
제1조 간통하는 자는 사형에 처한다.   -(대자사크)징기스칸
이혼의 근본 원인은 ?   결혼

좋은 결혼은 있어도, 즐거운 결혼은 좀체 없다. 초혼은 의무,
재혼은 바보, 세 번째 결혼하는 자는 미치광이다.   -네덜란드
와일드: 남자는 인생을 지나치게 빨리 깨닫고,
             여자는 인생을 너무나 늦게 알게 된다.
보나르: 사랑은 진실을 고백했을 때 깨어지는 수가 있고,
             우정은 허위로 깨어진다.
A. 벤; 사랑의 신비함이 끝나면, 사랑의 쾌락도 끝난다.

깃털보다도 가벼운 것은 - 먼지다.
먼지보다도 가벼운 것은 - 바람이다.
바람보다도 가벼운 것은 - 여자다.
여자보다도 가벼운 것은 - 아무 것도 없다.
- 뮷세 -

소개로 만나게 된 남자와 여자,
남자가 여자에게 물었다.
남자: 혹시…… 담배 피우나요?
여자: (호들갑)어머~ 저 그런 거 못 피워요.
남자: 그럼, 술은?
여자: 어머~ 저 그런 건 입에도 못 대요!
남자: 그렇다면 지금까지 연애는?
여자: 연애요? 전 아직까지 남자의 '남'자도 모르고 살았는 걸요!
남자: 정말 순진하시군요!
전 솔직히 반갑긴 하지만 무슨 낙으로 사시는지?
그러자 여자는 환한 미소를 띠며 대답했다.
여자: 호호호 거짓말하는 재미로 살아요.

여자는 무드에 약하다. 남자는 무엇에 약할까?   —누드

여자는 자신의 도움이 필요한 남자를 원하고,
남자는 자신을 도와줄 여자를 원한다.
여자는 사람들 앞에서 울고,
남자는 사람이 없는 곳에서 운다.

※ 3대 미친 여자
1. 며느리를 딸로 착각하는 여자
2. 사위를 아들로 착각하는 여자
3. 며느리 남편을 아직도 아들로 착각하는 여자

※ . 여자가 멀리해야 할 것은 돈과 남자,
　더욱 조심해야 할 것은 돈 많은 남자.

남자: 10억을 주면 나랑 잘 수 있나요?
여자: 10억이요? 와, 그럴 수 있을 것 같은데요!
남자: 그럼 10만 원은 어때요?
여자: 날 뭘로 보고 그러세요? 나 그리 쉬운 여자 아니에요.
남자: 그건 이미 결정됐죠! 이제 남은 것은 가격 협상뿐이죠?

※ 화장실 낙서
여자는 무엇으로 사는가?
다음날 낙서, 누구야? 여자를 돈 주고 사려는 놈이!

버클러:　　남자의 욕망은 출세, 여자, 돈 세 가지이지만
　　　　　여자는 그 양쪽을 요구한다.

하루는 초등학교에 다니는 아들 녀석이
누워 있는 아빠를 흔들며 물었다.
"아빠, 결혼하는 데 돈이 얼마나 들어요?"
뜻밖의 질문이었으므로 아빠는 잠시 생각한 후에 대답했다.
"글쎄, 사람마다 다르겠지."
그러자 아들이 다시 물었다.
"그럼 아빤, 엄마랑 결혼하는 데 얼마나 들었어요?"
아빠는 역시 잠시 생각하고 나서 얼굴을 찡그리며 대답했다.
"아직은 알 수 없다. 지금도 계속 값을 치르고 있으니까!"

성공한 남자란 아내가 쓰는 것보다 더 많은 돈을 버는 사람이다.
성공한 여자란 그런 남자를 찾을 줄 아는 사람을 뜻한다.

가난의 신이 문을 두드리면 사랑은 창문으로 도망친다.   ─독일

한 남자가 시내에 나섰다가 그만 지갑을 잃어 버렸다.
용기를 내서 지나가는 예쁜 여자에게 말을 걸었다.
"저…… 저기……."
"왜 그러세요."
"지갑을 잃어버려서 그러는데 혹여 차비 좀 빌릴 수 있겠습니까?"
그러자 여자가 의외로 상냥하게 말했다.
"혹시 시간 있으세요?"
"네 있어요. 아주 많은데."
"그래요. 그럼 천천히 걸어가세요."

아름다운 아가씨는 지갑을 지니고 다니지 않는다.   ─스코틀랜드
캠벨: 미인의 눈물은 그녀의 미소보다도 더 사랑스럽다.
존 드라이덴: 용기 있는 자만이 미인을 차지할 수 있다.
미인은 보는 것이지 결혼할 상대는 아니다.   ─유태
미녀는 이 세상의 것이고, 추녀는 그대만의 것.   ─인도
모든 여성은 착하기보다 아름다움을 원한다.   ─독일
몽테스큐: 남자란, 처음 육감적으로 촉망했던 것을
나중에 마음으로 사랑하게 되지만, 여자는 이와 반대로 처음에는
마음으로 사랑하지만 그것이 드디어 육감으로 넘쳐 나오게 된다.
토머슨 해리버튼: 여자는 커다란 잘못은 용서할 것이다.
그러나 작은 모욕은 결코 잊어버리지 않는다.

※ 공자도 남자

공자가 사는 마을의 빨래터에 동네 아낙네들이 빨래를 하고 있었다.

그때 공자 부인이 커다란 빨래 통을 들고 나타나자,

한창 수다를 떨고 있던 아낙네들 가운데 한 여자가

공자 부인에게 물었다.

"요즘 무슨 재미로 살아요?

사람 사는 재미는 그저 애 낳아가면서 알콩달콩 하면서 사는 건데,

공자님하고 한 이불 덮고 자기는 해요?"

부인은 못 들은 척 빨래만 했다.

그러자 다른 아낙네가 한마디 거들었다.

"덕이 높고, 학문이 깊고, 제자가 많으면 뭐해?

사는 재미는 그저 그거 하나면 되지, 호호호."

그러거나 말거나 공자 부인은 묵묵히 빨래만 했다.

그리고 빨래를 다 마치고 일어나면서 혼자 중얼거렸다.

"바보들, 그이가 밤에도 공자인 줄 아나보지?"

남자는 그 어떤 여자와 함께 있어도 행복하다.

남자가 그 여자를 사랑하지 않고 있는 한.

남자가 사랑에 빠져버리면 현명한 남자이거나 바보나

아무런 차이가 없다.

괴테: 사랑이란 우리를 행복하게 하기 위해서 있는 것은 아니다.

사랑하는 것이 인생이다.

사람과 사람 사이의 결합이 있는 곳에 또한 기쁨이 있다.

꽃가루 여자아이를 낳게 하소서
옥수수 딱정벌레 여자아이를 낳게 하소서
오래 삶을 누릴 여자아이를 낳게 하소서
행복한 여자아이를
나를 둘러싼 행복 속에서
축복을 받으며 낳게 하소서
아이가 더디게 나오지 않게 하소서
－딸을 낳기를 원하는 엄마의 기도/ 나바호(인디언)

남자는 누구나 여인의 아들이다.   －러시아

여자에게 가장 중요한 세 사람
최초로 "사랑해"라고 말한 남자
엄마" 소리를 처음 들려준 자식 그리고 현재의 남편

※ 여자는 태어나서 세 번 칼 간다
1. 사귀던 남자 친구가 바람피울 때
2. 남편이 바람피울 때
3. 사위 녀석이 바람피울 때

모리스: 접촉은 인간이라는 동물이 인간답게 살아가기 위한
기술이다.

※. 여자는 손잡고 키스했으면 줄 것 다 줬다고 생각하고
남자는 이제부터 시작이라고 생각한다.

※. 다양한 키스 후 여자의 반응

호흡 곤란 형: 숨을 몰아쉬며 몸을 못 가눈다.

   키스를 오래 할 때는 코로 숨을 쉬는 것을 모르는 모양이다.

울보 형: 마구 운다.

    '키스 = 순결박탈'이라는 공식을 가진 모양이다.

에로 형: 갑자기 옷을 하나하나 벗는다.

    에로 영화를 너무 많이 본 모양이다.

몰라 형: 내 인생 책임지라며 매달린다.

    책임질 남자가 진짜 없었나 보다.

이게 뭐야 형: 뭐 이렇게 시시하냐며 다른 거 하자고 한다.

       다른 게 뭘까?

한 번 더 형: 또 하자고 달려든다.

       잘못 걸렸다.

내숭 형: 얼굴이 발그레해져 수줍은 미소를 띤다.

   남자들의 마음을 흔드는 방법을 아주 잘 알고 있다.

가장 비싼 술은?   여자입술

가장 기분 좋고 황홀한 춤은?   입맞춤

총각: 네가 '싫어'라고 말하면 키스해 주지.

처녀: 어머 싫어.

     턱수염 안 난 남자와 키스하는 것은

      소금 안 친 달걀을 먹는 맛이다.   -스페인

모파상: 공인된 키스는 훔친 키스보다 감미롭지 못하다.

테블몬: 젊은 시절은 사랑하기 위해서 살고,

     나이가 들면 살기 위해서 사랑한다.

"아, 이빨이 아파 죽겠네. 뭐, 좋은 약이 없을까?"

"내가 비법 하나 알려줄까?"

"그게 뭔데?"

"나도 어제 치통이 심했는데 집에 가니까 아내가 뜨겁게
키스를 해 주더라고. 그랬더니만 통증이 씻은 듯 사라졌다네.
자네도 한번 해보게."

"알았어. 나도 한 번 해 보지. 자네 부인 집에 계신가?"

노자:　　누군가를 깊이 사랑하면 힘이 생긴다.

　　　　그리고 깊이 사랑받으면 용기가 생긴다.

※ 여자 생활 백서

어린 남자를 노려라. 어차피 남자란 절대로 성숙해지지 못한다.
기저귀를 차고 있지 않은 이상, 남자가 변하기를 꿈꾸지 말라.
유머 감각이란 당신이 남자에게 농담을 하는 것이 아니라,
그의 농담에 웃어주는 것임을 명심하라.

가슴이 큰 여자는 멍청하다고, 사실은 그 반대다.
가슴이 큰 여자는 남자를 멍청하게 만든다.

남자는 여자에게 자신이 첫 남자이기를 바란다.
여자는 남자에게 자신이 마지막 여자이기를 바란다.
남자가 당신에게 자기가 당신의 처음이냐고 물어보거든
아마도요, 당신 참 익숙하게 느껴져요 라고 대답하라

에리자베스 칼멘 실버:　　모든 것을 바쳤을 때,
　　　　　　　　　여성은 세계를 바친 것처럼 생각한다.
　　　그러나 남성은 장난감을 받았다는 정도로 생각할 뿐이다.

　　　여자의 첫 경험은 '끝'이기도 하지만,
　　　남자의 첫 경험은 '시작'에 지나지 않는다.
여자는 섹스를 하고나서 몸을 기대려 하고, 남자는 떼려고 한다.
　　여자는 경험을 숨기고, 남자는 미경험을 숨긴다.

　　　　　쾌락을 위하여: 결혼
　　　　　사색을 위하여: 이혼
　　　　　기쁨에 찬 마음: 신부
　　　　　찢어질듯 한 가슴: 신랑
　　　　　－3500년 전 수메르 점토판

　　※.'신혼'이란? 한 사람은 '신'나고
　　　한 사람은 '혼'나는 것이라 한다.

　　　　　　※ 신혼 첫날
여:　　　난 당신을 위해서 내 생애의 최고를 바쳤어요!
남:　　　　　누가 최고로 만들어 줬는데?

사이러스: "섹스는 진짜 아름다운 것으로 우리가 만들어지고
　　　　　　　세상이 유지되는 유일한 방법이다."
아이들에게 섹스가 아름답고 신비한 것임을 알려줘야 한다.

남녀가 자고 나면 생기는 것은?   눈곱

프랑소와 모르악: 남자에게 있어선
오늘 하루만의 난봉에 지나지 않는 것에 여자는 일생을 건다.

　　　　"여성들이여, 그대들의 남편을 조심하라.
　　　　　　살해당한 모든 여성의 절반은
　　　　자신의 남편이나 애인에 의해 희생당했다."
　　　　　　　　－ 런던 타임즈 －

사랑 때문에 결혼하는 사람은 억울해서 죽는다.   －이탈리아
　　　　　　사랑은 일에 굴복한다.
만일 사랑으로부터 빠져 나오기를 원한다면, 바쁘게 되라.
　　　　그러면 안전할 것이다.   －사랑의 치료/ 오비디우스

아내를 사랑하는 애처가 맹구가 아내를 너무 끔찍이 사랑한 나머지
아내를 위하여 하루는 다음과 같이 말했다가 죽도록 얻어 터졌다.
아내를 사랑해서 한 말인데 왜 죽으라고 맞았을까요?
　　　　　　　　　"여보,
당신 살림과 직장 다니기 힘든데 애기 낳을 사람 따로 얻을까?"

T.M. 플라우투스: 높은 벼랑에서 떨어지는 것보다
　　　　　　사랑에 빠지는 쪽이 더 위험하다.
디즈우리엘 부인: 상대를 증오한다는 것은
　　　　　　아직 사랑하고 있다는 증거다.

※ 애인 죽이기 10계명

1. 꼬옥~ 껴안아 주는 거야. 숨이 막혀 죽도록.
2. 맑고 깊은 내 눈에 그 애를 담는 거야 그리고 익사 시키는 거야.
3. 연락을 딱~ 한 달 간 끊어 보는 거야. 아마 애가 타서 죽을 걸?
4. 가끔은 맘에 없는 말로 가슴 아프게 만들어 죽일 수도 있지.
5. 매일 밤 전화로 날 밤 새게 하는 거야 수면부족으로 죽게 하는 거지.
6. 뽀뽀를 쉬지 않고 해주는 거야. 숨이 막혀 죽도록.
7. 너무너무 행복하게 만들어서 심장마비로 죽게 하는 거야.
8. 죽이게 맛있는 도시락을 싸들고 여행을 가는 거야.
그리고 먹이는 거야. 맛있어서 죽게.
9. 아무노력 없이 죽이는 방법도 있지.
그 애는 그냥 두어도 상사병으로 죽을 테니까.
10. 오늘 밤 소복에 칼 물고 소원을 비는 거야.
먼 훗날 그애가 나와 함께 행복하게 죽을 수 있도록……

E.M.아른트:　　사랑의 괴로움처럼 기쁨은 없다.
사랑에 죽는 것처럼 행복은 없다.
몰리에르:　사랑 없이 사는 것은 정말로 사는 것이 아니다.
사랑은 행복을 죽이고, 행복은 사랑을 죽인다. 　-스페인

아내: 여보! 당신 날 사랑해?
남편: (잠시 생각하다가) 음 가끔.
아내: (실망한 듯) 나는 당신을 사랑하는데.
남편이 미안해지려 하는 순간 아내,
아내: (조용히) 가끔 나도 그래.

바스터: 남자는 자주 사랑하나 얕고, 여자는 가끔 사랑하나 깊다.

스탕달:　　　　　　연애가 줄 수 있는 최대의 행복은
　　　　　　사랑하는 여자의 손을 처음으로 쥐는 일이다.

풀 제라르디: 연애란 남자가 단 한 사람의 여자에 만족하기 위해
　　　　　　치루는 노력이다.

　　　　　　여자는 사랑을 위하여 지혜를 잃지만,
　　　　　　남자는 사랑을 위하여 지혜로워진다.

현명한 남자:　　　　여자 생일은 기억하고
　　　　　　그녀의 나이는 기억하지 않는 남자.

멍청한 남자:　　　　여자 나이만 기억하고
　　　　　　그녀의 생일은 기억하지 않는 남자.

남자는　　　잊을 수는 있지만, 용서는 못한다고 한다.

여자는　　　용서할 순 있지만, 잊을 수는 없다고 한다.

남자는 실연당하면, 다른 여자를 통해 그녀를 잊으려고 한다.

여자는　실연당하면, 다른 남자에게서 그를 느끼려고 한다.

남자는　　　　여자를 잊으려고 술을 마신다.

여자는　　　　남자를 생각하려고 술을 마신다.

J.라브뤼이: 사랑하지 말아야 되겠다고 하지만 뜻대로 안된 것과
　　　　　　같이 영원히 사랑하려고 해도 뜻대로 되지 않는다.

세익스피어:　　　　사랑을 하고 있는 사람의 귀는
　　　　　　아무리 낮은 소리라도 다 알아듣는다.

사랑은 연기나 기침을 감추기 어렵듯이 감춰 두기 어렵다. —독일

*10대: 서로가 멋모르고 산다.

*20대: 서로가 신나서   산다.

*30대: 서로가 한눈팔며 산다.

*40대: 서로가 마지못해 산다.

*50대: 서로가 가엾어서 산다.

*60대: 서로가 필요해서 산다.

*70대: 서로가 고마워서 산다.

V. 위고: 인생에 있어서 최고의 행복은

우리가 사랑받고 있다는 확신이다.

니체: 사랑이 두려운 것은 사랑이 깨지는 것보다도

사랑이 변하는 것이다.

바이런: 시간만이 사랑을 지치게 한다.

익숙해지면 사랑은 사라진다.

사랑은 시간을 가게하고, 시간은 사랑을 가게 한다.   －프랑스

존 릴리: 가장 훌륭한 포도주가 가장 독한 식초로 바뀔 수

있듯이, 깊은 사랑도 한순간 가장 지독한 혐오로 바뀔 수 있다.

테니슨: 사랑하고 나서 잃는 것은

전혀 사랑하지 않았던 것보다 더 낫다.

여자는 몰라도 되는 일을 자꾸 알려고 하지만,

남자는 꼭 알아두어야 할 일을 너무 모른다.

남자는 경험으로 여자를 알지만,

여자는 본능적으로 남자를 안다.

버스카글리아: 사랑은 언제나 창조하며 결코 파괴하지 않는다.
　　　　　여기에 인간의 유일한 희망이 있다.

프로이드:　　　내가 30여 년 동안 여성의 영혼에 대해 연구해
왔으면서도 내가 결코 대답할 수 없었던 중요한 질문, 그리고
앞으로도 내가 대답할 수 없을 중요한 질문이 있다.
　　　　　"여성은 무엇을 원하는가?"

메닝거;　　　　　사랑은 사람을 치료한다.
　　　사랑을 받은 사람, 사랑을 주는 사람 할 것이 없이.
에픽테토스:　인간의 가치는 얼마나 사랑받았느냐가 아니라,
　　　얼마나 주위 사람들에게 사랑을 베풀었느냐에 달려있다.
H.입센:　　　한 사람도 사랑해보지 않았던 사람이
　　　　　인류를 사랑하기란 불가능한 것이다.

사랑:　　　일시적인 정신병, 결혼에 의해 치유될 수 있음.

Love looks not with the eyes, but with the mind,
And therefore is wing'd Cupid painted blind.
사랑은 눈이 아니라 마음으로 보는 것, 그래서
날개달린 사랑의 천사 큐피드는 장님으로 그려져 있는 거지.
－한여름 밤의 꿈/ 셰익스피어

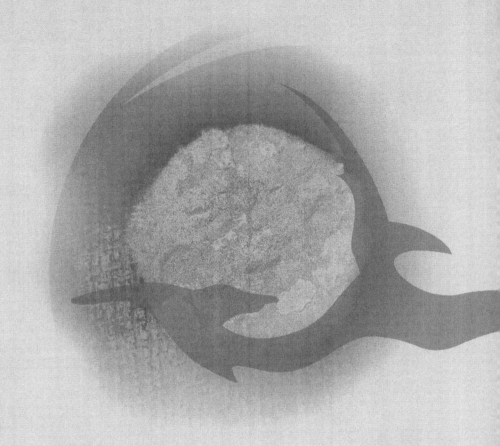

사귀어야 친구지

아리스토텔레스:　　　　친구란 무엇인가?
　　　　　　　　　두 몸에 깃든 하나의 영혼이다.
에머슨:　　　　　　친구를 얻는 유일한 방법은
　　　　　　　스스로 완전한 친구가 되는 것이다.
포프:　　　　내 친구는 완벽하지 않다. 나도 마찬가지다.
　　　　　　　그래서 우리는 너무나 잘 맞는다.
러셀:　　　　좋은 친구가 생기기를 기다리는 것보다
　　　스스로가 누군가의 좋은 친구가 되었을 때 행복하다.

친구(親舊)　　　　오래도록 친하게 사귀어 온 사람.
　　　　나이가 비슷한 또래이거나 아래인 사람을 낮추거나
　　　　　　　　　가깝게 이르는 말.
친구(親舊)란 그리 쉽게 사귈 수 있는 사람이 아닌 것 같다.
'친구'는 벗이나 동무인 상태가 오래 동안 지속되어 매우 가까운
사이가 되어야 한다. 오랫동안 친하게 지내는 사이이기 때문이다.

　　　　　　　※ 사귀어야 친구지 ※

금란지계(金蘭之契). 사이좋은 벗끼리 마음을 합치면 단단한
쇠도 자를 수 있고, 우정의 아름다움은 난의 향기와 같다는 뜻.
　　　　　아주 친밀한 친구 사이를 이름.
막역지우(莫逆之友).
마음이 맞아 서로 거스르는 일이 없는, 생사를 같이할 수 있는
　　　　　　　친밀한 벗. 아주 허물없는 사이.
망년지교(忘年之交).
　　　　　　나이나 서열을 따지지 않고 맺은 친구.

동무: 마음이 서로 통하여 가깝게 사귀는 사람.
어떤 일을 하는 데 서로 짝이 되거나 함께하는 사람.
'동무'에는 일정한 목적의 공유가 포함되므로 대체로 '무슨 동무'
처럼 앞에 목적을 제시하는 경우가 많다. '길동무, 글동무, 말동무,
술동무, 어깨동무' 등이 그 예다. 함께 어울려 지내는 것이나 짝이
되어 함께 일하는 것도 '동무하는' 것이다. 목적을 같이 할 수
있으면 금방 만난 사람이라도 '동무'가 될 수 있다. '동무'는 뜻만
맞으면 나이 상관없이 언제든지 될 수 있는 관계이기 때문이다.
여기서 목적이란 대단한
가치가 있는 것에 국한하지 않고 여행, 놀이, 공부처럼
사소한 것을 함께 하는 것도 포함된다.

나를 알아주는 벗(知己之友)
"만약 나를 알아주는 한 사람의 벗을 얻는다면,
나는 망설임 없이 10년 동안 뽕나무를 심고 1년 동안 누에를
길러 손수 오색실을 물들일 것이다. 10일에 한 가지 빛깔을 물들
인다면 50일이면 다섯 가지 빛깔을 물들일 수 있을 것이다. 이것을
따뜻한 봄볕에 내놓고 말려서 여린 아내에게 부탁해 백 번 달군
금침 바늘로 내 벗의 얼굴을 수놓게 하리라.
이것을 가지고 뾰족뾰족하고 험준한 높은 산과 세차게
흐르는 물이 있는 곳, 그 사이에 펼쳐놓고 말없이 서로 바라보다
뉘엿뉘엿 해가 저물 때면 품에 안고 돌아오리라."   −이덕무

벗이 먼 곳으로 부터 찾아오니 이 얼마나 즐거운가.
有朋自遠方來 不亦樂乎(유붕자원방래 불역낙호)   −논어

벗: 마음이 서로 통하여 가깝게 사귀는 사람.
          어떤 일을 함께 하며 심심함을 덜 수 있는 상대.
          '벗'은 서로 가깝게 지내는 또래이면 된다.
          윤선도는 물, 솔, 돌, 대, 달을 벗(오우가)으로 삼았다.
          어떤 이는 책을 벗으로 삼을 수 있고,
          술을 벗 삼아 생활하는 사람도 있을 법하다. '벗' 관계는
이처럼 정서적으로 교감(감정이입)함으로써 이루어질 수 있다.

데비 엘리슨: 친구란 우리에게 쉴 만한 공간과
                  자유로움을 허락하는 사람이다.

      한문시험이 끝나고 아이들이 답을 맞춰보고 있었다.
그런데 아이들은 제일 마지막 문제가 제일 어렵다며 투덜거리고
있었다. 마지막 문제는, '우정이 매우 돈독하여 매우 친한 친구
  사이를 4자 성어로 뭐라고 하는가.'라는 문제였다. 아이들은
막역지우, 관포지교, 죽마고우 등등의 답을 적었다고 말했지만
 구석자리에 앉은 맹구는 아무 말도 못하고 앉아 있었다.
그날 저녁 한문 선생님이 시험지를 채점하는데 맹구의 답안지를
보다가 큰소리로 웃고 말았다. 답란에는 이렇게 적혀 있었다.
                  정답: 불알친구

        결점 없는 친구를 갖고자 한다면
          평생 친구를 얻을 수 없다.   -유대
노신: 친구를 선택하려면 지도자를 찾지 말고 친구를 찾아라.
친구'란 '내 슬픔을 등에 지고 가는 자'라는 뜻이다.   -인디언

유익한 벗이 세 가지 있고, 해로운 벗이 세 가지 있다.
정직한 사람을 벗 삼고, 진실한 사람을 벗 삼고,
견문이 많은 사람을 벗으로 삼으면 유익하다.
그러나 형식만 차리는 사람, 대면할 때만 좋아하는 사람,
말재주만 있는 사람을 벗으로 삼으면 해롭다.
- 공자 -

당신의 친구는 친구를 가지고 있으며 그 친구에게는
또 친구가 있고 그 친구는 또 자기 친구가 있다. 그러므로
친구에게 말을 할 때는 조심해야 한다.
- 이스라엘 -

一死一生 乃知交情(일사일생 내지교정)
생사의 갈림길에서 우정이 어떤 것인지 알 수 있고
一貧一富 乃知交態(일빈일부 내지교태)
빈부의 처지가 다른 사이에서 사귐의 정도를 알 수 있고
一貴一賤 乃見交情(일귀일천 내현교정)
귀하고 천한 신분의 처지에서 우정이 드러난다.
- 史記 급정열전(汲鄭列傳)의 찬(贊) -

엘버트 하버드: 친구란 모든 것을 알고 있으면서도
사랑해 주는 인간을 말한다.
릴리: 친구의 집으로 가는 길은 항상 멀지 않다.
한 친구를 얻는 데는 오래 걸리지만 잃는 데는 잠시이다.
제롬: 오래 찾아야 하고 잘 발견되지 않으며
유지하기도 힘 드는 것이 친구이다.

셰익스피어: 맘으로는 생각해도 입 밖에 내지 말며,
              서로 사귐에는 친해도 분수를 넘지 말라. 그러나
         일단 마음에 든 친구는 쇠사슬로 묶어서라도 놓치지 말라.

              친구를 칭찬할 때는 널리 알도록 하고,
              친구를 책망할 때는 남이 모르게 하라!   −독일
              물이 너무 맑으면 물고기가 없고,
              사람이 너무 살피면 친구가 없다.   −명심보감

화해를 한 친구와 다시 데운 수프의 고기는 조심하라.   −스페인
펠담: 가치 있는 적이 될 수 있는 자는 화해하면
              더 가치가 있는 친구가 될 것이다.
앙드레 프레보: 자신의 아내, 자신의 저금, 자신의 지갑을
                   제외하고 친구에게 무엇이든 말해도 된다.
시세로: 확실한 친구는 불확실한 처지에 있을 때 알려진다.
아리스토텔레스: 불행은 진정한 친구가 아닌 자를 가려준다.
메난드로스: 그 사람을 모르거든 그 친구를 보라.
              사람은 서로 뜻이 맞는 사람을 친구로 삼기 때문이다.
실러: 친구는 기쁨을 두 배로 하고 슬픔을 반으로 해준다.
보나르: 나를 가장 잘 아는 자를 친구로 하고, 나를 가장 잘
              모르는 자를 적으로 삼 는다면 그보다 더 좋은 일은 없다.

              좋은 친구: 내가 어려울 때 도와주는 친구
              나쁜 친구: 내가 어려울 때 모른 척하는 친구
         아주 나쁜 친구: 내가 어려울 때 도와 달라고 하는 친구

입센:　　친구는 한편이 출세하면 친구 관계는 사라진다.
　　　　천 명의 친구들, 그것은 적다. 단 한 명의 원수,
　　　　　　　그것은 많다.　　　　　　　　　　　－영국
테니슨:　　과거에 한 번도 적을 만들어 본 일이 없는 인간은
　　　　　　　결코 친구를 가질 수 없다.
필레몬:　　　　비교는 친구를 적으로 만든다.
테니슨:　　적이 한 사람도 없는 사람을 친구로 삼지 말라.
　　　　그는 중심이 없고 믿을 만한 가치가 없는 사람이다.
　　　　차라리 분명한 선을 갖고 반대자를 가진 사람이

　　맹구와 만수가 인적이 드문 연못에서 낚시를 하고 있는데
　　　　덤불 속에서 감시인이 튀어 나왔다.
그러자 맹구는 재빨리 낚싯대를 팽개치고는 숲 속으로 쏜살같이
　　도망쳤다. 감시인도 그 뒤를 발에 연기가 나도록 쫓았다.
1Km 쯤 도망갔을 때 맹구는 멈추더니 두 팔을 허벅지에 대고
몸을 굽혀 가쁜 숨을 골랐다. 그리고는 감시인에게 붙잡혔다.
　　　　감시인: (헐떡거리며) 낚시면허증 좀 보자.
　　　　그러자 맹구는 지갑을 꺼내더니 감시인에게
　　　유효기간이 남아있는 낚시면허증을 건네주었다.
　　　　감시인: 자네 아주 돌대가리구만.
이렇게 유효한 낚시면허증이 있으면 도망갈 이유가 전혀 없는데.
　　　맹구: 알아요. 하지만 저기 있던 제 친구는 없거든요.

　　　친구의 비밀을 아는 것은 좋으나
　　　그것을 입 밖에 내어서는 안 된다.　　　　－독일

쇼펜하우어: 돈 빌려 달라는 것을 거절함으로써 친구를 잃는
일은 지만, 반대로 돈을 빌려 줌으로써 도리어 친구를 잃기 쉽다.
당신이 부(富)할 때는 친구가 많지만
가난하면 친구가 적어질 것이다.   -영국

두 친구가 있었다. 한 친구가 다른 친구에게 말했다.
영구 "여보게, 잠시 오만 원만 빌려 주겠나?"
맹구 "좋아, 빌려주지."
그렇게 맹구가 영구에게 오만 원을 빌려주었다.
그리고 열흘쯤 지나서 다시 두 사람이 만났다.
맹구 "여보게, 자네 나한테 오만 원 빌려간 게 있지 않은가?"
영구 "빌려갔지.
그런데 오만 원을 더 채워서 십만 원으로 채워 줄 수 없겠나?"
맹구 "좋아."
또 얼마 후 두 사람이 만났다.
맹구 "여보게, 내가 분명히 자네에게 십만 원을 빌려주었지?"
영구 "빌렸지.
그렇다면 십만 원을 더 채워서 이십만 원을 빌렸으면 좋겠는데."
맹구 "자네가 꼭 필요하다면 할 수 없는 일이지."
그로부터 다시 2주일이 지났을 때,
두 사람이 만나자 돈을 빌려간 영구가 말했다.
영구 "여보게, 내가 자네한테 진 빚이 이십만 원이 있지 않은가?"
그러자 돈을 빌려준 맹구가 말했다.
맹구 "천만에, 난 자네한테 돈을 빌려준 적이 없네."

부자 친구가 초대하면 가는 것이 좋고,
가난한 친구는 초대하지 않더라도 이따금 찾아가 보라.   ─영국
변치 않는 친구를 구하려는 자여! 그대는 묘지로 가라.   ─러시아
아리스토텔레스: 친구가 많다는 것은 친구가 전혀 없다는 것이다.
윌라 캐더: 고독한 사람만이 친구의 완전한 기쁨을 알고 있다.
            다른 사람에게는 가족이 있지만
            고독한 사람이나 유랑자에게는 친구가 전부인 것이다.
베이컨;   형제는 하늘이 내려주신 친구이다.
            최악의 고독은 한 사람의 친구도 없는 것을 말한다.
페블릴리우스 시루스: 번영은 친구를 만들고,
                역경은 친구를 시험한다.
에센바흐: 한 사람의 진실한 벗은, 천 명의 적이 불행하게
        만드는 그 힘 이상으로 우리들의 행복을 위해 이바지한다.
        마음에 뿌리가 있고 믿음직한 사람이다.

    영숙 씨 남편이 어느 날 저녁 귀가하지 않았다.
다음날 그는 영숙 씨에게 친구의 집에서 자고 왔다고 말했다.
 영숙 씨는 남편의 가장 친한 친구 5명에게 전화를 걸었다.
   그들 중 3명이 그가 자기 집에서 자고 갔다고 말했다.
그리고 나머지 두 명은…… 그가 아직 자기 집에 있다고 말했다.

새뮤엘 존슨: 인간은 꾸준히 우정을 고쳐 나가지 않으면 안 된다.
        여자의 우정은 남을 욕하다가 생겨나고,
        남자의 우정은 서로를 끌어주는 힘에 의하여 생겨난다.
        여자는 친구의 성공에 질투를 하지만
        남자는 친구의 성공에 부러움을 표시한다.

칼스:　　　　　어떤 목적으로 시작된 우정은
　　　　　　　그 목적이 끝나면 우정도 끝난다.
　　　　　　　필요하지 않을 때 우정을 맺어라.　　　-미국

다른 사람에게는 결코 열어주지 않는 문을 당신에게만 열어주는
사람이 있다면 그 사람이야 말로 당신의 진정한 친구이다.
- 어린왕자 중 -

두 남자가 시골에서 차를 타고가다 고장이 났다.
인적이 드문 허허 벌판에 집이라고는 딱 한 채 밖에 없었다.
어쩔 수 없이 그 집 문을 두드렸다.
그러자 문이 열리고 한 부인이 나왔는데 과부였다.
"차가 고장 났는데 하룻밤만 묵을 수 있을까요?"
과부는 허락했고 그날 밤을 거기서 보내고 다음날 아침
견인차를 불러 돌아갔다. 몇 달 후에 그 중 한 남자가
자신이 받은 편지를 들고 다른 남자에게 갔다.
"자네 그 날 밤에 그 과부와 무슨 일 있었나?"
"응 즐거운 밤을 보냈지."
"그럼 혹시 과부에게 내 이름을 사용했나?"
"어? 그걸 어떻게 알았나?"
"고맙네, 친구. 그 과부가 며칠 전에 죽었다고 편지가 왔는데
나에게 50억을 유산으로 남겨줬다네."

조셉 룩스:　　　사랑이 성의 차이를 인정하듯 우정은
　　　　　　　성격의 차이를 인정한다.

꼭도: 우정을 유지하는 최상의 방법은, 어떠한 신세도 지지 않고,
또 의지하지도 않는 것이다.

한 회사에 근무하는 두 사람의 동료가 있었다.

그런데 노총각인 친구가 동료 부인의 아름다운 미모에 몸 달아했다.

친구 몰래 접근해 온갖 방법으로 유혹을 해봐도 절개가 굳은 부인의
마음을 움직일 수 없자 한 가지 궁리를 해냈다. 마지막 카드로
돈 천만 원을 주겠노라고 유혹하자 춘향이 같은 절개를 지닌 부인도
그만 돈 앞에는 먹혀들고 마는 불행한 사건이 일어나고 말았다.

"내일 그이가 출장을 가니까 저녁에 집으로 오세요."

다음 날 지방 출장을 가는 친구를 붙잡고 노총각이 애원을 했다.

여보게, 급히 필요해서 그러는데 몇 시간 후 퇴근길에 자네
부인에게 꼭 갖다 줄 테니 천만 원만 빌려주게.

친구 좋다는 게 뭔가?

그리하여 노총각은 천만 원을 빌렸다.

다음날 출장에서 돌아온 남편이 아내에게 물었다.

어제 내 친구가 왔다 갔지?

깜짝 놀란 아내가 떨리는 목소리로 대답했다

네? 예…….

그 친구에게서 돈 천만 원도 받았지?

고개를 떨어뜨린 아내가 나지막이 대답했다.

네, 네.

남편이 흡족한 표정으로 말했다.

자식 약속 하나는 확실하네. 역시 믿을 만한 친구야!

곰과 우정을 나누어라.
그러나 언제든지 곁에 손도끼를 준비해 두라! ─러시아

만리길 나서는 길
처자를 내맡기며 맘 놓고 갈 만한 사람
그 사람을 그대는 가졌는가?

온 세상 다 나를 버려 마음이 외로울 때에도
'저 맘이야'하고 믿어지는
그 사람을 그대는 가졌는가?

탔던 배 꺼지는 시간구명대 서로 사양하며
'너만은 제발 살아다오'할
그 사람을 그대는 가졌는가?

불의의 사형장에서도
'다 죽어도 너희 세상 빛을 위해 저만은 살려 두 거라.'
일러줄 그 사람을 그대는 가졌는가?

잊지 못할 이 세상을 놓고 떠나려 할 때
'저 하나 있으니'하며 빙긋이 웃고 눈을 감을
그 사람을 그대는 가졌는가?

온 세상의 찬성보다도 '아니' 하며 가만히 머리 흔들
그 한 얼굴 생각에 알뜰한 유혹 물리치게 되는
그 한사람을 그 대는 가졌는가?

- 그 사람을 가졌는가? /함석헌 -

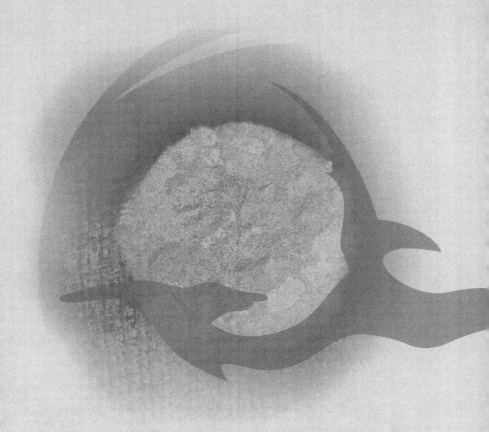

이 땅에 정의로운 통치를
실현하기 위해

이 땅에 정의로운 통치를 실현하기 위해,
그리하여 강자가 약자를 해하지 못하게 하기 위해.
– 함무라비 법전 서문 –

내가 원하는 우리나라
나는 우리나라가 세계에서 가장 아름다운 나라가 되기를 원한다.
가장 부강한 나라가 되기를 원하는 것은 아니다. 내가 남의 침략에
가슴이 아팠으니 내 나라가 남을 침략 하는 것을 원하지 아니한다.
우리의 부력은 우리의 생활을 풍족히 할 만하고, 우리의 강력은
남의 침략을 막을 만하면 족하다.
오직 한없이 가지고 싶은 것은 높은 문화의 힘이다.
문화의 힘은 우리자신을 행복하게 하고 나아가서
남에게 행복을 주겠기 때문이다.
(중략)
동포 여러분! 이러한 나라가 될 진대 얼마나 좋겠는가?
우리네 자손을 이러한 나라에 남기고 가면 얼마나 좋겠는가?
옛날 한토의 기자가 우리나라를 사모하여 왔고, 공자께서도 우리
민족이 사는데 오고 싶다고 하셨으며, 우리민족을 인을 좋아하는 인을
좋아하는 민족이라 하였으니, 옛날에도 그러하였거니와, 앞으로도
세계 인류가 모두 우리 민족의 문화를 사모하도록 하지 아니 하려는가?
나는 우리의 힘으로,
특히 교육의 힘으로 반드시 이 일이 이루어 질 것을 믿는다.
우리나라의 젊은이가 다 이러한 마음을 가질진대
아니 이루어지고 어찌하랴!
–1947년 샛문 밖에서……
– 나의소원 /백범 김구 –

대한민국 헌법 제1조
① 대한민국은 민주공화국이다.
② 대한민국의 주권은 국민에게 있고,
모든 권력은 국민으로부터 나온다.

아인슈타인:　　　국가가 사람을 위해 만들어졌지
　　　　사람이 국가를 위해 만들어지지 않았다.
정약용: 백성을 떠받들면 세상에 무서울 것도 못할 것도 없다.
　　세상에서 지극히 천하고 하소연할 곳 없는 자가 백성이지만,
　　세상에서 무겁기가 높은 산과 같은 자도 백성이다.
J.F.케네디:　　국가는 시민의 하인이지 주인이 아니다.

나라를 망하게 하는 7가지 악 (간디)
노력 없는 부,　양심 없는 쾌락,　인격 없는 지식,
희생 없는 종교, 도덕 없는 경제, 인간성 없는 과학,
원칙 없는 정치

R.W.에머: 국가는 자살에 의하지 않고는 결코 쇠망하지 않는다.
바이런 :　　한 나라를 세우기 위해서는 일천년도 부족하지만,
　　　그것을 무너뜨리기 위해서는 단 한 시간으로도 족하다.
나폴레옹 :　　　모든 제국은 소화불량으로 죽는다.
볼테르:　　우리의 조국이란 우리의 마음이 묶여 있는 곳이다.
밀: 국가의 가치는 결국 그것을 구성하고 있는 개개인의 가치다.

디오니시우스: 나라를 멸망케 하는 가장 확실한 방법은
선동정치가에게 권력을 맡기는 일이다.

한 하버드 법대 졸업생이 졸업연설을 했다.
"우리나라는 지금 혼란에 빠져 있습니다!
대학들은 폭동과 소요를 일삼는 학생들로 가득 차 있습니다.
공산주의자들은 우리나라를 호시탐탐 파괴하려 하고 있습니다.
러시아는 완력을 동원해 우리를 위협하고 있습니다.
그리고 국가는 위험에 처해 있습니다. 그렇습니다!
안으로부터의 위험, 또 외부로부터의 위험.
우리는 법과 질서가 필요합니다.
법과 질서 없이 우리나라는 살아남을 수 없습니다!"
긴 박수소리가 이어졌다. 박수소리가 잦아들자,
그 학생은 청중들에게 이렇게 조용히 말해주었다.
"지금 말한 것들은 1932년 아돌프 히틀러가 연설한 것입니다."

마틴 루터 킹 목사: 히틀러가 독일에서 했던 그 모든 일들도
합법적이었다는 것을 잊지 마라.
해럴드 조지프 래스키: 국가가 그 권위에의 비판을
어느 정도까지 허용하는가가 그 국가가 사회의 충성심을
어느 정도까지 쥐고 있는가에 대한 가장 확실한 지표다.
아리스토텔레스: 국가는 좋은 생활을 위해서 존재하지
생활만을 위해서 존재하지 않는다.
나폴레옹: 국가를 영속시키려면 공공의 안전을 위해 결속하라.
마르크스: 인간은 정치적인 동물일 뿐 아니라
사회 속에서만 한 개인으로 발전할 수 있다.

E.M.포스터:　　　민주주의에 두 가지 갈채를 보낸다.
하나는 다양성을 인정함이요, 하나는 비판을 허락하기 때문이다.
밀:　　국가의 재산은 결국 국가를 구성하는 개인의 재산이다.
알렉시스 드 토크빌: 국가의 재산이 분할되어 재산을 소유한
　　　　　　　사람이 많아질수록 혁명이 일어날 확률은 줄어든다.
브라질 룰라 대통령 : 왜 부자를 돕는 것은 '투자'라고 하고,
　　　　　　　가난한 사람을 돕는 것은 '비용'이라고 말하는가?

　　　소비에트 연방 당서기장이었던 리오니트 브레즈네프가
　　프랑스를 국빈 방문했을 때 일이다. 엘리제궁을 방문한
브레즈네프는 화려한 궁내부를 보고도 시큰둥한 반응을 보였다.
　　루브르 박물관에서도 유물들에 별 관심을 보이지 않았다.
　　샹젤리제 거리를 지나 개선문을 통과할 때도 마찬가지였다.
하지만 마지막 방문지 에펠탑에서는 놀라움을 표시하며 말했다.
"파리는 인구가 900만 명이나 되는데 감시탑 하나로 되겠소?"

간디:　　　시민의 불복종은 시민의 타고난 권리이다.
메리엄:　　　정치의 폭력화는 실정의 고백이다.
W.펜: 국민들로 하여금 그들이 통치한다고 생각하게 하라.
　　　　　그러면 그들이 통치 받을 것이다.
　　　　　※ 설마와 혹시의 차이
어느 국회의사당이 붕괴된 직후, 경찰에서 관계자를 불러 심문했다.
경찰: 건물이 무너질지도 모르는데 왜 직원들을 대피시키지 않았소?
　　　관계자: '설마' 무너지기야 할까 생각했지요.
　　　경찰: 그럼 국회의원들은 왜 대피시켰소?
　　　관계자: '혹시' 무너질지도 모르는 것 아닙니까?

니콜로 마키아벨리 : 군주는 민중으로부터 사랑받지 않아도
좋지만 원망 받지 말아야 한다.
J.F. 케네디:　　민주주의는 무엇보다 우수한 통치형태이다.
그것은 인간을 이성적 존재로서 존경하는 데 기초하기 때문이다.
윈스턴 처칠:　　사람들은 민주주의가 이제껏 시도된 모든
정치제도를 제외하면 최악의 제도라고 말한다.

under God,
shall have a new birth of freedom, and
that government of the people, by the people, for the people,
shall not perish from the earth.
신의 가호 아래
이 나라는 새로운 자유의 탄생을 보게 될 것이며,
국민의, 국민에 의한, 국민을 위한 정부는
이 지상에서 결코 사라지지 않을 것입니다.
－에이브러햄 링컨의 게티스버그 연설 중 (1863년 11월19일)

공산주의 국가인 어느 나라 감옥에 갇혀 옥살이를 하는
3명의 노동자들이 어쩌다 끌려왔는지 이야기를 하게 됐다.
노동자1: 나는 매일 아침 5분씩 지각하며 출근했더니
사보타지한다고 붙잡혀 왔지요.
노동자2: 나는 반대로 매일 10분씩 일찍 출근했더니
스파이 활동한다고 붙잡혀 왔지요.
노동자3: 나는 매일 정시에 출근했는데
왜 자유 서방세계의 시계를 사용하느냐며 끌고 오던데요.

간디:　　　　　진정한 민주주의는 비폭력에 의해서만
　　　　　　　가져올 수 있는 것이라고 믿고 있다.
C.애틀리:　　　민주주의란 토의에 의한 통치를 의미한다.
토마스 만:　　　정치를 경멸하는 국민은
　　　　　경멸당할만한 정치를 가질 수밖에 없다.

　　　스탈린이 변장을 하고 민정시찰에 나섰다.
　그 가 방문한 곳은 영화관. 영화 상영이 끝나자 거대한
스탈린 초상화가 스크린에 비쳐졌고 소비에트 국가가 연주됐다.
모든 관객이 벌떡 일어서 국가를 합창하기 시작했다. 변장한
스탈린은 모자를 눌러 쓴 채 자리에 가만히 앉아 있었다. 그때
　뒷자리에 앉아 있던 사람이 조용히 스탈린 귀에다 속삭였다.
　　　"동무, 우리 모두 당신과 똑같은 마음이네.
　　하지만 우리처럼 기립하는 게 자네 신변에 안전할걸세."

A. 스티븐슨:　　　　공화정치의 본질은 명령이 아니다.
　　　　　　　　그것은 동의이다.
루소:　　다수자가 통치하고 소수자가 통치되는 것은
　　　　　　　　자연법칙에 위반된다.
베르나르 베르베르:　　공산주의는 자본주의의 반대다.
　　　　　인간이 다른 인간을 착취하는 것이 자본주의라면,
　　　거꾸로 다른 인간이 인간을 착취하는 것이 공산주의다.
　　　　다른 인간이 인간을 착취하는 것이 공산주의다.
몽테스키외:　　　　공화국은 사치로 멸망하며,
　　　　　전제주의 국가는 빈곤으로 멸망한다.

구 소련에 한 가난한 농부가 살았다.

그는 여러 모로 가난을 면하고자 노력했으나 그의 살림은 늘
어려웠다. 그의 소원은 천 평 정도의 자기 땅을 가지고
씨를 뿌려 농사를 짓는 것이었다. 하루는 그가 하나님께
그 소원을 아뢰기로 결심하고 하나님 앞에 편지를 썼다.
천 평의 땅을 구입할 수 있는 돈을 보내달라는 내용의 편지였다.
그러나 이 편지를 붙이는데 수신자의 주소가 문제였다.
그는 할 수 없이 모스크바의 크레믈린 궁으로 이 편지를 붙였다.
당시 서기장이던 흐루시쵸프가 이 편지를 받아 보고 농부의 간절
한 소망을 들어주고자 자신의 주머니를 털자 돈이 500평 규모의
땅을 구입할 수 있는 정도여서 우선 그 돈을 보내주었다.
그러자 이 농부는 하나님께 다시 편지를 썼다.
'앞으로는 흐루시쵸프를 거치지 말고 직접 저에게 돈을
보내주십시오. 흐루시쵸프는 나쁜 놈이라 반을 떼어 먹으니까요.'

돔 헬더 까마라:　　내가 가난한 사람에게 음식을 주자
　　　　　　　　나를 성인이라고 불렀다.
　　그들에게 왜 가난하냐고 물었더니 나를 공산주의자라고 했다.
룰라 대통령:　　심장에서 우러나오는 정치를 하라.
　　　　가난한 사람을 돌보라. 최선을 다해 민주주의를 실천하라
루소:　신의 백성이 있다면, 그들의 정부는 민주적일 것이다.
　　　　　　그렇게 완전한 정부는 인간의 것이 아니다.
하이예크:　사유 재산 제도는 자유의 가장 중요한 보증이다.
재산을 가진 사람들뿐 아니라 덜 가진 이 를 위해서도 그러하다.
알프레드 스미스:　　민주주의의 모든 질병은
　　　　　　더 많은 민주주의에 의해서 치료될 수 있다.

나라를 다스리는 일이 한두 가지가 아니지만
민심을 얻는 일보다 더 큰 것이 없고, 나라를
다스리는 길이 많지만 민심을 따르는 것보다 더한 것이 없다.
– 동고집 –

※ 정치이념
나의 정치이념은 한마디로 표시하면 자유다.
우리가 세우는 나라는 자유의 나라여야 한다.
자유와 자유 아님이 갈라지는 것은 개인의 자유를 속박하는 법이
어디서 오느냐에 달려있다.
자유 있는 나라의 법은 국민의 자유로운 의사에 오고
자유 없는 나라의 법은 국민 중에 개인의 어떤 일 또는 하나의
계급에서 온다. 일개인에서 오는 것을 전재 또는 독재라 하고
일 계급에서 오는 것을 계급독재라 하고 통칭 파쇼라 한다.
나는 우리나라가 독재의 나라가 되기를 원치 아니한다.
독재의 나라에는 정권에 참여하는 계급 하나를 제외하고는
다른 국민은 노예가 되고 마는 것이다.
– 나의 소원 중/ 백범 –

고당 조만식 :   고향을 묻지 말자. 그리고
우리가 고국에 돌아가서도 피차 고향을 묻지 말고 일하자.
인화와 단결이야말로 국권을 회복하는 과정에서뿐만 아니라,
나라가 독립을 했을 경우에도 마찬가지로 중요한 것이다.

세상을 독점하려는 자들은
그 세상에 대한 두려움 때문에 무엇이든 정복하려고 든다.
그들에게 세상은 죄악과 추함만 가득한 곳이다.
다른 세상에서 날개 단 천사로 다시 태어날 때까지 어쩔 수 없이
참고 견뎌야 할 곳이다.
그래서 그들은 늘 신이 만든 세상을 이렇게 바꿔 달라,
저렇게 바꿔 달라 신에게 부탁한다. 이 사람을 벌해 달라,
저 사람을 벌해 달라 끊임없이 조른다.
이 세상에 구원의 빛을 내려달라 애원한다.
그러나 만물을 사랑하고 무엇이든 나누려는 사람은
자기가 원하는 합당한 몫을 순리에 따라 자연스럽게 얻는다.
그들에게 세상은 아름다움으로 충만한 곳이다.
- 우뚝선곰 루터/오글라라 수우 족 -
- 맨 처음 씨앗의 마음으로 /시애틀 추장 외 지음 -

도산 안창호: 진리는 반드시 따르는 자 있고,
                 정의는 반드시 이루는 날 있다.

대구 에서에서 입후보한 호남 출신 국회의원 후보 영구가
본토박이인 맹구 후보에게 밀리자 유권자에게 호소했다.
그의 선거연설 중 일부는
"시민 여러분 저와 맹구 후보자와 차이점은
이 선거구를 들어 올 때 저는 옷을 입고 들어왔다는 것이고
맹구 후보자는 옷을 입지 않고 왔다는 차이 밖에 없습니다."

오직 정의밖에 모르는 정의는 차라리 불의만도 못하다.   —미국

괴테:　　　국민은 각자 자기의 천직에 전력을 다해야 한다.
이것이 조국에 보답하는 길이다.
ㄲ로뽀또낑:　혁명을 성공시키는 것은 희망이지 절망은 아니다.
벤자민 디즈렐리:　정치에 있어서 실험은 혁명을 뜻한다.

무거운 실형을 선고한 재판장이 죄수를 크게 꾸짖었다.
재판장: 이봐! 이 세상은 범죄로 살아갈 순 없는 거야!
죄수:　　　하지만, 재판장님도 죄를 짓는
우리들 때문에 먹고 살아가는 거 아닙니까?

레이건: 거짓말이 판을 치는 시절엔 진실을 말하는 게 혁명이다.
로맹 롤랑:　　　증오란 정당한 것이다.
부정을 미워할 줄 모르는 사람은 정의를 사랑하지 못한다.
마틴 루터 킹 : 인간은 모든 복수와 공격, 보복에 대한 저항을
통해 투쟁하며 서서히 발전해야 한다. 투쟁의 기초는 사랑이다.
사람은 진실을 말한 사람에게 적개심을 품는다.　　　 －몽골

좌측에 서면 좌파, 우측에 서면 우파, 맨 앞에 서면 선동자,
제일 뒤에 서면 배후세력, 중간에 서면 핵심세력,
가장자리에 서면 비주류, 지지하면 동조세력, 밥 사주면 자금책,

승자라고 해서 무슨 일이나 마음대로 할 수 있다고 생각하면,
크게 잘못된 생각이다. 패자는 패했으니까
어떤 망동을 저질로도 너그럽게 보아 넘어 갈수 있으나,
승자의 망동은 반드시 적개심을 불러일으키는 법이다.
－ 손무가 오자서의 굴묘편시에 답하며 －

오바마 대통령이 2009년 의회 의사당 앞에서 열린 취임식에서
선서를 했음에도 다시 한 것은 선서문을 선창한 로버츠 대법원장
의 실수 때문이다. 미 연방헌법상 대통령 취임 선서문의 내용은
"나는 성실히 미국 대통령직을 수행하고,
나의 능력을 다해 미국 헌법을 보전·수호·옹호할 것을 엄숙히 선
서한다."였지만 대통령 취임 선서를 처음 주관한 로버츠 대법원장은
'성실히'와 '미국 대통령직을 수행하고'의 순서를 뒤바꿔 읽었다.
오바마는 잠시 머뭇거리다 이를 그대로 따라했다. 백악관은
오바마가 헌법을 어긴 것 아니냐는 위헌 논란이 제기되자
문제의 소지를 없애기 위해 다시 선서를 하기로 했다.
오바마는 재 선서에 앞서 취재기자들에게
"선서가 굉장히 재미있어서 다시 하기로 결정했다."고
농담을 건넸다.

마틴 루터 킹 :   증오는 인생을 혼란시키지만
                사랑은 인생을 조화시킨다.
증오는 인생을 어둡게 하지만 사랑은 인생을 밝게 한다.

사람들은 종종 미워합니다. 서로 두려워하기 때문에.
사람들은 서로 두려워합니다. 서로 잘 모르기 때문에.
사람들은 서로 잘 모릅니다. 소통할 수 없기 때문에.
사람들은 소통할 수 없습니다. 나뉘어 있기 때문에.
사랑은 적을 친구로 만들 수 있는 유일한 힘입니다.
- 마틴 루터 킹 목사 -

로망 로랑: 지식인은 정치가를 경멸하고
              정치가는 지식인을 경멸한다.

헤시오도스 :　　　　　거지는 거지를 시기하고
　　　　　　　　시인(詩人)은 시인을 시기한다.
프로이트: 반대한다고 해서 반드시 적개심이 되는 것은 아니다.
　　　　　반대하는데 적개심이 되는 경우 다만
　그 감정을 적개심을 위한 기회로 만들어 오용하고 있을 뿐이다.
토머스 페인:　　　사회는 인간의 필요에 따라 만들어졌고
　　　　　　정부는 인간의 사악함에 의해 만들어졌다.

어느 대학 화장실에 '통일의 날까지, 백만 학도여 일어서라!'고
　　　　　　　쓰여 있었다. 다음날은
'청년이여! 지금 당장 일어나라! 지금 앉아 있을 때가 아니다!'
　　　　　다음날 그 밑에는,
　　　　　'똥이나 닦고 일어서라!'

이순신 장군: 살고자하면 죽을 것 이오 죽고자하면 살 것이니
　　　목숨과 바꿔서라도 이 조국을 지키고 싶은 자 나를 따르라.
씨알 함석헌:　　　생각하는 백성이라야 산다.
　　　　　두려우면 애초에 하지를 말고,
　　　　　일단 시작했으면 두려워하지 마라.　　　－몽골
마틴 루터 킹 :　비폭력이란 강력하고 정당한 무기로서
　　　　　상처 없이 잘라내며, 그것을 휘두르는 사람을
　　　　　고상하게 만들어 준다. 비폭력은 치료의 검이다.
드골: 정치란 정치인한테만 맡겨두기에는 무척 심각한 문제이다.
루즈벨트: 성공적인 정치가란? 모든 사람이 생각 하고 있는 것을
　　　　　가장 큰 소리로 말 하는 사람이다.

정치인이란?

몇 시간동안 내용 없이 연설 할 수 있는 사람.

대중이 어느 쪽으로 움직일지 알아서 앞장서는 사람.

부자한테 돈을 받고 가난한 사람에게 표를 받고

양쪽 다 잘 살게 해주겠다고 약속 하는 사람.

정치인의 좌우명?

우기면 – 진실, 개기면 – 진실, 속이면 – 진실

정치인의 자격?

돈에는 걸신, 거짓말에는 귀신, 친구는 배신

아리스토텔레스: 인간은 본래 정치적 동물이다.

그러므로 국가 없이도 살 수 있는 자는

인간 이상의 존재이거나 아니면 인간 이하의 존재이다.

고구려 건국이념

재세이화(在世理化) 세상에 나아가 이치(진리)대로 다스린다.

홍익인간 [弘益人間] 널리 인간세계를 이롭게 한다.

광명이세(光明理世) 밝은 빛으로 세상을 다스린다.

징키스칸: 한 사람이 꿈을 꾸면 단지 꿈에 불과하지만,

우리 모두가 동시에 꿈을 꾸면 그 꿈은 반드시 이루어진다.

육가: 마상에서 천하를 취할 수는 있어도 다스릴 수는 없다.

회남자: 백성을 다스리는 임금은 마치 활 쏘는 사람과 같아

그 손에서 털끝만큼만 빗나가도 결과에 가서는 몇 길이나

어긋나게 마련이다.

트루먼: 어떤 초등학생의 사후분석도
        가장 위대한 정치가의 사전예측보다 낫다.

미국의 17대 대통령인 앤드류 존슨은 긍정의 힘을 발휘했던 대표적인
사람이다. 그는 세 살에 아버지를 여의고 몹시 가난하여 학교문턱에도
가보지 못했다. 하지만 그는 열 살에 양복점을 들어가 성실하게 일했고
돈을 벌고 결혼한 후에야 읽고 쓰는 법을 배우게 되었다.
이후에 존슨은 정치에 뛰어들어 주지사, 상원의원이 된 후에 16대
미 대통령인 링컨을 보좌하는 부통령이 된다.
그리고 링컨 대통령이 암살된 후 미국 17대 대통령 후보에
출마하지만 상대편으로 부터 맹렬한 비판을 당한다.
"한 나라를 이끌어가는 대통령이 초등학교도 나오지 못하다니
말이 됩니까?"
그러자 존슨은 언제나 침착하게 대답한다.
그리고 이 한마디에 상황을 역전시켜버린다.
"여러분, 저는 지금까지 예수 그리스도가 초등학교를 다녔다는 말을
들어본 적이 없습니다."

"모든 업적은 손가락이 하나 없고 초등학교 밖에 나오지 않은
노동자를 대통령으로 뽑아준 국민에게 돌아가야 합니다."
- 룰라 대통령의 퇴임사 중 -

징키스칸: 결정이 필요 할 때 나를 찾지 말고
        나와 부족이 함께 만든 법을 따르라

격물 치지 의성 심정 수신 제가 치국 평천하
(格物 知至 意誠 心正 修身 齊家 治國 平天下) −대학

格物而后 知至 ; 사물을 규명한 후에야 지식이 이루어지고
知至而后 意誠 ; 지식을 이룬 후에야 의지가 정성스러워지고
意誠而后 心正 ; 의지가 성실해진 후에야 마음이 바르게 되고
心正而后 修身 ; 마음이 바르게 된 후에야 몸이 닦아지고
身修而后 家濟 ; 몸이 닦아진 후에야 집안이 바로잡히고
家濟而后 國治 ; 집안이 바로잡힌 후에야 나라를 다스리고
國治而后 平天下 ; 나라를 다스린 후에야 천하가 평화로워진다.

※ 코끼리를 잘 만드는 법

인도의 어느 시골 마을에 나무를 깎아 코끼리를 만드는
유명한 장인이 있었다.
다큐멘터리 제작 팀이 취재를 하러 가서 물었다.
"코끼리를 어쩌면 그렇게 잘 만드시는지 비결을 좀 알려주세요."
"오래했다고 다 잘 만드는 건 아니에요."
"그러면 멀리서 왔으니 비결 좀 가르쳐주세요."
"방법은 간단합니다. 일단 나무 한 토막을 준비합니다.
그리고 조각칼을 준비합니다.
그 다음에 코끼리라고 생각되지 않는 부분은
다 깎아내 버리는 거죠."

제임스 프리만 클라크: 정치인은 다음 선거 생각을 하고,
정치가는 다음 세대 생각을 한다.

프랑스 정치인들을 태운 버스가 새벽에 절벽에서 한 농부의
밭으로 굴러 떨어졌다. 아침 일찍 밭에 나간 농부는
죽은 정치인뿐 아니라, 부상을 당한 정치인까지 모두 땅에 묻었다.
경찰이 도착해서 '생존자가 없었냐'고 묻자,
농부는 "몇 명은 아직 죽지 않았다고 말했지만 묻어버렸습니다."
하고 말했다. 경찰이 "왜 그랬느냐"고 묻자 농부는 이렇게 대답했다.
"정치인들 하는 말 모두 거짓말 아닌가요."

"한 가지 거짓말은 거짓말이고 두 가지 거짓말도 거짓말이나,
세 가지 거짓말은 정치이다." ㅡ유태 격언
샤를르 드골: 정치인은 자신이 한 말을 믿지 않기 때문에,
다른 사람들이 자신을 믿으면 놀랜다.

국회의원이 골목길을 가다가 강도를 만났다.
강도: 가진 돈 다 내놔!
의원: 내가 누군지 알아? 나는 이 나라의 국회의원이야!
강도: 그래 그럼 내 돈 내놔!
쿨리지: 이 세상에서 가장 쉬운 일은 예산을 쓰는 것이다.
세금은 주인이 없기 때문이다.
올리버 흠즈: 세금은 문명사회의 대가를 지불하는 것이다.

※.벌금은 잘못한 댓가로 내는 세금
세금은 잘한 댓가로 내는 벌금
세금은 정확히 신고하면 밑지고 부정하면 감옥가고
벌금은 버티면 깍아 준다.

로버트 기요사키:　　세금과 부채는 대부분의 사람들이
　　　　　　　　　　경제적 안정이나 경제적 자유를 얻지 못하는
　　　　　　　　　　두 가지 주된 이유이다.
러셀:　　　　　　　정부가 노동자에게 부과한 세금은
　　그들이 매일같이 진탕 마셔대는 술값만큼도 되지 않을 것이다.
프랭클린:　　　　　이 세상에서 죽음과 세금을 제외하면
　　　　　　　　　　아무 것도 분명한 것은 없다.
로저스:　　　　　　재산은 권리와 의무를 동시에 갖는다.

※ 정치인과 거지의 공통점
정년퇴직이 없다.
출퇴근 시간이 일정치 않다.
먹을 것만 주면 아무나 좋아한다.
사람이 많이 모이는 곳에는 항상 나타나는 습성이 있다.
내 구역 지역구 관리 하나는 똑 소리 나게 한다.
되기는 어렵지만 되고나면 쉽게 버리기 싫은 직업이다.
자기 밥그릇을 절대 뺏기지 않으려는 습성이 있다.
현행 실정법으로 다스릴 재간이 없다.

마틴 루터 킹:　　　중요한 문제에 대해 우리가 침묵하는 순간,
　　　　　　　　　　우리의 삶은 끝이 나기 시작 한다.
버나드 바루크:　공약을 가장 적게 하는 후보에게 표를 던져라.
　　　　　　　　　　그가 실망을 적게 안길 것이다.

어느 대통령 후보가 파격적으로 아파트 값을 반으로 내리겠다고
공약했다. 그러나 지지율이 오르지 않았다.
이번에는 아파트 값을 껌 값으로 내리기로 했다.
그러자 당장 무주택자들로부터 열렬한 지지를 받게 되었고,
선거 뒤 대통령으로 당선되었다.
그 후 그는 자신이 말했던 공약을 지키려고 고민하다가 도대체가
대안이 없자 다음과 같이 지시했다.
"껌 값을 1억 원으로 올렸다."

W.로저스: 당신이 원하든 원하지 않든 당신이 선출한
                    그 사람을 참고 견뎌야 한다.
버나드 쇼: 선거는 도덕적으로 참혹한 일이며,
                피만 흘리지 않았지 전쟁처럼 사악하다.
            선거에 관여하는 자는 누구나 진흙탕에서 뒹구는 것이다.
에드먼드 버크: 악의 승리에 필요한 유일한 조건은
                    선한 사람들이 수수방관하는 것이다.

어느 국회의원의 공약

후보자: 여러분!
        제가 국회의원이 되면 이 마을에 다리를 놓아드리겠습니다!
            마을사람: 이봐요! 우리 마을엔 강이 없소!
후보자: 하하하! 걱정 마십시오! 강도 만들어 드리겠습니다!

프랭클린 애덤스: 선거란 누구를 뽑기 위해서가 아니라,
                누구를 뽑지 않기 위해서 투표하는 것이다.

피마족: 두려움은 맞서지 않으면,
                두려움은 영원히 당신을 뒤쫓아 다닌다.
버나드 쇼: 자유는 책임을 의미한다.
        이것이 대부분의 사람들이 자유를 두려워하는 이유이다.

레이건 대통령이 기자회견에서 불경기의 책임을 前 정권에
        돌리는 듯 한 말을 하자 한 기자가 물었다.
"대통령 각하, 각하는 불경기를 이야기하면서 과거의 잘못을
의회에 책임을 돌렸습니다. 지금 각하가 책임질 일은 없습니까?"
            레이건은 즉답을 했다.
        "제가 책임 질 일이 있고말고요.
        저 또한 오랫동안 민주 당원이었습니다."

컬 훈: 자유는 획득하는 것보다 간직하는 것이 더 어렵다.
히포크라테스: 자유는 시간의 문제이다.
            그러나 때로는 기회의 문제이기도 하다.
세르반데스: 자유를 위해서라면 명예와 마찬가지로
            생명을 걸 수도 있으며 또 걸어야 한다.
국가와 혁명/ N.레닌 :   국가가 있는 한 자유는 없다.
            자유가 있을 때는 국가가 있지 않을 것이다.
맨스필드 :   자유롭다는 것은
        곧 법률이 지배하는 정부 밑에서 산다는 것이다.
루소: 자유(自由), 인간은 태어났을 때는 자유다.
            그러나 그 후 도처에서 쇠사슬로 묶여진다.
허버트 리이드: 완전한 자유는 필연적으로 퇴폐를 뜻한다.
세네카: 육체의 노예가 된 자가 어찌 자유를 찾겠는가.

한 참모가 쿨리지대통령에게 말했다.
"오늘 토론을 했는데 상대방이 저를 보고
'지옥에나 가라'고 말하지 뭐예요."
쿨리지가 한 마디 했다.
"그래요? 내가 우리 헌법과 의회규칙을 다 읽어보았는데,
그럴 경우에 지옥에 가야 한다는 규정은 없으니 안심하세요."

로랑: 아아, 자유여!
        네 이름으로서 그 얼마나 많은 범죄가 일어났는가?
칸트: 자유란 모든 특권을 유효하게 발휘시키는 특권이다.
타고르 : 정치적 자유는 우리들의 마음이 자유가 아닐 때는
                    우리에게 자유를 주지 않는다.

    어느 날 쿨리지 대통령이 각개 각 층의 사람들을 집으로 초대했다.
    방문객과 인사를 하는데 한 방문자가 할 말이 없자 비가 내리고
있는 창밖을 쳐다보면서 무심코 "비가 언제나 그칠지 모르겠네요."라
고 말했다. 쿨리지 대통령이 드디어 입을 뗐다.
            "걱정 말아요. 비는 항상 그친답니다."

카사노바: 나는 여자들을 미친 듯이 사랑했다.
그러나 여인과 자유 중 하나를 고르자면 난 자유를 택할 것이다.
에드먼드 버크: 자유도 이를 누리기 위해서는 제한을 해야 한다.
칸트: 남의 자유를 방해하지 않는 범위에 있어서
        자기의 자유를 확장하는 것, 이것이 자유의 법칙이다.
H.E. 포스딕: 자유는 항상 위험한 것이다.
    그러나 우리가 가지고 있는 것 중에선 가장 안전한 것이다.

프로이트: 개인의 자유는 문명의 선물이 아니다.
인간은 문명이 있기 전에 훨씬 더 자유로웠다.

김정일과 푸틴 대통령이 모스크바에서 회담을 가졌다.
휴식시간에 두 사람은 너무나 심심하여
누구의 경호대장이 더 충성심이 있는지 내기를 했다.
푸틴이 먼저 자신의 경호 대장을 불러 창문을 열고 말했다.
(그곳은 33층이었다)
"야! 경호 대장, 뛰어 내려!"
경호 대장이 울먹이면서 "각하, 어찌 이런 일을 시키십니까?
저에게는 아내와 아들이 있습니다!"라고 대답했다.
푸틴은 눈물을 흘리며 경호 대장에게 사과하고 그냥 내보냈다.
김정일은 큰 소리로 자신의 경호 대장을 불렀다.
"경호 대장, 여기서 뛰어 내리라우!"
경호 대장이 두말없이 뛰어 내리려고 하자
푸틴이 그를 덥석 끌어안으며 말렸다.
"너 미쳤어? 여기서 뛰어 내리면 죽어!"
그러자 경호 대장이 창밖으로 뛰어 내리려 발버둥치면서 말했다.
"날 놓으라우! 내게는 아내와 아들이 있어!"

P. 헨리: 자유를 달라. 그렇지 않으면 죽음을.

한 사람 죽이면 살인자. 열 사람 죽이면 살인마.
천명 죽이면 보통사람.   -'보통사람' 백

넬슨 만델라:　　　　자유는 절대 흥정하는 것이 아니다.

사무엘 죤슨:　　　　부패한 사회에는 많은 법률이 있다.

　　　　　　　　좋은 법률가일수록 나쁜 이웃이다.　　ー미국

타깃스:　　　　　가장 좋은 것이 부패하면 가장 나쁘다.

　　　　　　　　사회가 부패하면 할수록, 법률이 늘어간다.

법이 없어야 사는 사람은 ?　　　　　　　　　　사형수

대지를 지배하는 최고의 법은 인간의 법이 아니라

위대한 자연의 법이다. 인간의 법은 늘 바뀌게 마련이지만,

위대한 자연의 법은 언제나 한결 같다.

ー 크로우족 ー

벤저민 프랭클린:　　　죄란 금지되어 해로운 것이 아니라,

해롭기 때문에 금지된 것이다. 의무도 명령을 받았기 때문에

유익한 것이 아니라 유익하기 때문에 명령받은 것이다.

한비자:　　　　나라를 다스림에 법이 없으면 어지럽고,

　　　　　　법을 지키더라도 변화하지 못하면 어그러진다.

평화를 원하거든 전쟁을 준비하라.　　ー영국

부정한 평화일지라도 옳은 전쟁보다 낫다.　ー독일

루쉰 :　평화는 인간의 세계에는 존재하지 않는다.

보통 평화라고 할 때 그것은 전쟁이 난 직후 아직 전쟁이

시작되지 않았을 때를 가리켜 말하는 데 불과하다.

천하는 한 사람의 천하가 아니요, 천하의 천하이니라.
천하의 이익을 함께 하는 사람은 천하를 얻고,
천하의 이익을 혼자 갖는 사람은 천하를 잃는다.
- 육도삼략 -

제1조 모든 사람은 태어날 때부터 자유롭고,
존엄성과 권리에 있어서 평등하다.
- 세계인권선언 전문 중 -

2장 우리들은 다음과 같은 사실을 자명한 진리로 받아들인다.
즉 모든 사람은 평등하게 태어났고,
창조주는 몇 개의 양도할 수 없는 권리를 부여했으며,
그 권리 중에는 생명과 자유와 행복의 추구가 있다.
- 미국독립선언 전문 중 -

장자: 이 세상을 그대로 있게 내버려둔다는 말은 들었지만
이 세상을 다스린다는 말은 들질 못했다.

세상도 뜨거운 세상이 살기 좋은 세상이다.
차가운 세상 냉정한 세상
하늘과 땅은 오래 되었지만
끊임없이 새것을 낳고 ,
해와 달은 오래 되었지만
그 빛은 날로 새롭다.
- 박지원 -

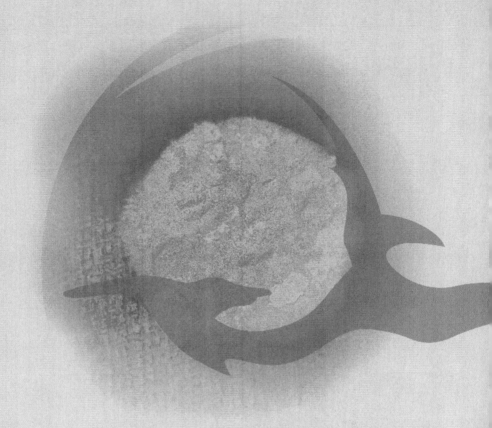

지상에서
가장 위대한 것은 무엇인가?

지상에서 가장 위대한 것은 무엇인가?

그것은 첫째도 사람, 둘째도 사람, 셋째도 사람이다. —마오리족

인간의 타입은 네 가지로 나누어진다.

내 것은 내 것이고, 당신 것은 당신 것이라는 인간. (일반적인 타입)

내 것은 당신 것이고, 당신 것은 내 것이라는 인간. (별난 타입)

내 것은 당신 것이고, 당신 것은 당신 것이라는 인간.(욕심 많은 사람)

내 것은 내 것이고, 당신 것도 내 것이라는 인간. (나쁜 인간)

— 탈무드 —

윌리엄 부스: 어떤 사람의 희망은 미술에 있고,

어떤 이의 희망은 명예에 있고, 어떤 사람의 희망은 황금에 있다.

그래도 나의 큰 희망은 사람에 있다.

"세상에서 가장 어려운 일이 뭔지 아니?"

"흠…… 글쎄요. 돈 버는 일? 밥 먹는 일?"

세상에서 가장 어려운 일은

사람이 사람의 마음을 얻는 일이란다.

각각의 얼굴만큼 다양한 각양각색의 마음을……

순간에도 수만 가지의 생각이 떠오르는데

그 바람 같은 마음이 머물게 한다는 건 정말 어려운거란다."

— 어린 왕자/ 생텍쥐페리 —

※ 아프리카 꼬마가 쓴 2006년 UN 선정 최고 어린이 시

When I born, I black	내가 태어났을 때, 난 검다.
When I grow up, I black	내가 성장할 때, 난 검다.
When I go in sun, I black	내가 햇볕에 나갈 때, 난 검다.
When I cold, I black	내가 추울 때, 난 검다.
When I scared, I black	내가 두려울 때, 난 검다.
When I sick, I black	내가 아플 때, 난 검다.
And when I die, I still black	그리고 내가 죽을 때, 난 여전히 검다.
And you white fellow	너 네 백인들은
When you born, you pink	네가 태어났을 때, 넌 분홍이다.
When you grow up, you white	네가 성장할 때, 넌 희다.
When you go in sun, you red	네가 햇볕에 나갈 때, 넌 붉다.
When you cold, you blue	네가 추울 때, 넌 푸르다.
When you scared, you yellow	네가 무서울 때, 넌 누렇다.
When you sick, you green	네가 아플 때, 넌 녹색이다.
When you bruised, you purple	네가 멍들었을 때, 넌 보라다.
And when you die, you gray	그리고 네가 죽을 때, 넌 회색이다.
And you calling me colored?	그러는 네가 날 유색이라고 부르는가?

사람위에 사람 없고 사람 밑에 사람 없다.　　－한국
전 인류는 단지 한 선조밖에 갖고 있지 않다. 그러므로
어느 인간이 어느 인간보다 뛰어 났다고 할 수는 없다.　－탈무드
버나드 쇼: 인간이 호랑이를 죽일 때는 그것을 스포츠라고 한다.
호랑이가 인간을 죽일 때는 사람들은 그것을 재난이라고 한다.
범죄와 정의와의 차이도 이것과 비슷한 것이다.
프로타고라스 :　　　　　인간은 만물의 척도다.

10대 이하의 인간 구별법…… 아는 사람과 모르는 사람
10대의 인간 구별법…… 시험에 나오는 사람과 안 나오는 사람
20대의 인간 구별법…… 선배와 후배 또는 직장인과 학생
30대의 인간 구별법…… 상사와 부하
40대의 인간 구별법…… 돈이 되는 사람과 안 되는 사람
60대의 인간 구별법…… 할아버지(할머니)와 아저씨(아줌마)
80대의 인간 구별법…… 기억나는 사람과 안 나는 사람
90대의 인간 구별법…… 산 사람과 죽은 사람

키에르케골: 사람이 사람인 것은 사람과 사람의 결합에 있다.
폴 가바르니: 사람은 조물주가 만든 최고의 걸작이다.
하지만 그런 표현을 한 것은 바로 사람이다.

"인간은 생각만큼 머리도 썩 좋지 않아.
뭐가 옳고 뭐가 그른지 언제나 갈팡질팡하지.
그래서 서로가 돌봐줘야 해.
인간은 지켜야 할 사람이 있으면 강해지거든."
－ 만화 '꼭두각시 서커스' 중 －

융: 사람의 개성의 만남은 두 가지 화학물질의 접촉과 같다.
　　반응이 있으면 둘 다 변화한다.

헤이우드: 두 사람의 머리는 한 사람의 머리보다 낫다.

도스토예프스키: 인간은 죽음을 두려워한다.
　　그것은 생을 사랑하기 때문이다.

백결선생: 사람이 죽고 사는 것은 운명에 달려 있고, 부유하고 가난한 것은 천명에 달려 있으므로, 그것이 오는 것은 막아서는 안 되고, 가는 것은 쫓아선 안 된다, 그대는 무엇을 근심하랴.

까뮈: 인간은 반항하는 존재다.

버나드 쇼: 인간이 현명해지는 것은, 경험에 의한 것이 아니고, 경험에 대처하는 능력에 따르는 것이다.

체스타튼: 인간은 어쩌면 우주를 알지 모른다.
　그러나 자기 자신은 모른다. 자기 자신은 어느 별보다도 멀다.

우주는 의연히 백대(百代)에 한결같거늘,
사람의 일은 어찌하여 고금이 다르뇨?
지금 세상 사람을 살펴보니
애달프고, 불쌍하고, 탄식하고, 통곡할 만하도다. 천리에
어기어지고 덕의가 없어서 더럽고, 어둡고, 어리석고, 악독하여
금수(禽獸)만도 못한 이 세상을 장차 어찌하면 좋을꼬?
- 금수회의록 중 -

칸트: 인간은 교육을 통하지 않고는
인간이 될 수 없는 유일한 존재다.

비르만: 인간은 자기의 운명을 창조하는 것이지
            받아들이는 것이 아니다.
윌리엄 러셀: 인간을 자유롭고 고상하게 살지 못하게 하는 것은
            다른 무엇보다도, 소유에 대한 몰두이다.
클리버: 다른 인간을 증오하는 대가는,
            자신을 더 적게 사랑하는 것이다.
이에스킬루스: 넘어지는 자를 발로 차는 것이 인간의 본성이다.
E. 버크: 사람은 남이 겪고 있는 불행이나 괴로움에 대하여
            적지 않은 기쁨을 느끼는 법이다.
시드니: 갑작스럽게 착한 사람이 되거나
            악인이 되는 사람은 없다.
            결점이 없는 사람은 생명이 없는 사람이다.   -영국
공자: 모든 이에게 좋은 소리를 듣는 사람이 좋은 사람이 아니라,
            좋은 사람에게는 좋은 소리를 듣고,
        나쁜 사람에게는 나쁜 소리를 듣는 사람이 좋은 사람이다.
            사람을 의심하거든 쓰지 말고,
            사람을 썼거든 의심하지 말라.   -명심보감

            잘난 사람이 있어야 못난 사람이 있다.
        음식 싫은 건 개나 주지, 사람 싫은 건 어쩔 수 없다.
        나무는 큰 나무 덕 못 보아도 사람은 큰사람 덕 본다.
        사람은 나이로 늙는 것이 아니라 기분으로 늙는다.
        사람을 죽이는 세 가지, 내리 쬐는 해, 만찬, 걱정
            사람 살 곳은 골골이 있다.
            사람과 쪽박은 있는 데로 쓴다.

우리 개구리를 가리켜 말하기를,

우물 안 개구리와 바다 이야기 할 수 없다 하니, 항상 우물 안에 있는

개구리는 우물이 좁은 줄만 알고 바다에는 가보지 못하여

바다가 큰지 작은지, 넓은지 좁은지, 긴지 짧은지,

깊은지 얕은지 알지 못하나 못 본 것을 아는 체는 아니 하거늘,

사람들은 좁은 소견을 가지고 외국 형편도 모르고

천하대세도 살피지 못하고 공연히 떠들며, 무엇을 아는 체하고

나라는 다 망하여 가건마는 썩은 생각으로 갑갑한 말만 하는 도다.

우리 개구리의 족속은 우물에 있으면 우물에 있는 분수를 지키고,

미나리 논에 있으면 미나리 논에 있는 분수를 지키고,

바다에 있으면 바다에 있는 분수를 지키나니,

그러면 우리는 사람보다 상등이 아니오리까?

"여러분 하시는 말씀을 들으니 다 옳으신 말씀이오. 대저 사람이라

하는 동물은 세상에 제일 귀하다 신령하다 하지마는 나는 말하자면,

제일 어리석고 제일 더럽고 제일 괴악하다 하오. 그 행위를 들어

말하자면 한정이 없고, 또 시간이 지났으니 그만 폐회하오."

하더니 그 안에 모였던 짐승이 일시에 나는 자는 날고, 기는 자는 기고,

뛰는 자는 뛰고, 우는 자도 있고, 짖는 자도 있고, 춤추는 자도 있어,

다 각각 돌아가더라. 슬프다! 여러 짐승의 연설을 듣고 가만히 생각하
여 보니, 세상에 불쌍한 것이 사람이로다. 내가 어찌하여 사람으로 태어나
서 이런 욕을 보는고! 사람은 만물 중에 귀하기로 제일이요, 신령하기도
제일이요, 재주도 제일이요, 지혜도 제일이라 하여 동물 중에 제일 좋다
하더니, 오늘날로 보면 제일로 악하고 제일 흉괴하고 제일 음란하고
제일 간사하고 제일 더럽고 제일 어리석은 것은 사람이로다.

– 금수회의록 중/ 안국선 –

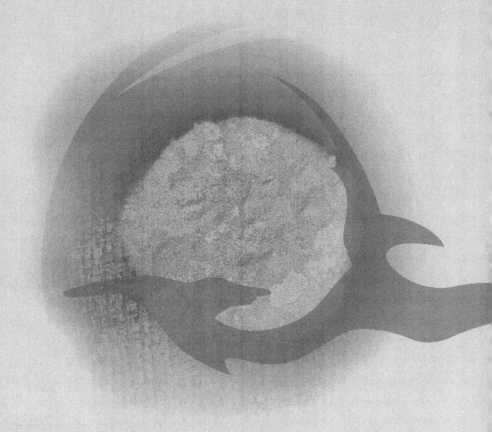

세상에는 할 말과
안할 말이 있다

세상에는 할 말과 안할 말이 있다.

마음은 파동이며 동시에 에너지이기도 하다.

사람이 말을 한다는 것은 입이 아니라 마음으로 하기에

입으로 하는 가식적인 말과 마음이 다른 경우에 많은 사람들은

육감이라는 언어로 이를 알아챌 수 있다.

말하는 사람이 어떤 인물이냐를 판단하고 평가할 때

먼저 그 인물의 얼굴 모습, 표정이 가장 큰 영향을 주고(55%),

두 번째는 그 인물의 목소리이며(37%), 말의 내용은

아주 작은 영향을 준다.　　　　　－메브러비언(미국 심리학자)

에머슨:　　　　　말도 행동이고 행동도 말의 일종이다.

소포클레스: 말을 많이 한다는 것과 잘 한다는 것은 별개이다.

E.리스:　　　말도 아름다운 꽃처럼 그 색깔을 지니고 있다.

말이 만든 상처는 칼로 입은 상처보다 깊고 심하다.　　　－모로코

※ 말장난

말들이 모여 각자 싫어하는 사람에 대해 말하기 시작했다.

　　　　1. 말 머리 돌리는 사람

　　　　2. 말 허리 자르는(끊는) 사람

　　　　3. 말 꼬리 잡는 사람

　　　　4. 말 더듬는 사람

　　　　5. 말 빙빙 돌리는 사람

　　　　6. 말 바꾸는 사람

　　　　7. 이 말 저 말(과) 하는 사람

　　　　8. 말 꼬리 물고 늘어지는 사람

칼라일:　　　　말 할 재료가 가장 적은 사람이
　　　　오히려 가장 말을 많이 한다.　기이한 일이 아닌가?

　　　　말이 말을 낳고 말이 말을 부르는 세상,
　　　　말이 사람을 살리고 말이 사람을 죽이는 말의
　　　　무서운 기능을 지니고 있음을 망각해서는 안 된다.

※ 말 이야기
암말이 바람을 피웠는데 수말이 현장을 덮쳤다. 수말이 외쳤다.
“내가 할 말을 왜 네가 해?!”
수말의 친구들이 수말에게 충고했다.
“자네는 한 말 또 하고 한 말 또 하고 그러는가.”
그러자 수말이 반론을 폈다.
“이 말 했다 저 말 했다 그러는 것 아니야.”
그는 특히 바람을 피우는 말에게 이렇게 말했다.
“남의 말 함부로 하는 거 아니야.”

풀러:　　　　훌륭한 말은 훌륭한 무기이다.
D.A. 벤턴:　　말을 할 때 가장 좋은 방법은 생각해낼 수 있는
　　　　가장 짧은 말로써 곧장 문제의 핵심으로 들어가는 것이다.
　　　　그보다 훨씬 더 좋은 방법은 침묵을 지키는 것이다.
사아디:　　　　말이 있기에 사람은 짐승보다 낫다.
　　　　그러나 바르게 말하지 않으면 짐승이 그대보다 나을 것이다.
　　　　말이 입 안에 있을 때는 내가 말을 통제하지만,
　　　　말이 입 밖에 나왔을 때는 말이 나를 통제한다.　－유태

부처:　　　　　말은 파괴와 치유 두 가지 힘을 가지고 있다.
　　　　　　말이 진실하고 인정 있을 때는 세상을 변화시킨다.

　　　　　세상에는 할 말과 안 할 말이 있다.
　옛날 외딴섬에는 아주 금슬이 좋은 암말과 수말이 살고 있었다.
　　　　그러던 어느 날 암말이 병에 걸려 죽고 말았다.
　　　　　그러자 수말은 다음과 같이 중얼 거렸다.
　　　　　　　　　"할 말이 없네."
　　　　　얼마 뒤 암말이 물에 떠내려 왔다.
　암말이 오자마자 이번에는 수말이 죽었다. 그러자 암말이 말했다.
　　　　　　　　"해줄 말이 없네."
　　수말을 잃은 암말은 하염없이 바다만 바라보며 세월을 보냈다.
　　　그러던 어느 날 갑자기 바다에서 해일이 일면서
　　　야생마들이 몰려오는 것이 아닌가. 이때 암말이 외쳤다.
　　　　　　　　"어떤 말을 해야 할지."
　젊은 야생마들과 난잡한 생활을 하게 된 암말은 어느덧 몸이
　　　　쇠약해 보기에도 끔찍하게 말라 가기 시작했다.
　이를 보다 못한 야생마 한마리가 암말에게 충고를 하였다.
　　　　　　　"너 아무 말이나 막하는 게 아냐."
　　　　그때 암말은 다음과 같이 대꾸하였다.
　　　　　　　" 그래도 할 말은 해야지."

이태백: 신기한 말을 하는 것이 귀함이 아니라 실행함이 귀하다.
　　　　　　노인은 자기가 이미 한 일을 말하고,
　젊은이는 자기가 현재 하고 있는 일을 말하며, 어리석은 자는
　　　　자기가 앞으로 하려고 마음먹은 일을 말한다.　　─프랑스

알랭:　　　　　세상에서 가장 힘든 일은,
　　　모든 사람이 생각하지 않고 말하는 것을,
　　　　　　생각하면서 말하는 것이다.

　　　　　　※ 말 한마디의 차이
　　　옛날 어느 황제가 이상한 꿈을 꿨다.
　누군가 자신의 치아를 몽땅 뽑아버리는 꿈이었다.
　　　　　　　잠에서 깬 뒤,
　황제는 곁에 있던 승상에게 이 꿈을 해몽해보라고 했다.
　승상은 해몽서에 나온 대로 솔직히 황제에게 고했다.
"폐하의 가족들이 폐하보다 먼저 죽을 것이라는 징조입니다."
이 말을 들은 황제는 크게 노하여 그 승상을 사형에 처했다.
황제는 지혜롭기로 명성이 자자한 아범제라는 자를 불러들여
　　　　　　해몽을 다시 시켰다.
　아범제는 승상이 말을 잘못하여 사형을 당했다는
사실을 이미 알고 있었던 터라 황제에게 이렇게 아뢰었다.
"그 꿈은 폐하께서 폐하의 모든 가족들 가운데
　가장 장수하실 것이라는 징조입니다."
황제는 크게 기뻐하며 그 자리에서 아범제에게 비단을 하사했다.

서머셋 몸: 진실이　가치 있다면 그것은 진실이기 때문이지
　　　　　　진실을 말하는 것이 용감하기 때문은 아니다.
파스칼 :　　　진실은 언제나 우리의 가장 가까운 곳에 있다.
　　　　　다만 사람들이 그것에 주의하지 않았을 뿐이다.
　　　　　　항상 진실을 찾아야 한다.
　　　　　진실은 우리를 늘 기다리고 있다.

초호화여객선에서 한 마술사가 승객들에게 마술을 보여주었다.
마술사는 항상 마술의 메뉴를 바꿨기 때문에 승객들은 눈치를 채지
못했고, 모두 좋아하며 즐겼다. 하지만 선장이 기르는 앵무새는 몇 년
동안 항상 보아왔고, 1년이 지나자 마술의 방법을 모두 알게 되었다.
그 후로 앵무새는 마술사가 마술을 할 때마다 뒤에서 한마디씩 했다.
"등 뒤에 비둘기!"
"주머니 안에 비둘기!"
"모자 속에 토끼!"
마술사는 갈수록 앵무새가 미웠지만, 선장이 키우고 있어서 어떻게
하지도 못했다. 하루는 배가 암초를 들이받고 침몰하게 되었다.
마술사는 배의 파편을 하나 겨우 잡고 떠있었고,
앵무새가 그의 옆에 와서 앉았다.
둘은 2일 동안 표류했고, 둘 다 아무 말도 하지 않았다.
3일째 되는 날, 앵무새가 머리를 갸웃거리다 마술사를 보며 말했다.
" 배 어디다 숨겼어?"

진리는 하나인데 현자들은 여러 가지로 말한다.   −리그 베다
까뮈: 진실은 빛과 같이 눈을 어둡게 한다. 반대로
거짓은 아름다운 저녁노을과 같이 모든 것을 아름답게 한다.

※ 4대 거짓말
노인 빨리 죽고 싶다는 이야기
장사꾼 남는 것이 없다는 이야기
노처녀 시집 안 간다는 이야기
약사 이 약은 부작용이 하나도 없다는 이야기

※ 사기의 본질

판사: 어떻게 당신을 믿는 사람들을
　　　　　　상대로 사기를 칠 수 있단 말이오?

사기꾼: 저를 믿지 않는 사람들은 사기를 당하지 않기 때문이죠!

도스토예프스키: 사람들이 대체로 정직하게 말하는 것은
　　　　　　　신으로부터 거짓말을 금지당해서가 아니다.
그 무엇보다도 거짓말을 하지 않는 것이 마음 편하기 때문이다.
거짓은 먼저 앞서 가고, 진실은 뒤따라간다.   -불가리아
코르네이유: 거짓말을 한 그 순간부터 뛰어난 기억력이 필요하다.
조지 버나드 쇼 ;   거짓말쟁이가 받는 가장 큰 형벌은
　　　　　　그가 다른 사람으로부터 신임을 받지 못한다는 것보다
그 자신이 아무도 믿지 못한다는 슬픔에 빠지는 데에 있다.

　　　　어느 산골 마을에 무서운 아이가 태어났다.
그 아이가 말을 배우기 시작하면서 누군가를 부르면 그 사람은
바로 죽어버렸다. 아이가 누나하고 부르자 누나가 죽어버렸고
　　이번에는 엄마하고 부르자 엄마도 바로 죽어버렸다.
겁이 난 아빠가 아이를 안고 산으로 올라가 아이를 버리고는
　　　　　　　죽어라고 도망 오는데,
　　　　　　　　　"아빠."
　　　　아이가 아빠를 부르는 것이었다.
　　　그런데 이상하게도 아빠는 죽지 않았다.
　　　아빠는 휴! 한숨을 쉬며 집으로 오는데
　　옆집 철이 네에서 울부짖는 소리가 들렸다.
"아이고　철이 아빠 갑자기 죽어버리면 우리는 어찌하라고……."

거짓말쟁이에게 주어지는 최대의 벌은,
그가 진실을 말했을 때에도 사람들이 믿지 않는 것이다. −탈무드
송당집/ 박영: 입이란 재앙과 복이 드나드는 문이니
가히 삼가지 않을 수 있으랴.
입은 비뚤어져도 말은 바로 하랬다. −한국

※ 발음이 잘 안 되는 공자 제자
공자의 제자들 가운데 한 제자가 발음 문제로,
적잖은 애를 먹고 있었는데 짧은 혀도 문제였지만, 특히 받침은 거의
발음이 안 되었다. 하루는 공자가 이 제자더러 서점에 가서 책을
사오라는 심부름을 시켰는데 책방을 찾은 제자가 잠시 책방을
두리번거리다가 한 잡지를 집어 들고 물었다.
"이 자지 어마에여?"
종업원이 눈이 동그랗게 뜨며 되물었다.
"뭐라고요?"
"이거 어마냐고요?"
"오천 원이요?"
"저 자지는 어마예요?"
"뭐요?"
"저 자지, 저거요?"
"육천 오백 원이요?"
제자가 그 중 한 잡지를 선택했다.
"이 자지로 주세요."
"네?"
"이거요."
"……!"

"아차~ 자지 너케 보지 주세요."

제자의 말은 잡지를 넣을 봉지를 달라는 것이었으나,

말귀를 제대로 알아듣지 못한 종업원은 성질이 났다.

"뭐요."

제자가 옆의 봉지를 가리키며 "저거 주세요."

"음……."

책을 넣던 제자가 다시 말했다.

"보지가 너무 자가요."

종업원이 버럭 화를 내며 소리쳤다.

"너 지금 나랑 장난하냐. 응?"

제자가 답답하다는 듯이,

"보지(봉지)보다 자지(잡지)가 크다고요, 보지 찌져지는데……."

"이 자식 보자보자 하니까…… 나이도 어린 녀석이. 너 누가 시켰어, 응?

이런 짓!"

제자가 억울하다는 투로 대답했다네요.

"고자(공자)가요!"

J.R.로우얼: 강요당하고는 절대로 말하지 말라.

그리고 지킬 수 없는 것은 말하지 말라.

입에 들어가는 것이 사람을 더럽히는 것이 아니라,

입에서 나오는 것이 사람을 더럽게 한다. —마태복음

B.프랭클린: 미련한 자의 마음은 그의 입속에 있지만

현명한 자의 입은 그의 마음속에 있다.

삼식이가 친한 친구 네 명을 집으로 초대했는데 세 친구만 왔다.

삼식이가 말했다.

"와야 할 친구가 안 왔네."

이 말을 들은 한 친구가 화가 나서, "와야 할 친구가 안 왔다니?
그럼 우린 오지 말아야 할 사람이냐?"라며 나가버렸다.

당황한 삼식이가 말했다.

"가지 말아야 할 친구가 가버렸네."

그러자 남아있던 한 친구가 "무슨 말을 그렇게 하냐?
그럼 우린 가야할 사람인 거야?"라며 나가버렸다.

마지막 남은 친구가 "말을 조심해야지" 하고 충고했다.

그러자 삼식이가 말하길,

"난 그 친구들에게 한 말이 아니었는데……."

그러자 마지막 친구마저도 나가 버렸다.

셰익스피어: 당신의 입술에게 경멸하는 말을 가르치지 말라.

그 입술은 입맞춤하려고 있는 것이지

멸시의 말을 하기 위해 만들어진 것은 아니다.

당신의 혀에게 "나는 잘 모릅니다."라는 말을 열심히 가르쳐라.

– 탈무드 –

발타자르 그라시안: 과장에는 과장으로 대처하라. 재치 있는 말은
상황과 경우에 따라 사용되어야 한다.

고리키: 논쟁에는 귀를 기울여라.

그러나 논쟁에 끼어들지 않도록 하라.

누구에겐가 너의 비밀을 말해 주는 것은

그에게 너의 자유를 맡기는 것이다. –러시아

체스터필드 : 사람들은 그가 주로 대화하는 상대와 닮아간다.

※ 말의 마법
옛날에 박 만득이라는 백정이 있었다.
어느 날 두 양반이 그에게 고기를 사러 왔다.
그 중 한 양반은 습관대로 "야, 만득아! 고기 한 근 다오."라고 말했다.
만득은 "네."하며 고기를 한 근 내 주었다. 다른 양반은 "박 서방,
고기 한 근 주게."라고 부드러운 음성으로 말했다.
그런데 그 고기는 언뜻 봐도 먼저 산 양반의 것보다 훨씬 더 커
보였다. 똑같이 한 근이라고 말했는데 차이가 많이 나자
앞의 양반이 화가 나 따졌다.
"이놈아, 같은 한 근인데 이 양반의 것은 많고
내 것은 왜 이렇게 적으냐?"
그러자 만득은 당연하다는 듯 이렇게 말했다.
"손님 것은 만득이가 자른 것이고,
저 손님 것은 박 서방이 자른 것이기 때문에 그렇지요."

J.제퍼슨: 성이 나면 말하기 전에 열을 세어라,
                더욱 화가 나면 백을 세어라.
호라티우스: 가장 무서운 사람은 침묵을 지키는 사람이다.
체 게바라: 침묵은 다른 방식으로 펼친 주장이다.
토머스 무어 :   가장 깊은 감정은 항상 침묵 속에 있다.

세상에는 할 말과 안할 말이 있다 **147**

R. F. 스콧 : 나는 인생 속에서 네 가지 金言을 익혔다.
남을 해롭게 하는 말은 결코 하지 말라.
아무도 받아들이지 않는 충고는 하지 말라.
불평하지 말라. 설명하지 말라.

※ 충고의 선택
노숙자 신세가 된 두 사람이 앉아 있었다.
한 사람이 먼저 입을 열었다.
"제기랄, 누가 충고해도 듣지 않다 보니 이 꼴이 됐다네."
그러자 옆에 있던 사람이 말했다.
"난 남의 말만 듣다 보니 이 모양이 됐다네."

다른 사람이 부탁해 올 때까지 충고하지 마라.
원하지 않는 도움은
다른 이의 목적과 그 자신의 결심을 해칠 수 있다. ―인디언

호라티우스: 어떠한 충고일지라도 길게 말하지 말라.

※ 한국인이 가장 많이 하는 말
사실은, 진짜, 정말로, 솔직히, 인간적으로, 까놓고 말해서,
막말로, 너에게만 말하는데

찰스 칼렙 칼튼: 할 말이 없을 때는 아무 말도 하지 말라.
순자: 아는 것을 안다 하고 모르는 것을 모른다 하는 것이
말의 근본이다.

심리학에 의하면 늘 자기 자신에게 말하며 살고 있다고 한다.
사람은 다른 사람과 대화할 때 평균 1분당 150개에서 200개의
단어를 말할 수 있으나 우리가 나 자신과 대화할 때에는 엄청나게
빠른 속도인 1분에 1,300개의 단어를 말할 수 있다고 한다.
나 자신과의 대화를 심리학자들은 'Self-Talk'라고 말한다.

평소 무척이나 잔소리 많고 말 많은 아내에게
남편이 이를 깨우쳐 주기 위해 말했다.
남편: 어떤 연구결과에 보면 하루에 여자는 3만 단어를 말하고
남자는 1만5천 단어를 말한다고 하더군!
그 말은 듣고 아내가 남편에게
아내: 여자가 남자보다 두 배나 말이 많은 건
항상 같은 소리를 반복해서 말해줘야 남자가 알아듣기 때문이야!
그러자 남편 왈.
남편: 당신, 지금 뭐라고 말했어?
아내: 이렇다니까…….

시로야마 사부로: 상대의 말을 듣는 것.
그것이 사람과 사람을 연결하는 통로이다.
말하지 않으면 하느님도 알아들을 수가 없다.   -이탈리아
말노먼 더글러스: 한마디로 상황을 바꿀 수 있는 일이 많은데도
그 말을 하지 않을 때가 많다.

아 다르고 어 다르다.
※ 이중 긍정은?

약 50년 전에 어느 저명한 영국 철학자가 미국에서 강연을 했다.
강연자는 영어의 뉘앙스, 문법의 적절성과 부적절성의 대가이자
언어적으로 섬세하고 탁월한 저작들을 발표한 철학자,
존 랭쇼 오스틴이었다. 그 강연에서 오스틴은 영어에 관한
흥미로운 사실은 이중 부정이 곧 긍정이 되는 것이라고 지적했
다.   그래서 만일 내가 그 돈을 안 받지 않으면
나는 그 돈을 받은 셈이 된다는 것이다.
반면에 '예스'에 '예스'를 더한 이중 긍정은 부정이 되지 않는다.
그가 이 말을 하자 즉시 어느 관중이 회의적으로
이렇게 중얼거렸다.
"예— — 예——."

케임리브지 대학의 연결구과에 따르면 한 단어 안에서 글자가 어
떤 순서로 배되열어 있는가 하것는 중하요지 않고, 첫째번와 마지
막 글자가 올바른 위치에 있것는이 중하요다고 한다. 나머지 글들자
은 완전히 엉진망창의 순서로 되어 있지을라도 당신은 아무 문없제
이 이것을 읽을 수 있다. 왜하냐면 인간의 두뇌는 모든 글자를 하나
하나 읽것는이 아니라 단어 하나를 전체로 인하식기 때이문다.
(처음 터부 천천히 다시 어읽 보기)

겸손함을 갖고 모든 사람에게 진실을 말하라.
그때만이 진실한 사람이 될 수 있다.   —라코타 족
에머슨: 어떤 언어를 사용하든 자신의 됨됨이 이상은
절 대 말할 수 없다.

프란시스 찰스: 만일 그대가 현명하다는 평을 받고 싶으면
그대의 혀를 다물 줄 아는 현명함을 먼저 배우라.
어떤 랍비가 하인에게 시장가서 가장 맛있는 것을 사오라고 했더니
소 혀를 사왔습니다.
며칠 지난 후에 가장 싼 것을 사오라고 그랬습니다.
그랬더니 역시 소 혀를 사 가지고 왔습니다.
랍비가 하인에게 질문합니다.
"어떻게 너는 똑같은 것을 사왔느냐?"
그때 하인이 이렇게 대답을 합니다.
"혀는 아주 좋으면 그것보다 더 좋은 것이 없고 혀가 나쁘면 그 값어치
없고 나쁜 것이 그것만큼 또 나쁜 것도 없기 때문에 그렇습니다."

말을 배우는 데는 2년 걸리지만,
침묵을 배우는 데는 60년이 걸린다.   ─유태인

누구나 듣기보다 말하기를 좋아하는 이유는 상대를 이해하기
전에 내가 먼저 이해 받고 싶은 욕구가 앞서기 때문이다.
이해 받으려면 내가 먼저 상대에게 귀 기울여야 한다.
먼저 이해하고 다음에 이해 받으라.
말하기를 절제하고, 먼저 상대에게 귀 기울여 보라.
만일 침묵이 무엇이냐고 묻는 다면 우리는 답할 것이다.
침묵은 위대한 신비 그 자체다. 성스러운 침묵은 신의 목소리니까?
또 당신이 침묵의 열매가 무엇이냐고 묻는 다면 우리는 답할 것이다.
진정한 용기와 인내, 위엄 그리고 존경심이다.
침묵은 인격의 받침돌이다.
─ 다코타 족 ─

그가 어린 시절 백인 아이들로 부터 인디언들을 모욕하는 말을
들었을 때, 그의 할아버지는 이런 조언을 들려준다.
"말이 상처를 안겨줄 수도 있지."
"하지만 네가 그렇게 되도록 허용할 때만 그래."
만일 네가 바람이 너를 그냥 스치고 지나가게 하는 법을 익히기만
한다면 너를 쓰러뜨릴 수도 있는 그 말들의 힘을 없애버릴 수 있어
− 까마귀 발 추장 −

수말들이 전쟁에 다 나가고 암말들만 남았는데
암말 두 마리가 황소마을에 놀러갔다.
황소 두 마리에게 같이 놀자고 하니까 황소가 하는 말.
"소가 말을 하는 게 말이 돼?"
그래도 하니까 하는 것을 옆에서 보고 있던 황소가 하는 말.
"말 되네!"
말 마을로 돌아온 암말이 하는 말.
"이젠 굳이 말이 필요 없네."
전쟁이 끝나 수말들이 돌아오고, 황소마을에 놀러 갔다.
온 암말이 새끼를 낳았는데 말도 아니고, 조랑말도 아니고,
당나귀도 아닌 것이 말이 소와 비슷한 새끼가 나왔다.
그러자 다른 말들이 하는 말.
"이런, 말이 안 나오네?"
소를 닮은 새끼들이 엄마 암말을 따라 동네를 돌아다니자
다른 말들이 하는 말.
"이런 말 같지 않은 것들이 있나?"

비판을 듣는 사람은 방어하기 위해 비판한다.
맥박수가 분당 100회가 넘으면 상대방의 이야기를 잘 들을 수가
없다고 한다. 감정이 격양되면 판단 능력이 평소보다 떨어져
문제 해결 능력이 심각하게 제한 받기 때문이란다.

언어를 정보로 본다면 언어를 말하는 사람보다 말은 듣는
사람에게 이득이 되므로 듣기만 좋아하고 말하는 것은
꺼리는 방향으로 진화를 했어야 했다.
– 뉴욕대학 존 바크 –

말 안할 사람과 말을 하는 것은 말을 잃어버리는 일이요.
말할 사람과 말을 하지 않는 것은 사람을 잃는 것이다.

자언왈언 답인왈어
자기 스스로 남에게 말하는 것을 '언'이라 하고 남의 말에
답변하는 것을 '어'라고 하였는데 말이란 원래 사람과
주고받게 되어 있는 것이지 미친 사람이
혼자 중얼거리는 것은 '섬어'가 된다.
– 동의보감 –

상대성 원리로 잘 알려진 아이슈타인 박사에게 학생들이
찾아와서 이렇게 물었습니다.
"교수님, 교수님처럼 위대한 과학자가 될 수 있는 비결이 있다면
그것이 무엇입니까?"
그때 아이슈타인 박사가 이렇게 일렀습니다.
"입은 적게 움직이고 그 대신 머리를 많이 움직이도록 하게."

거짓말은 비밀을 지키기 위해 많이 하고 이익과 생존을 위해
거짓은 먼저 앞서 가고, 진실은 뒤따라간다.   -불가리아
브라크: 진실은 존재한다. 오직 거짓말만이 만들어진다.
애매한 말은 거짓말의 시작이다.   -영국

죽마고우인 국회의원과 소설가가 모처럼 고향을 찾아갔다.
두 사람은 고향 어른들에게 인사나 하고 가자며 마을회관에 들렀다.
그러자 김 노인이 두 사람을 맞으며 덕담을 건넸다.
"자네 둘 다 어려서는 소문난 거짓말쟁이라서 싹수가 노랗다고
생각했는데, 이렇게 큰 인물이 되어 돌아오다니! 대견하네.
우리는 그저 자네들이 더 크게 성공하기를 바라네."
그러자 옆에 있던 노인이 의아한 표정으로 말했다.
"더 크게 성공하라니? 저들에게 더 큰 거짓말쟁이가 되란 말이야?"

사회적 동물의 지능 지수 ?
자기가 덜 속고 남을 많이 속인다는 뜻.

언어가 진화한 이유는 경쟁자를 속이기 위해서다.
-뉴 멕시코대학 진화심리학과 제플린 밀러 교수

비밀이란?
혼자에겐 너무 벅차고 둘에겐 딱 맞고 셋에겐 값어치 없는 것.
거짓말을 잘한다는 것은 상황판단과 심리적으로 잘 알고 있다는
것, 속일 수 있는 것은 미리 알지 않고는 할 수 없는 것이다. 복잡한
인간관계를 해결하기 위해 필요한 것이 거짓말이기도 하다.
가짜 꿀을 만들 때 들어가는 재료는 ?   진짜 꿀

진실을 다하고 는 사랑을 하기도 힘들다. 거짓말은 잘해야 한다.
거짓말은 정말 진짜로 잘 해야 한다.
거짓말을 숨기는 장소로 거짓말이 최고다.

칼릴 지브란: 사람들 중에는 아직 피를 보지 않은 살인자들과,
아무 것도 훔치지 않은 도둑들과 지금까지 진실만
얘기해온 거짓말쟁이들이 존재한다.
줄곧 깎고 있으면 칼날이 무디어진다.
줄곧 지껄이고 있으면 지혜도 무디어진다. —버마

※ 직업별 거짓말
회사원: 예, 다 돼가요.
장사하는 사람: 이거 밑지고 파는 거예요.
정치가: 단 한 푼도 받지 않았습니다.
교장선생님: 마지막으로 딱 한마디만 간단히 하겠습니다.
간호사: 이 주사는 하나도 안 아파요!
선생님: 이건 꼭 시험에 나온다! 공부 해둬라!
수석 합격자: 잠은 충분히 자고, 학교 공부만 충실이 했습니다.
미스코리아: 그럼요. 내적인 미가 더 중요하죠.
중국집 주인: 방금 출발했습니다.
노동자: 내일 당장 그만 두겠어!

W.헤즐리트: 정직한 사람은 모욕을 주는 결과가 되더라도 진실을
말하며, 잘난 체하는 자는 모욕을 주기 위해서 진실을 말한다.
거짓말에는 세금이 붙지 않는다.
그러므로 온 나라에 거짓말이 넘쳐나고 있다. —독일

R.애스컴: 거짓말을 하지 말라. 부정직하기 때문이다.
모든 진실을 다 이야기하지 말라. 불필요하기 때문이다. 그러나
    때와 장소에 따라서 나쁜 거짓말이 진실보다 좋을 때가 있다.
리스: 꽃과 같이 말에도 그 색깔이 있다.
부처: 말은 파괴와 치유 두 가지 힘을 가지고 있다.
          말이 진실하고 인정 있을 때는 세상을 변화시킨다.

세익스피어: 말을 잘하는 것보다 잘 말하는 것이 중요하다.

        "자기 자신이나 다른 사람의 감정 혹은 생각을
              반드시 변화시킬 필요는 없다."
        "21세기에는 새로운 의식, 즉 단지 말하는 게 아닌
              사람들을 변화시키는 대화가 필요하다.
        진정한 대화는 활기를 얻게 해주며 정보를 전달하고
              얻는 것 이상의 것을 가져다준다."
대화가 우리의 삶을 바꾸는 방식/세인트 엔소니 칼리지의 테오도
르
    말은 가슴속에서 나오는 우리의 혼이다.-오지브외이족/ 마크톰슨

                ※ 아름다운 말 한마디
        실의에 빠진 이에게 격려의 말 한마디
        슬픔에 잠긴 이에게 용기의 말 한마디
          아픈 이에게 사랑의 말 한마디
              용기를 주는 말 한마디에
        어떤 이의 인생은 빛나는 햇살이 된다.

※. 사람들이 아부를 좋아하는 이유는 무엇일까?

체스터 필: 인간은 허영심과 자존심을 먹고 산다고 할 수 있다.
            인간은 허영심으로 가득 찬 존재이기 때문이다.
플루타르크: 사람은 누구나 아부를 받고 싶어 한다.
데일 카네기: 아첨은 이빨 사이에서 나오고,
                진지한 칭찬은 가슴에서 나온다.

프랑수아 로슈포쿠: 우리는 칭찬 받는 것을 과히 좋아하지
        않으므로 관련된 동기를 제외하고는 결코 칭찬하지 않는다.
        칭찬은 영리하게 감추어진 우아한 아첨으로서 칭찬하는 자와
                받는 자가 서로 다른 방법으로 기쁨을 얻는다.
콜린: 그대가 죽기 전에는 질투가 없는 칭찬은 기대하지 말라.
        유명한 죽음에 내려지는 명예들은 결코 그 안에 질투가 섞이지
        않는다. 살아 있는 자는 죽은 자를 불쌍히 여기기 때문이요,
        불쌍히 여기는 마음과 질투는 마치 기름과 물이 섞이지 않듯
                    함께 작용할 수 없는 것이다.

나폴레옹은 칭찬 받기를 싫어하는 사람으로 알려져 있다. 황제로
즉위한 나폴레옹은 아부에 대한 폐해를 경계하기 위해 자신의 집무
실에 3개월 동안이나 각료들의 출입을 금했다고 했다. 3개월이 지
난 어느 날 어느 각료 하나가 황제의 알현을 간청하자 거절하다가
하도 간곡하게 나오는지라 "그럼 한번 만나보지." 하며 만났는데
"저는 각하를 대단히 존경합니다. 그것은 각하의 칭찬을 싫어하는
        그 성품이 마음에 들었기 때문입니다."
하고 말했다. 이 말을 들은 나폴레옹은 몹시 흐뭇해했다.

소크라테스: 사냥꾼은 개로 토끼를 잡지만
                아첨 자는 칭찬으로 우둔한 자를 사냥한다.
버나드 쇼: 당신이 누군가에게 아부한다는 것은, 곧 당신이
그를 아부할 만한 가치가 있는 사람이라고 여기기 때문이다.
링컨: 세상에 아부를 싫어하는 사람은 없다.
존 레이: 누구나 자신이 만든 물건을 칭찬한다.
헨리 브로드허스트: 무가치한 칭찬은 가면을 쓴 풍자이다.
D. 카네기: 아홉 가지를 꾸짖기보다는 한 가지 칭찬할 일을
                칭찬해줌이 사람을 개선하는데 유효하다.
           큰 소리로 칭찬하고 작은 소리로 비난한다. —러시아

         칭찬은 상대방을 인정하는 것에서부터 출발한다.
            사람은 누구에게나 인정받고 싶어 하고,
        자기의 가치를 알아주기를 바라며, 칭찬해 주기를 원한다.
          누구나 본인도 모르는 장점이 있게 마련이다.
        99개의 약점이 있는 사람도 1개의 장점은 있게 마련이다.
        1개만 바라보고 칭찬하라. 칭찬은 순발력이 있어야 한다.
                그때 그 순간을 놓치지 마라.
               칭찬과 아부가 필요한 사회이다.
                   적개심이 많은 세상,
        생존을 유리하게하기 위해서는 사람이 살고 있는 한 변치 않는
        기술 중 최고가 아부다. 칭찬을 주고받는 사회는 평화롭다.

라 로슈푸코: 인간은 누구나 자신에게 호의를 보이는 사람보다
            자신이 호의를 제공한 사람을 더욱 좋아하는 법이다.
               꼬리를 흔드는 개는 얻어맞지 않는다.   —일본

비난이 칭찬보다 안전하다. 하나부터 열까지 나에게 불리한 말을 듣는 동안에는 성공할 것 같은 확신이 든다. 그러나 꿀처럼 달콤한 칭찬의 말을 들으면 아무런 대책 없이 적 앞에 나선 사람처럼 느껴진다. 우리가 굴하지 않는 한 모든 해악은 은인과 같다. 칭찬의 유혹에 저항하는 만큼 우리의 힘은 강해진다.
- 랄프 왈도 에머슨/ 스스로 행복한 사람 -

알렉산더 포프:　　　칭찬 받기를 기대하는 자는
　　　　　　　　이미 자기의 칭찬을 잃은 것이다.
　　　　　　까닭 없이 칭찬하는 사람을 경계하라.　　-일본
어빙 고프만: 칭찬과 아부는 모호하고 구분이 힘들어진다.
존 듀이:　 어디에서든지 중요한 사람이 되고 싶은 소원은
　　　　　　　　인간의 가장 끈질긴 요구다.

잭 웰치 전 GE 회장은 어린 시절 심한 말더듬이어서 놀림감이 되곤 했다. 그런 그에게 어머니는 "네가 말을 더듬는 이유는 생각의 속도가 너무 빨라서 입이 그 속도를 따라주지 못하기 때문이란다. 걱정 말아라. 넌 잘하고 있단다. 너는 커서 큰 인물이 될 것"이라고 격려해줬다.

마크 트웨인:　　　　　칭찬 한마디를 듣는 것으로
　　　　　　　나는 두 달을 행복하게 살 수 있다.
라 로시푸코:　　　　자신의 칭찬을 부정하는 자는
　　　　　　다시 한 번 그 칭찬을 듣기 위해서이다.
퍼브릴리우스 시루스:　사람은 자신에게 관심을 갖는 사람에게
　　　　　　　　관심을 갖는다.

사무엘 존슨:　　　　　모든 사람을 칭찬하는 사람은
　　　　　　그 누구도 찬양하지 않는 거나 마찬가지이다.

오웬 펠담:　　　　　칭찬은 받는 사람에 따라 효과가 다르다.
　　　　　　칭찬은 현명한 자를 겸손케 하고
　　　　　　어리석은 자를 거만하게 만든다.

베넘: 바보를 칭찬하는 것은 그의 어리석음에 물을 주는 것이다.

리챠드 스틸 경:　　　　아무도 그대의 면전에서 허물없이
　　　　　　그대를 칭찬하게 하지 말라.
　　　　이렇게 함으로 그대의 허영심은 먹이를 찾는 것이 된다.

버나드 쇼의 희곡 '캔디다'가 뉴욕에서 공연되었을 때,
그는 여주인공으로 등장하는
여배우 코넬리아 스키너에게 전보를 쳤다.
"놀라운 솜씨, 타의 추종 불허."
이 굉장한 찬사에 상기된 스키너는 전신으로 바로 회전을 쳤다.
"칭찬받을 자격 없음."
그랬더니 쇼가 다시 전보를 보냈다.
"내가 말한 것은 작품임."
이에 대한 미스 스키너의 회신.
"나도 그랬음."

막스 뮐러:　　　　칭찬이라는 것은 배워야 할 예술이다

토마스 드레이어: 칭찬하는 행위에는 창조적 요소가 있다.
칭찬을 들으면 순간적으로 기분이 좋아지기는 하지만 잠시 후
역행간섭이 일어나 부정적 의견만 기억에 남게 되기 때문이다.
역행간섭은 새로운 정보가 전에 학습한 정보를 방해하는 현상이다.
이와 달리 부정적 의견을 들으면 순향 증강 효과가 생겨
우리의 기억력까지 실제로 향상된다고 한다. 부정적인 의견을
먼저 말한 다음 긍정적 의견을 전달하는 게 좋다는 결론이다.
비판을 들은 상대방이 주의를 집중해 칭찬을 들을 것이기
때문이란 얘기다.
진지한 칭찬만큼 사람의 청력을 향상시키는 것은 없다
― 하비 마케이 ―

어느 여배우가 쇼를 붙잡고 '사랑의 고백'을 했다.
"당신의 그 우수한 두뇌와 나의 이 풍만한 육체를 이어받을
아기가 생기면 얼마나 멋진 일이겠어요?"
그러자 쇼는 즉석에서 되받아쳤다.
"그렇지만 아가씨, 만일 당신의 그 두뇌와 나의 이 육체를 가진
아기가 생긴다면 그게 얼마나 불행한 일인가도 생각해 주십시오."

톨스토이 : 다른 사람을 책망하는 것은 무조건 잘못된 것입니다.
다른 사람의 영혼에 무슨 일이 일어났는가?
또는 무슨 일이 일어나는가? 알 수 없기 때문입니다.
엘리엇: 동물은 좋은 친구이다.
그들은 질문도 하지 않고 비판도 하지 않는다.
디오도어 루빈: 누구의 비판도 존재하지 않는 곳에서는
우리들은 자기의 생각이 옳다고 생각한다.

남의 허물을 책하는데 너무 엄하게 하지 말라.
그가 감당할 수 있는 것인지를 생각해야 한다.
남을 가르침에는 너무 높게 하지 말라.
그가 실행할 수 있는 것으로써 해야 하느니라.
- 채근담 -

남편: 저 사람은 건드리지 마. 여러 분야에 아는 게 많아.
부인: 그러면 아무것도 모르는 사람들만 상대하라는 말이에요?

니체: 곤충은 결코 나쁜 마음이 있어서가 아니라 단지 살아야
    한다는 본능 때문에 사람의 살을 찌르는 것이다. 그것은
    평론가도 마찬가지다. 평론가가 필요로 하는 것은 우리들의
    살 속에 있는 피고 따라서 그들에게 우리의 괴로움 따위는
            아무 문제도 되지 않는 것이다.
몰리에르 :   다른 사람들을 비난하려고 생각하기 전에
            자기 자신을 충분히 살펴보아야 한다.
워싱턴: 그 자리에 없는 사람을 비난하지 말라.

            그 사람 입장에 서기 전에는
        절대로 그 사람을 욕하거나 책망하지 말라. -탈무드
    누구도 그 사람이 산만큼 살아보지 않고는 또한 그 사람이
    걸어온 길을 걸어보지 않고는, 그를 비판하거나 판단하지 말라.
    구두를 신은 자신 말고는 그 구두의 어느 부분이 발을 아프게
            하는지 아무도 모른다.   -영국
        당신의 이웃사람을 판단할 때 그의 모카신을 신고
            2달을 걷기 전에는 판단하지 말라.   -세이엔족

남을 헐뜯는 가십(gossip)은 살인보다도 위험하다.

살인은 한 사람밖에 죽이지 않으나,

가십은 반드시 세 사람의 인간을 죽인다.

즉 가십을 퍼뜨리는 사람 자신,

그것을 반대하지 않고 듣고 있는 사람, 그 화제의 중심인 사람.

– 탈무드 –

남의 허물은 보기 쉬워도 자기 허물은 보기 어렵다.

남의 허물은 겨처럼 까불어 흩어버리면서 자기 허물은

투전꾼이 나쁜 패를 감추듯 한다.   –법구경

자기의 결점을 보고 있는 사람에게는

결코 남의 결점을 보고 있을 틈이 없다. –탈무드

고르바초프 재임시절 개혁개방으로 혼란을 겪고 있는 사람들이

식료품을 사기 위해 길고 긴 줄을 서고 있었다.

오랫동안 기다려도 줄이 줄어들 생각을 안 하자 화가 난 어느

모스크바 시민이 화를 벌컥 내며 옆에 있는 친구에게 말했다.

"도저히 못 참겠어. 이렇게 된 건 모두 고르비 탓이야.

내 그 놈을 죽이러 갈라네."

그 이야기를 듣고 있던 친구가 조용히 대답했다.

"내가 다녀왔네. 그쪽 줄이 세 배나 더 길다 네."

몰리에르: 자신의 행동이 빗나간 사람일수록 맨 먼저

남을 모략한다.   다른 사람들을 비난하려고 생각하기 전에

자기 자신을 충분히 살펴보아야 한다.

사람은 누구나 자기 자신을 척도로 하여 남을 판단한다.   –영국

톨스토이:　남을 정면으로 비난하는 것은 좋지 않다.
그를 망신시키기 때문이다. 보이지 않는 곳에서 비난하는 것은
불성실하다. 덕을 기만하는 것이 되기 때문이다.
키케로:　어리석은 자의 특징은 타인의 결점을 들어내고,
자신의 약점은 잊어버리는 것이라고 하겠다.
이즈 테일러:　자기의 잘못을 인정하는 것만큼이나
어려운 것은 없다.
B.리튼:　가장속이기 쉬운 사람은 자기 자신이다.
괴테:　사람은 늘 자기가 자기를 속이고 있는 것이다.
세네카:　자신이 자신에 대해서 생각하는 것은
다른 사람들이 당신에 대해서 생각하는 것보다 훨씬 중요하다.

어릴 적: 장군감이란 소리를 들었다.
지금은: 똥고집 하나는 장군감이라는 소릴 듣는다.
어릴 적: 가문을 일으킬 재목이었다.
지금은: 가족을 먹여 살리기도 벅찬 퇴물이다.
어릴 적: 할아버님은 나 만보면 주름살을 펴고 환하게 웃으셨다.
지금은: 손주 놈만 보면 주름살을 피고 웃게 된다.

라블레:　못난이의 얼굴을 보고 싶으면
먼저 자신의 얼굴을 거울에 비추어 볼 것.
루소 :　당신을 좋게 말하지 말라.
그러면 당신은 신뢰할 수 없는 사람이 될 것이다.
또 당신을 나쁘게 말하지 말라.
그러면 당신은 당신이 말한 그대로 취급받을 것이다.

아주 인색한 사람이 종에게 술을 사오라고 심부름을 시켰습니다.

빈 병을 주면서 술을 사오라는 것이었습니다.

그런데 돈은 주지 않았습니다. 그래서 종이 물었습니다.

빈 병만 주고 돈을 주지 않으면 어떻게 술을 사오지요?

주인이 말했습니다.

돈을 가지고 술을 사는 것이야 누구는 못 하냐?

돈 없이 술을 사와야 비범한 사람이지.

인색한 주인이 돈을 주지 않으니까 할 수 없이 빈 병을 들고

술을 사러 갔다가 빈 병만 들고 주인 앞에 나타났습니다.

주인이 화가 나서 말했습니다.

왜 빈 병만 가지고 왔느냐?

종이 대답하였습니다.

술이 든 술병에서 술을 마시는 것이야 누구는 못 합니까?

빈 병에서 술을 마셔야 비범한 사람이지요.

是是非非非是是 是非非是非非是(시시비비비시시 시비비시비비시)
是非非是是非非 是是非非是是非(시비비시시비비 시시비비시시비)

옳은 것 옳다 하고 그른 것 그르다 함이 꼭 옳진 않고
그른 것 옳다 하고 옳은 것 그르다 해도 옳지 않은 건 아닐세.
그른 것 옳다 하고 옳은 것 그르다 함, 이것이 그른 것은 아니고
옳은 것 옳다 하고 그른 것 그르다 함, 이것이 시비일세
－ 김삿갓 －

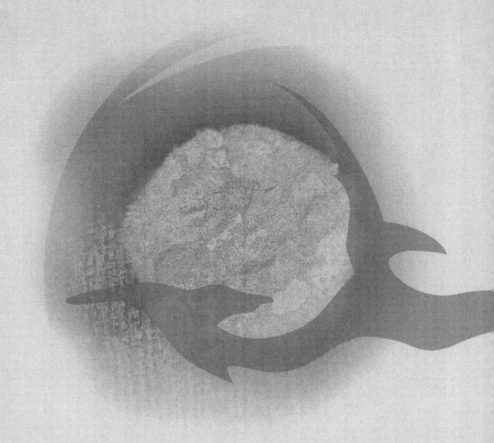

돈 주고도
살 수 없는 것은?

돈 주고도 살 수 없는 것은 ?   가난

　　돈이 나가면 정의는 움츠린다.   -독일
　　돈이 있으면 재앙이 있다.
그러나 돈이 아주 없어지면 최대의 재앙이 온다.   -독일

마르크스: 미친 세상 아닙니까!
　　현금을 지불 할 수 있는 부자는 신용으로 사고,
　　돈이 없는 가난한 사람은 현금을 내야 하다니,
가난한 사람은 신용으로 내고 부자는 현금으로 내야 한다고요.
은행가: 하지만 가난한 사람과 신용거래를 하는 사람은
　　　　　　　가난해 질 텐데요!
마르크스: 그럼 더 좋죠!
　　그럼 그 사람도 신용거래를 할 수 있잖아요!

돈은 돈을 사랑하지 않는 사람에게는
절대로 돈을 주지 않겠다고 선서했다.   -아일랜드
　　　　　※ 욕쟁이 할머니 식당
학생: 할머니 물 좀 주세요.
할머니: 니 놈은 손이 없냐, 발이 없냐 떠다먹어!
학생: 할머니! 반찬이 맛이 없는 것 같아요.
할머니: 오살할 놈! 시장이 반찬이여,
　　　　저런 썩을 놈 배때기가 곯아 봐야싸.
학생: 저 할머니 죄송한데요,
　　지갑을 안 가져 와서 그러는데 밥값은 내일 드릴게요.
할머니: 아니 왜 이러십니까? 손님!

돈은 영리하다.　　　　　　　−미국

프랭클린:　　만약 제군이 돈의 가치를 알고 싶으면
나가서 얼마간의 돈을 빌려 보라.

와일드: 내가 젊었을 땐 돈을 세상에 가장 중요한 것으로 알았소.
지금 늙어선 그게 사실임을 깨달았소.

시골 할머니가 돈이 필요해 은행을 찾아와 돈 좀 빌려 달라했다.

직원이 물었다.

"얼마요?"

"5천만 원."

그러자 직원이 말했다.

"할머니 이렇게 큰돈은 담보가 있어야 해요."

"담보가 뭐야?"

"5천만 원을 대신 할 만 한 것을 은행에 잡히는 것이요"

이해한 할머니가 집을 담보로 잡히고 5천을 가지고 가서 농사를

지어 1억 5천을 벌게 되었다. 1억은 장롱에 넣어 놓고

5천만 원을 가지고 와서 빌린 대출금을 모두 갚았다.

직원이 말했다.

"나머지 1억은 어디에 있어요?"

"우리 집 장롱에 감춰났어."

직원이 할머니에게 말했다.

"그곳은 위험하니까 우리 은행에 맡기세요."

그러자 할머니가 은행 직원에게 말했다.

"담보 있어?"

페트로니우스: 주머니에 1원이 있는 자의 가치는 겨우 1원이다.
충분히 갖고 있다고 느끼는 사람이 부자다.　　　　　　　　－티베트

한 남자가 은행에　6개월간 100만원을 빌리고 싶다고 말했다.
대출 담당자가 남자에게 어떤 담보물이 있느냐고 물었다.
남자가 말했다.
"롤스로이스가 있어요. 여기 열쇠.
대출금 갚을 때까지 맡아두세요."
6개월 후 남자가 은행에 찾아가서 100만 원과 이자 만 원을
갚고서 롤스로이스를 되찾았다. 대출 담당자가 말했다.
"선생님, 실례가 되지 않는다면 묻고 싶습니다.
롤스로이스를 모는 분이 어째서 고작 100만원을 빌리는 건가요?"
남자가 대답했다.
"지난 반년 동안 유럽에 있었거든요.
어디서 그 기간 동안 롤스로이스를 고작 만 원에 보관하겠어요?"

허버트: 세상은 부자에게는 주지만, 빈자에게는 빼앗는다.

노름판에 사흘 붙어 앉으면 신령(神靈)도 돈을 잃는다.　　　－중국
아홉 명의 노름꾼은 한 마리의 수탉도 기를 수 없다.　　　　－유고
파스칼:　　　　　　　　도박을 즐기는 모든 인간은,
　　불확실한 것을 얻기 위해서 확실한 것을 걸고 내기를 한다.
돈은 모든 문을 여는 열쇠이다.　　　　　　　　　　　　　－영국
성실은 어디에서나 통용되는 유일한 화폐이다.　　　　　　　－중국

그리스도도 돈 때문에 배반당했다.　　　　　　　　　　　－그리스

인간들은 너무 불쌍해.

먹기 위해 일하고, 또 일하기 위해 먹어야 하니 말이야.

머리가 좋다고 잘난 척하지만 그 머리 덕에 고생 하며 사는 거지.

－ 일하지 않고도 먹고 사는 쥐가 한 말 －

조개는 칼로 열고 변호사의 입은 돈으로 연다. －영국

※ 빈부의 차이

있는 집: 없는 것 빼 놓고 다 있다.

없는 집: 있는 것 빼 놓고 다 없다.

부자가 넘어지면 재난이라고 말하고

가난한 자가 넘어지면 술에 취했다고 한다.   －터키

스위프트: 부자는 가난한 자의 노동으로 얻은 열매를 누린다.

큰 부자에게는 아들은 없다.

다만 상속인만이 있을 따름이다.   －유태

한 제자가 물었다.

"스승님 ,귀납법을 통하여 무엇이 인식되는지요?"

그러자 베이컨이 짤막하게 답변했다.

"자연 현상의 형식이지."

또 다른 제자가 물었다.

무엇이 최고의 윤리인지요?"

베이컨이 답변했다.

"자기 자신과 다른 사람들에게 이익이 되게끔 사는 것이지."

성공할 때까지 속여라.　　　　－미국

기자:　선생님, 선생님은 평생 막대한 부를 만들었습니다.
　　　　어떻게 돈을 버셨습니까?
백만장자:　　　　통신 비둘기로 돈을 벌었지요.
기자: 통신 비둘기요? 그거 멋지군요. 몇 마리나 파셨나요?
백만장자: 한마리만 팔았지요. 그 비둘기가 계속 돌아오더군요.

무(nothing)에서 얻을 수는 없다.　　　　－미국
가난한 사람에게는 명예가 뒤따르지 않는다.
가난은 수치가 아니다.
그러나 명예라고는 생각하지 말라.　　　　－유태 격언
플로리오:　빈곤은 재앙이 아니라 불편이다.
누구나 가난하면 거지 근성이 나타난다.　　　－영국

거지가 배부르면 살기 좋은 세상
거지가 배고프면 빌어먹을 세상

한 사람이 먹는 곳엔 두 사람도 먹는다!　－브라질

피카소:　나는 돈이 많은 가난한 사람으로 살고 싶소.
악마는 부자가 사는 집에도 찾아가지만,
가난한 사람의 집에는 두 번 찾아간다.　　－스웨덴
많은 은을 가진 자는 행복할 것이다.
많은 보리를 가진 자는 행복할 것이다.
그러나 아무것도 없는 자는 발 뻗고 잘 수 있다. －수메르 돈은 여러 가지 씨앗은 살 수 있다.
그러나 그것은 농부의 의욕은 살 수 없다.
돈은 음식물은 살 수 있다.
그러나 그것은 식욕은 살 수 없다.
돈은 약은 살 수 있다.
그러나 건강은 살 수 없다.
돈은 잡부(雜夫)는 살 수 있다.
그러나 그것은 친구는 살 수 없다.
돈은 노예는 살 수 있다.
그러나 그것은 충성된 종은 살 수 없다.
돈은 일락(一樂)의 날들은 살 수 있다.
그러나 그것은 평안이나 진짜 행복은 살 수 없다.
- 헨릭 입센 -

기다림만으로 사는 사람은 굶어서 죽는다.　　　-이탈리아
A. 프레보:　　사랑은 부나 재산보다도 훨씬 강하다.
그렇지만 사랑은 그것들의 힘을 빌리지 않으면 안 되는 것이다.
사람은 많은 일을 하지만 돈은 더 많은 일을 해낸다.　　-영국
프랭크, 뮤리엘 뉴먼:　　부자들은 투자하고
가난한 사람들은 소비한다.
백만장자들은 저축하고 난 뒤에 남는 것을 쓰지,
쓰고 난 뒤에 남는 것을 저축하지 않는다.
이것이 그들의 성공비결이다.
부지런한 부자는 하늘도 못 막는다.　-한국

맹구는 소가 한 마리 있는데 기를 목장이 없었다.
그래서 이웃 친구인 영구에게 매달 10냥을 줄 테니 영구 목장에
소를 맡아 달라고 부탁했다. 영구는 그러자고 했다. 그리고 2년이
지나는 동안 맹구는 영구에게 한 번도 약속한 금액을 지불하지
않았다. 마침내 영구가 맹구를 찾아가 말했다.
경제적으로 힘들다는 것을 알지만 거래를 하면 어떻겠니?
지금까지 너의 소가 우리 농장에서 2년간 있었으니
나한테 240냥 빚 진 셈이니 그 정도면 소 가격과 비슷한데
소를 내주고 없었던 일로 하면 어떤가?"
그러자 맹구가 깊이 생각 한 뒤 말했다.
"친구야 그러면 한 달만 더 데리고 있어주면 그렇게 해줄게"

세네카: 돈이란 벌기 힘들며, 가지고 있긴 더욱 힘들고,
             현명하게 쓰기는 정말로 힘들다.
존 웨슬리: 할 수 있는 데까지 버시오.
             가능한 데까지 저축하시오.
             줄 수 있는 데까지 주시오.

자기가 가지고 있는 것을 그것을 필요로 하는 사람에게
파는 것은 비즈니스가 아니다. 자기가 갖고 있지 않은 것을
그것을 필요로 하지 않는 사람에게 파는 것이 비즈니스이다.
— 유태 —

존 웨슬리: 가난한 자는 돈을 가질 수 없다고 불평하고
             부자는 돈을 지킬 수 없다고 불평한다.

유강에 물이 불어 정나라의 어떤 부자가 급류에 휘말려 빠져 죽었다.
시체가 물에 떠내려가다가 하류에 이르렀을 때, 마침 배를 띄우던
사공이 시체를 발견하고는 건져냈다. 화려한 옷과 장신구들을 보고서
큰 부자임에 틀림없다고 생각한 사공은 보상을 크게 받으리라는
기대에 부풀었다. 물에 빠져 죽은 부자의 집에서는 주인의 시체를
찾기 위해 난리가 났다. 얼마 지나지 않아 부자의 집에서 보낸
사람들이 시체를 건진 사공을 만나게 됐다. 사공은 엄청난 금액을
　　　　요구했다. 요구액이 터무니없이 많은 데 놀란 그들은
어떻게 할까를 상의하다가 변론을 잘하기로 소문난 등석을 찾아갔다.
"선생님, 저희 집주인이 물에 빠져 돌아가셨는데, 그 시체를 건진
사람이 엄청난 대가를 요구합니다. 어떻게 하면 좋을까요?"
　　　　　　"기다리시오.
그 뱃사공이 시체를 팔 수 있는 곳은 당신네 집뿐이지 않소.
　　　　　　기다리면 값이 내려갈 것이오."
　　　　"기다리다 보면 자꾸 시체가 부패할 텐데요."
　　"그럴수록 기다리시오. 시체가 부패할수록 값이 내려갈 거요."
부잣집 사람들은 등석의 말대로 기다렸다. 그러자 난리가 난 것은
뱃사공이었다. 이번에는 애가 탄 뱃사공 쪽에서 등석을 찾아갔다.
"선생님, 제가 어떤 부자의 시체를 건졌는데 많은 보상을 요구했더니
값을 깎자고 만하면서 시체를 찾아갈 생각을 하지 않습니다.
　　　　　　어떻게 하면 좋을까요?"
"기다리시오. 그 부잣집이 시체를 살 곳은 당신네 집뿐이지 않소.
　　　　　　기다리면 값이 올라갈 것이오."
　　　"기다리다 보면 시체가 자꾸 부패할 텐데요."
"그럴수록 기다리시오. 시체가 부패할수록 값이 올라갈 거요."
　　　　　　− 여씨춘추 −

※ 현대인

몇 백 년 된 골동품은 집에다 모시려 하고
백년도 안 된 부모님은 모시지 않으려고 한다.

골드스미스: 입에 은수저를 물고 태어나는 사람이 있는 한편,
        나무 주걱을 물고 태어나는 사람도 있다.
G. 샘너: 아무 것도 소유하지 않은 자는 노동의 속박 아래 있고,
        재산을 소유하고 있는 자는 정신적 고통의 속박 아래 있다.
벤자민 프랭클린: 가난한 것은 수치가 아니지만
        그것을 부끄럽게 생각하는 것은 수치다.
마하트마 간디: 이 세상은 우리들의 필요를 위해서는 풍요롭지만
        탐욕을 위해서는 궁핍한 곳이다.

그 사람이 귀한 사람이면 그가 움직이는 것을 볼 것이요.
그 사람이 부자이면 그가 베푸는 것을 볼 것이요,
그 사람이 궁한 사람이면 그가 받지 않는 것을 볼 것이요,
그 사람이 천한 사람이면 그가 하지 않는 바를 볼 것이요,
그 사람이 가난하면 그가 취하지 않는 것을 보라.
        -회남자

채플린: 가난하다는 것은 매력적인 것도 교훈적인 것도 아니다.
        나의 경우에 있어서 가난은 부자나 상류 계급의 우아함을
        과대평가하는 것밖에 가르쳐 주지 않았다.

멕시코의 한가한 해안가.

미국의 어느 백만장자가 멕시코의 해변가를 거닐고 있었습니다.

그때 바닷가에 어떤 어부가 고기배 옆에서 한가로이 누워서

콧노래를 부르고 있었습니다. 백만장자는 그에게 다가가 물었습니다.

"여보시오. 지금 뭘 하고 있소?"

어부는 오늘 잡을 고기를 다 잡았기에 지금 쉬고 있는 중이라고 했다.

그러자 부자는 말했습니다. "이것 보시오.

나라면 그렇게 놀지 않겠소. 조금 더 오래 낚시를 하겠소."

"그래서요?"

"그리고 나서 어선을 사는 거요. 그렇게 해서 생긴 이익으로 다시 몇

척의 어선을 구입하고, 그러다 보면 마침내 큰 어선을 가지게 될 것이오."

"그러면요?"

"그러면 중간 거래를 통하지 않고 가공업자에게 직접 판매를

할 수 있고, 마침내 당신 자신의 통조림 공장을 오픈할 수 있고,

그러면 당신은 제품과 과정, 분배 전부를 직접 조정할 수 있게 되지요."

"그리고요?"

"당신은 어쩌면 이 작은 시골을 떠나 멕시코로 그리고 로스앤젤레스로

그리고 마침내 뉴욕으로,

당신이 확장하는 엠파이어를 경영할 수도 있을 거요."

어부는 다시 물었다.

"그리고는요?"

"그리고 나면 편안히 인생을 즐길 수 있는 거요."

그러자 어부는 입가에 미소를 띠며 말했습니다.

"당신이 보기엔 지금 내가 뭘 하고 있는 것 같소?"

간빈(艱貧) 가난이 괴롭다

지상의 신선은 부자만 보이는가.
인간에게 죄 없으니, 가난이 죄일세.
빈자 부자가 따로 있다고 말하지 말게나.
가난한 자 부자 되고, 부자 다시 가난해지거늘
　　　　－ 김병연(김삿갓) －

현자가 누더기를 입고 읍내를 걷자 친구가 나무랐다.
"옷이 그게 뭔가?" 그러자 현자가 말했다.
"여긴 나를 아는 사람이 없으니 괜찮네."
다음날 현자가　자기 마을에서도 누더기를 입고 다니자
친구가 또 한마디를 했다.
"마을에서도 그런 옷차림으로 다니나?"
현자는 말했다 "여긴 나를 다 아니까 괜찮네."

시인과 철학자가 만나면 무슨 이야기를 할까?
돈 이야기
부자들이 만나서 하는 이야기는 시와 철학이다
돈 세상에서 돈이 없으면 도를 닦을 수 없다.

경제학자란
다음 달에 무슨 일이 일어날 거라고 예고하고
그 다음 달엔 왜 그렇게 되지 않았다고 설명하는 사람

※. 어떤 백화점의 손님이 더 많을까?

A.백화점 광고
필요한 물건은 무엇이든 다 있는 백화점
건너편B. 백화점 광고
필요하지 않는 물건은 팔지 않는 백화점

책 판매업자가 새로 출간 된 책을 가지고 대통령을 찾아갔다.
대통령은 너무 바빠서 그를 볼 여유도 없었다.
그러나 대통령은 그에게 형식적인 말 한마디 남겼다.
"이 책 괜찮군요"
그래서 출판업자는 특별광고를 제작했다.
대통령이 추천한 책 그 책은 날개 돋친 듯 팔려나갔다.
소문을 듣고 이번엔 다른 출판업자가 대통령을 찾아갔다.
전에 이용당한바있는 대통령은 이번엔 강력하게 이야기했다.
"이 책은 나쁘군요"
이 책 판매업자도 다음날 광고를 냈다.
"대통령이 실날하게 비판한 책"
그 책 또한 불티나게 팔렸다.
마지막으로 세 번째 출판업자가 책을 들고 대통령을 찾았다.
이번엔 대통령은 한마디도 하지 않았다.

그러나 광고는"대통령도 어려워 한 책"

록펠러가 한번은 허름한 이발관에 가서 이발을 했다.
이발사는 당연히 대부호가 이발을 하러왔으니 엄청난 팁을
바라고 정성스럽게 이발을 하였다.
그러나 록펠러는 단돈 1달러를 팁으로 주었다.
이발사가 말했죠.
"회장님, 회장님의 아드님께서도
이것보다는 더 주실 거 같은데요..."
그러자 록펠러가
"그는 부자인 아버지가 있지만 난 부자인 아버지가 없소"

괴테: 시작과 창조의 모든 행동에 한 가지 기본적인 진리가 있다.
그것은 우리가 진정으로 하겠다는 결단을 내리는 순간 그때부터
하늘도 움직이기 시작한다는 것이다.

하늘에 해가 없는 날이라 해도 나의 점포는 문이 열려 있어야 한다.
하늘의 별이 없는 날이라 해도 나의 장부엔 매상이 있어야 한다.
메뚜기 이마에 앉아서라도 전을 떠야한다.
강물이라도 잡히고 달빛이라도 베어 팔아야 한다.
일이 없으면 별이라도 세고 구구단이라도 외워야 한다.
손톱 끝에 자라나는 황금의 톱날을 무료히 씹어내고 앉았다면
옷을 벗어야한다. 옷을 벗고 "힘"이라도 팔아야한다.
힘"을 팔지 못하면 "혼"이라도 팔아야 한다.
상인은 오직 팔아야만 하는 사람.
팔아서 세상을 유익되게 해야 하는사람.
그러지 못하면 가게문에다 "묘지"라고 써 붙여야한다.
– 상인의 일기 –

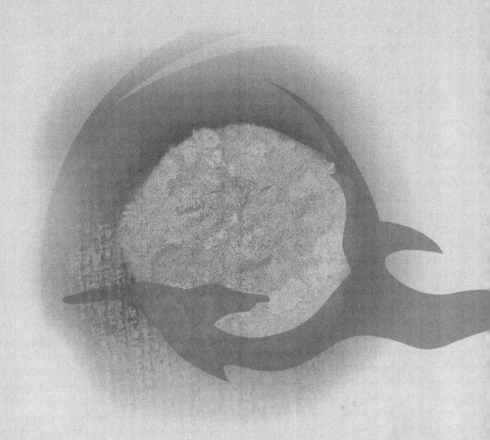

눈을 감아라.
그럼 너는 너 자신을
볼 수 있으리라

버틀러: 눈을 감아라. 그럼 너는 너 자신을 볼 수 있으리라.
파스칼: 모자란다는 여백,
          그 여백이 오히려 기쁨의 샘이 될 것이다.
윌리엄 러셀: 사색을 할 동안 인간은 신과 같이 된다.
          행동과 욕망에서는 환경의 노예일 뿐이다.

          세상에 영원이란 없다.
그 저 여기에 잠시 머물다 갈뿐. 옥이라고 해도 산산이 부서진다.
          황금이라고 해도 조각조각 찢어진다.
          — 이로쿼이족 기도 —

헤라클레이도스;   세상의 변하지 않는 유일한 것은
          세상 모든 것이 변한다는 사실이다.

          날마다, 날마다 세상이 경이로운 것은
          세상이 순간순간, 새롭기 때문이다.
     새롭다는 것은 세상은 어제나 항상 변한다는 사실이다.
     내가 원하든 원하지 않던 순간순간 나는 변하고 있다.
          세상에 영원한 것이 무엇이 있는가?
          모두가 영원히 변해가고 있을 뿐이다.
          영원히 변치말자는 사랑의 약속도
          영원히 함께 변하자는 약속이다.
          변하는 삶은 놀라운 신비요, 아름다움이다.
          세상 모든 것은 영원하지 않다.
          우리의 생애 평범한 순간은 없다.
     결코 변하지 않으리라는 순간조차 변하기 때문이다.

다윈; 이 지구상에 살아남는 동물은 힘이 세거나 덩치가 큰 것이
아니다. 바로 변화에 가장 민감하게 대응한 것만이 살아남는다.
세퀴치 히플러족: 변화하지 않으면 생이 멈춘다.
        그러나 변하지 말아야 할 것은 우리가 생을 대하는 자세다.
알버트 아인슈타인: 사람의 마음은 늘 움직이고 변한다.
                 순간순간 변하고 아침저녁으로 변하고, 날마다 변하며,
세월 따라 변해간다. 보이는 것에 따라 변하고, 들리는 것에 따라
        변하며, 생각하는 것에 따라 변한다. 항상 외부의 변화에
                마음이 끌려가서 때로 기뻐하고 슬퍼하며,
            한 번 웃고 한 번 우는 것이 사람의 마음이다.
마음이란 오늘 어떤 것을 원하며 내일 다른 것을 원한다.
마음은 늘 변한다. 이 세상 모든 것은 관찰자에 따라서 변한다.

        무상(無常)이란 모든 존재는 끊임없이 변한다는 것이다.
    모든 것은 멈추어 있지 않고 변한다(諸行無常)는 것이다.
        끝없는 우주에서 보이지 않는 먼지에 이르기까지
            어느 것 하나 변하지 않는 것이 없다.
    인간도 태어나서 죽을 때까지 변하고 죽고 나서도 변한다.
    인생무상 이란 말은 '덧없다'거나 '허무하다'라는 뜻 보다는
                모두 변한다는 뜻을 담고 있다. 만일
    세상이 무상하지 않다면 오히려 더 큰일들이 일어날 것이다.
                무상하기 때문에 탄생과 죽음이 있고
            세상은 새로움으로 인해 경이로운 것이다.

고르기아스: 아무것도 존재하지 않는다. 존재해도 알 수가 없다.
            알고 있어도 전할 수가 없다.

홍루몽: 진실을 거짓으로 받아들이고,
거짓을 진실로 받아들이는 것은 우리 자신이 가짜이기 때문이다.
        가짜가 진짜가 되면 또한 가짜요,
        무가 유가 되면 유 또한 무가 된다.

※. 다음 문장은 참인가? 거짓인가? 이 문장은 거짓이다!

너무 작아 눈에 보이지 않는 티끌이나 너무 커서 볼 수 없는
 우주나 모든 경계 지어진 개체를 그 자체의 한계가 없다는
 의미에서 무한이다. 그 무한은 그 경계가 사라짐으로 인해
  유와 무를 달리 분별해 낼 수 없는 것이 되고 만다.
유와 무를 넘어서 있다고도 없다고도 할 수 없는 것이다.

   우리는 모든 것 속에서 모든 것과 연결 되어 있다. ─라코타족

        나는 땅 끝까지 가 보았네.
        물이 있는 끝까지도 가 보았네.
        산 끝까지도 가 보았네.
하지만 나와 연결되어 있지 않은 것을 하나도 발견할 수 없었네.
        ─ 나바호 족 ─

장자; 어떤 일이든 그대로 내버려두고 마음을 자유롭게 하라.
    무슨 일이든 있는 그대로 받아들이고 중심을 차지하라.
        이것이 궁극적인 것이다.

일체유심조(一切唯心造)라는 말이 있다.
이 세상의 모든 것은 자기의 마음으로부터 시작된다.
세상사 모든 일은 마음먹기에 달려있다.
나의 마음속의 모든 것을 나의 마음이 만들었다.
이 세상의 모든 일은 보는 사람의 시간과 공간,
그리고 상황에 따라 객관적 형태를 보는 입장에 따라서는
전혀 다르게 보이는 법이다.
마음속에 악이 싹트면 도리어 그 몸을 망친다.
마치 무쇠에 생긴 녹이 그 무쇠를 먹어 들어가듯이.
- 법구경 -

"마음은 무엇인가?" "눈에 보이지 않는 몸이다."
"몸은 무엇인가?" "보이는 마음이다."

어원을 찾아보면 마음은 '머금다'는 뜻이 있는데,
이슬이 머금어야
맺히는 것처럼 생각을 머금어야 뜻이 맺혀 마음이 된다.
우리 몸은 음식으로 힘을 얻지만 마음은 생각으로 힘을 얻는다.

마음이 없으면 보고도 안 보이고
들어도 귀에 들리지 않는다.　　　　　　 -중국
눈에 보이지 않는 것보다는,
마음이 보이지 않는 쪽이 두렵다.　　　 - 탈무드

눈을 감아라. 그럼 너는 너 자신을 볼 수 있으리라　**185**

눈을 감으면 상념이 떠올라 사념이 끝이 없다. 사람의 눈은 종일
바깥 사물을 보므로 마음도 덩달아 밖으로 내달린다. 사람의
마음은 종일 바깥일과 접하므로 눈도 따라서 바깥을 내다본다.
눈을 감으면
자신의 눈이 보이고, 마음을 거두면 자신의 마음이 보인다.
마음과 눈이 모두 내 몸에서 떠나지 않고 내 정신을 손상치
않음을 일러 '존상(存想)'이라고 한다. 존상(存想)은 떠다니는
생각이 함부로 날뛰지 못하게 잘 붙들어두는 것이다.
– 집고우록(集古偶錄)/ 청나라 진성서(陳星瑞) –

생각이 미쳐 날뛰면 마음이 못 견딘다.
나쁜 생각이 들면 내쫓는다.
나쁜 생각이 아직 들지 않았으면 들지 못하게 한다.
좋은 생각이 아직 들지 않았으면 들게 한다.
좋은 생각이 들면 꾸준히 가꿔 크게 자라도록 돕는다.
–만 개의 태양/ 스와미 웨다 바라띠 –

셰익스피어: 이 세상은 마음 나름, 세상에는
다만 생각 여하에 따라 이렇게도 저렇게도 되는 것이다.

이 세상엔 지켜야 할 것이 많다.
하지만 그 무엇보다도 네 마음을 지켜라.
네 마음을 지키는 것이 생명에 이르는 길이며,
그것이 곧 사람을 살리는 길이다.
마음으로부터 생명의 샘이 흘러 나온다.
– 성경 –

장자가 혜자와 함께 호수의 다리 위에서 거니는데,
장자가 말했다.
"피라미가 나와서 유유히 헤엄치고 있군.
이것이 바로 피라미의 즐거움인 게지."
혜자가 말했다.
"자네는 물고기도 아니면서 어찌 물고기의 즐거움을 아는가?"
"자네는 내가 아닌데
어떻게 내가 물고기의 즐거움을 모를 것이라는 것을 아는가?"
"내가 자네가 아니니 자네를 알지 못한다면 자네도 물고기가
아니니 자네가 물고기의 즐거움을 알지 못한다는 것은
틀림없는 일이 아닌가!"
"이야기를 처음으로 돌려 보세.
자네가 내가 어떻게 물고기의 즐거움을 알겠나 하고 물은 것은
이미 자네는 내가 물고기의 즐거움을 알고 있다는
사실을 알았기 때문이지.
그래서 나에게 그런 질문을 했던 것이니 나는 호숫가에서
물고기와 일체가 되었기에 그들의 즐거움을 알고 있었던 것이네."

마음이 귀신에 잡히면 아무것도 보지 못한다.　　　─몽고
D. 엘피아누스: 마음속의 생각 때문에 처벌받는 사람은 없다.

우리 몸은 마음껏 이다.
마음껏 소리치고 마음껏 즐기고
마음은 어디든 갈 수 있다.
마음 가는 데 몸 가고 몸 간 데 마음 간다.
어디를 갈 때 마음은 이미 먼저 그 곳에 가 있다.

감정이란 잠시 머물다가 사라지는 바람 같은 것이다.
생각은 하늘, 마음은 대지에 있다.
괴로운 마음이 사라지면 마음은 편안해지고 행복해진다.
감정은 마음먹기에 따라 원하는 데로 다룰 수 있다.
이것을 깨달아라. 깨달음이란? 스스로 아는 것,
누가 가르쳐주지 않아도 알아차리는 것이다.
이것이 깨달음이다.
스스로 잠에서 깨어나 이해하고 알아차리는 것이다.

당신은 잠들어 있는 것을 가장하고 있는 사람을 깨울 수 없다.
– 나바호 족 –

깨달음이란? 스스로 깨서 다다른다는 순 우리말이다.
무엇을 깨고 어디에 다다른다는 말인가?
깨달음을 추구하기 전에는 산은 산이었고 물은 물이었다.

깨달음을 추구하는 동안에는
산은 산이 아니고 물은 물이 아니었다.
깨달음에 이르고 산은 산이었고 물은 물이었다.

퇴계 이황:　　깨달음을 얻는 데는 나름대로의 길이 있다.
그리고 그 길에는 즐거움이 따른다.

진리를 깨우치는 데 가장 방해가 되는 것은 허식을 좇는 일이다.
그리고 진리를 깨닫는 데 방해가 되는 것은
꾸미는 태도, 바로 그것이다.　　–인도

한 수행자가 인도 전역에서 가장 지혜로운 현자가
인도에서 가장 높은 산꼭대기에 산다는 이야기를 들었다.
수행자는 산 넘고 물 건너 이야기 속의 산에 도착했다.
정상에 도달할 즈음이 되자 온 몸이 멍 자국과
찢어진 상처로 가득했다.
드디어 늙은 현자가 동굴 앞에서 가부좌를 틀고
앉아 있는 것이 보였다.
"오 지혜로운 현자시여,
깨달음이 뭔지 여쭈려고 여기까지 왔습니다."
늙은 현자가 말했다
"아, 깨달음 말이지. 깨달음이란 찻잔이니라."
"찻잔이라니요?
깨달음을 찾아 이 험한 길을 찾아왔는데 찻잔이라니요!"
늙은 현자가 어깨를 으쓱하더니 말했다.
"아니면 말구."

깨우침이란? 다른 사람이나 다른 무언가에 의해
깨우쳐 이해하고 알아차리는 것이다.

힐티; 깨닫기만 하고 실천을 안 하면 깨달음이 아무 소용없다.

영구: 우리 할아버지는 언제 돌아가실지 정확히 연월일을 아셨대.
맹구: 와, 깨달은 분이었구나! 어떻게 아셨대?
영구: 응, 판사가 알려 줬데.

눈을 감아라. 그럼 너는 너 자신을 볼 수 있으리라 189

누군가 스승에게 물었다.
"당신과 제자들은 어떤 수행을 합니까?"
스승이 대답했다.
"우리는 앉고, 걷고, 먹는다."
"하지만 선생님, 모든 사람들이 앉고, 걷고, 먹지 않습니까?"
그러자 스승이 말했다.
"앉아 있을 때, 우리는 앉아 있다는 걸 안다.
걸을 때, 우리는 걷고 있다는 걸 안다.
그리고 먹을 때, 우리는 먹고 있다는 걸 안다."
– 틱낫한 스님의 일화 –

스스로 마음이 어떤 상태인지 이해하고 알아차림이 깨달음이다.
내가 살아 숨 쉬는 지금 이 순간이 삶에 있어서
가장 경이로운 순간임을 깨어 있음에 살라는 것이다.

때로는 깨어 있을 때보다
꿈이 더 현명할 때가 있다.　　–오클라라 라코타

'개에게도 불성이 있다'는 화두로 유명한 중국 당대의 조주 선사.
선사가 짚고 다니던 지팡이를 탐낸 선비가 섣부른 거량을 한다.
지팡이를 달라며 선비가 부처님은 중생이 바라는 바를
저버리지 않는다고 했습니다" 하고 말했다.
조주 선사 왈, "군자는 남이 좋아하는 것을 빼앗지 않습니다."
질세라 응수하는 선비 왈, 　　"저는 군자가 아닙니다."
내처 받아친 선사 왈, 　　"노승도 부처님이 아닙니다."

마음이 생각에 부림을 당하면 얼빠지고
넋 나간 얼간이가 된다.   ─한국

틱낫한: 우리가 도를 닦는 이유는 자유를 얻기 위해서이지
명예나 이익을 구하기 위해서가 아니다.

한 젊은 승려가 명상 중에 갑자기 스승의 방으로 달려갔다.
승려는 신발을 벗을 겨를도 없이 책을 읽으며 앉아 있던
스승 앞에 엎드려 자신이 광채로 빛나는 금부처를 보았다고
숨 가쁘게 말했다.
그러자 스승은 책에서 눈도 떼지 않은 채 말을 이었다.
"걱정하지 마라. 계속 명상을 하면 사라질 것이다."

오쇼 나즈니쉬: 명상이란 그대 자신의 현존에 기뻐하는 것이며
그대 자신의 존재 속에 기뻐하는 것이다.

명상은 생각하는 몸이요, 명상은 몸으로 하는 생각이다.
생각을 멈추기도 하지만 잊어버리는 것이다.
생각이 몸을 움직이는 것이라면 몸은 움직이는 마음이다.
잠시라도 아무 생각 없이 무심한 채로
천천히 생각을 멈추는 것이다.
그대의 눈은 그대의 영혼이다.
그대의 눈이 반짝일 때
그대가 자신이 아름답다고 생각 하든 안하든 당신은 아름답다.
─ 세네카 족/에웨노데 ─

동곽자가 장자에게 물었다.
동곽자: 도는 어디에 있는가?
장자: 없는 곳이 없다.

석가모니: 명상을 통해 지혜를 얻게 되니
                그렇지 않으면 무지할 것이다.
    무엇이 너를 앞으로 이끌고 무엇이 뒷덜미를 잡는지 알아라.

명상을 하는 것은 고통이 존재한다는 것을 자각하는 것이다.
명상은 삶 속에 있는 고통을 깨닫기 위한 것이다.
명상은 우리 자신으로부터 멀어지게 하는 여러 가지 것들로부터
명상은 우리로 하여금 진정한 자기 자신에게로 돌아가게 해준다.
명상은 지금 이 순간 일어나고 있는 일을 알아차리는 것이다.
숨을 쉬어야만 살아있다. 살아있는 모든 것은 고통이 있다.

사일러스: 마음의 고통은 육체적 고통보다 훨씬 크다.

명상은 생각을 멈추기도 하지만 잊어버리는 걱정과 근심을
    생각할 공간이 사라지는 순간 잠시라도 아무 생각 없는
        무심한 상태, 머리로 생각하는 것이 아니라 아랫배로
                생각하는 무심(無心)이다.
        무심이란 생각은 하되 그 생각에 빠지지 않는 경지를,
    이를테면 생각도 아니면서 생각 아닌 것도 아닌 경지를 말한다.
            상념(想念)의 끝은 무상념(無想念)의 끝이다.

빈 마음, 그것을 무심이라고 한다.
빈 마음이 곧 우리들의 본마음이다.
무엇인가 채워져 있으면 본마음이 아니다.
텅 비우고 있어야 거기 울림이 있다.
울림이 있어야 삶이 신선하고 활기 있는 것이다.
— 물소리 바람소리 —+

마음이 어디에서 쉬어야 하는가?
그걸 알아야만 거기에서 쉴 수 있다.
몸이 쉰다는 것은 바로 몸이 움직이지 않을 때를 말한다.
마음이 쉬는 것이 명상인데,
마음이 쉬는 것도 역시 몸과 마찬가지로
고요하고 조용하 마음이 움직이지 않는 상태를 말한다.
—평화로움/ 틱낫한

그러니 나를 보고 웃어요.
나와 함께 웃어요.
내 손을 잡아요.
그대여 안녕!
우리는 곧 만나기 위해서 작별하는 거예요.
—증일 아함경

명상은 깨어있는 일이고 미소 짓는 일이고 숨을 쉬는 일이다.
명상은 몸과 마음에 어떤 일이 일어나는가를 깨닫는 일이다.
명상은 지금 이 순간 일어나고 있는 일을 자각하는 것이다.
웃음이 있는 세상이 평화로운 세상이다.

라코타 족:　　　　세상 사람들이 나를 보고 웃기에
　　　　　　　　　나도 그들을 보고 웃어 주리라.
야보선사: 대나무 그림자가 섬돌을 쓸어도 먼지 한 점 일지 않고
　　　　달빛이 연못 밑을 뚫어도 물에는 흔적 하나 없네.

깨달음을 얻어 깊이 생각하고 명상에 전념하는 지혜로운 이는
세속에서 떠나 고요를 즐긴다. 신들도 그를 부러워한다. ㅡ법구경

쇼니족 전사 푸른 윗도리는 부족을 방문한 선교사에게 말했다.
"내가 보기에는 당신들의 삶에는 확실한 것이 아무것도 없다.
오직 부와 권력을 따라 뛰어 다닐 뿐 당신들은 사랑을 말하지만
　　　확실하지 않고 약속을 말하지만 분명하지 않다.
　　　　당신들의 현재는 더 없이 불안해 보이고
　　마치 집 잃은 코요테가 이리저리 헤매 다니는 것과 같다.
　　당신들이 햇살비치는 들판에 앉아 자연을 응시하거나
　　고요히 자신을 비춰 보는 것을 나는 본 적이 없다."

　　　　　이 사실을 잊지 마시오.
　　　　당신 가슴속에도 빛이 있소.
　　　　　그 빛이 바로 신이오.
　　그 빛을 발견한다면 결코 길을 잃지 않을 거요.
　　　　　ㅡ지구별 여행자/ 류시화

　　길을 헤맨다는 것은 길을 아는 것이다.　　ㅡ탄자니아
　봄에는 가벼운 발걸음으로 조심조심 걸어라.
　　어머니 대지가 아이를 배고 있으니까!　　ㅡ카이오족

기쁨으로 풍성한 검은 구름과 함께 걸을 수 있도록.
기쁨으로 풍성한 소나기와 함께 걸을 수 있도록.
기쁨으로 풍성한 식물들과 함께 걸을 수 있도록.
기쁨으로 풍성한 꽃가루길을 함께 걸을 수 있도록.
오래전에 그랬듯이, 그렇게 걸을 수 있도록.
– 밤 노래/ 나바호족 –

내 손을 잡으세요.
함께 걸읍시다.
단지 걷기만 할 것입니다.
어디로 간다는 생각을 하지 않고
그냥 걷는 것을 즐겁게 만끽할 것입니다.
평화롭게 걸으세요.
행복하게 걸으세요.
우리가 내딛는 걸음은 평화로운 걸음입니다.
우리가 내딛는 걸음은 행복한 걸음입니다.
그렇게 걷다 보면 평화로운 걷기라는 것은 없고
평화자체가 걷기라는 것을 알게 되고 행복한 걷기라는 것은 없고
행복 자체가 걷기라는 것을 알게 됩니다.
우리는 우리 자신을 위해 걷습니다.
서로 손을 잡고 우리 모두를 위해 걷습니다.
– 걷기명상/ 틱낫한 –

네가 지금 길을 잃어버린 것은
네가 가야만 할 길이 있기 때문이다. –프랑스

말을 정신없이 몰고 질주하는 남자가 있다.
길가에 서 있던 그의 친구가 남자를 보고는 큰 소리로 물었다.
"자네 어딜 그렇게 바삐 가는 건가?"
남자는 친구 쪽으로 얼굴을 돌리고는 말했다.
"그건 나도 몰라 말에게 한번 물어 보게나!"

빨리 가려거든 혼자 가라. 멀리 가려거든 함께 가라.
빨리 가려거든 직선으로 가라. 멀리 가려거든 곡선으로 가라.
외나무가 되려거든 혼자 서라. 푸른 숲이 되려거든 함께 서라.
– 아프리카 속담 –

마음이 담긴 길을 걸으라.
모든 길은 수많은 길 중의 하나에 불과하다.
그러므로 그대가 걷고 있는 그 길이 단지
하나의 길에 불과하다는 사실을 언제나 기억하고 있어야 한다.
그대가 걷고 있는 그 길을 자세히 살펴보라.
필요하다면 몇 번이고 살펴봐야 한다.
만일 그 길에 그대의 마음이 담겨 있다면 그 길은 좋은 길이고,
만일 그 길에 그대의 마음이 담겨 있지 않다면
그대는 기꺼이 그 길을 떠나야 하리라.
마음이 담겨 있지 않은 길을 버리는 것은
내 자신에게나 타인에게나 결코 무례한 일이 아니니까.
–야키족 치료사 돈 후앙

다른 길을 걷는 사람을 존중하라.   –크리족

사랑도, 친구도 본래의 뜻을 잃고 번뇌와 고통을 부르니,
그물에 걸리지 않는 바람처럼,
진흙에 더럽혀지지 않는 연꽃처럼,
그렇게 무소의 뿔처럼 혼자서 가라.
- 숫타니파타 -
내 뒤에서 걷지 말라.
난 그대를 이끌고 싶지 않다.
내 앞에서 걷지 말라.
난 그대를 따르고 싶지 않다.
다만 내 옆에서 걸어라.
우리가 하나가 될 수 있도록.
- 유트족 -
언제 어른이 되느냐고 묻지 마라. 가만히 보고, 듣고, 기다려라.
그러면 그 대답이 저절로 너를 찾아올 것이다. -오드리 세난도어
얼마나 더 가야 하느냐고 물을 때마다
너의 여행은 더 오래 걸릴 것이다.　　　　-세네카족

그대 스스로 자신을 찾아 나가라.
다른 사람이 그대를 대신해 그대의 길을 정하게 하지 말라.
그것은 그대의 길이고 그대 홀로 걸어가야 하는 길이다.
다른 사람이 함께 그 길을 걸을 수는 있지만
그 누구도 그대를 대신해 걸을 수는 없다.
이 대지 위에 놓인 모든 것을 존중하라.
그것이 사람이든 한줄기 풀이든……
- 아이라 인디언 스승의 말씀 -
우리가 걸어간 길에 의해 영원히 기억될 것이다.　　-다코타

족

천국이 없다고 생상해보세요
상상하는 건 별로 어려운 것도 아니 예요
우리 아래 지옥도 없고
오직 위에 하늘만 있다고 생각 해봐요
오늘은 살아가는 모든 사람을 생각해 보세요
국가라는 그런 개념이 없다고 상상해보세요
별로 어렵지 않을 거예요
죽일 일도 그 때문에 죽을 일도 없고
종교도 없는
평화로운 삶을 사는 모든 사람들을 상상해보세요
소유물이 없는 세상을 상상해보세요
상상할 수 있겠어요
탐욕을 부릴 필요도 굶주림도 없는
형제애만 존재하는
세상을 함께 공유하는 모든 사람들을 상상해보세요
당신은 아마 날 공상가라 할지도 모를 테지만
나만 이런 생각하는 게 아녜요
언젠간 당신도 우리와 함께 했으면 좋겠어요.
그러면 세상은 하나가 될 거 예요
- imagine/존 레논 -

이 새롭게 창조된 세상!
그것을 바라보는 것은 얼마나 즐거운가!   -위네바고족
보라! 언제나 새로운 날이다.   -델라웨어족
당신이 아름다움 속에서 걷기를   -인디언의 축원

석가모니: 첫 번째로 배워야 할 것은 바로 호흡이다.

괴테: 호흡에는 2가지 은총이 깃들어 있다.

공기를 들어 마시는 것과 내쉬는 것이다.

전자를 할 때에는 곤궁에 하지만 후자는 원기를 회복하게 된다.

그러니 생명이란 얼마나 신비롭게 얽혀져 있는 것인가.

의사: 어디 불편한 데는 없습니까?

환자: 숨을 쉬기만 하면 몹시 통증을 느낍니다.

의사: 그럼 숨을 아주 가끔만 쉬세요.

로버트 파우드: 가슴을 가만히 두고 배로 숨을 쉰다.

마누엘 가르시아: 훌륭한 성악가는 노래하는 동안

그 입 앞에 촛불을 갖다 대어도 불꽃이 흔들리지 않는다.

헬게 로스밴게 :   호흡의 바른 버팀은

배를 안으로 바짝 당기는 것이다.

여호와 하나님이 흙으로 사람을 지으시고

생기를 그 코에 불어 넣으시니 사람이 생령이 된지라. −창세기

'산소 결핍에 의한 장애는 현대의학에서는 상식'이다.

암이나 심장병도 세포내 산소부족 때문에 생긴다.   −오토 월드

노구치 히데요: 모든 병은 산소의 결핍증이다.

헨더슨 박사: 암은 일산화탄소의 중독이 원인이다.

라월 에스토리보: 질병의 원인에 대하여 개별적으로 연구해보면

모든 질병은 일산화탄소라는 독소가 원인이라는 사실이다.

부처님이 어떤 사문들에게 물었다.
"사람의 목숨이 얼마 동안에 있느냐?"
"며칠 사이에 있습니다."
"너는 아직도 도를 모른다."
다른 사문에게 물었다.
"사람의 목숨이 얼마 동안에 있느냐?"
"밥 먹는 사이에 있습니다."
"너도 아직 도를 모른다."
또 다른 사문에게 묻자 그는 이렇게 대답했다.
"호흡 사이에 있습니다."
"그렇다. 너는 도를 아는구나."

나마티아 바티스티니: 나는 장미의 향기를 맡기 위해서
                     필요 이상의 공기를 마시지는 않는다.

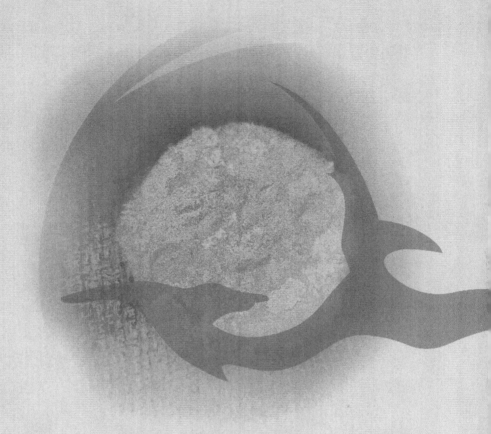

건강한 신체에
건강한 정신이 깃든다

건강이란, 단지 질병이 없고, 허약하지 않을 뿐만 아니라
신체적(Physical), 정신적(Mental), 사회적(Social),
그리고 영적(Spiritual)인 안녕(well-being)을 말한다.

※ 세계보건기구(WHO) 건강의 정의 중에서

유베날리스;   건강한 신체에 건강한 정신이 깃든다.
G.B. 쇼 :   건강한 육체는 건강한 마음의 생산물이다.

나이 지긋한 농부가 잡초를 뽑고 있었다.
지나가던 이제 막 귀농한 젊은 농부가 이를 보고 물었다.
"잡초는 돌보지 않아도 시시 때때로 계절마다 나오는데,
어째서 밭의 채소들은 물이 부족하면 시들어 버릴까요?"
그러자 농부가 대답했다.
"잡초는 신이 보살펴 주지만 채소는 인간이 돌보기 때문이라네."

플랭클린: 비록 몸은 자기 것이라 하더라도
건강을 보존한다는 것은 자기 자신에 대한 첫째 의무이며,
또 사회에 대한 의무이기도 하다.
페스탈로치: 건강한 몸을 가진 사람이 아니고는
조국에 충실히 봉사하는 사람이 되기 어렵다.
우선 좋은 부모, 좋은 자식, 좋은 형제, 좋은 이웃이
되기 어렵기 때문이다. 자신을 위해서 뿐만 아니라
식구를 위해서 나아가 이웃과 나라를 위해서도 건강해야 한다.
요새를 지키듯 스스로 건강을 지키자.

L. 뵈르네: 재물을 잃는 것은 인생의 일부를 잃는 것이요,
　　　　　명예를 잃는 것은 인생의 절반을 잃는 것이요,
　　　　　건강을 잃는 것은 인생의 모두를 잃는 것이다.
히포크라테스:　　어떤 병에 걸렸는지 보지 말고
　　　　　　　　누가 걸렸는가를 보라.
니체;　　사람의 성격이 가지각색이듯 체질도 가지각색이다.
　　　　　　의학상식은 각자 자기에 맞게 적용해야 한다.
호시 케이코: 긍정적인 정서를 가진 사람이 감기에 더 안 걸린다.
레이몽 두모스:　　감기는 치료하면 7일 가지만,
　　　　　　　만일 아무 것도 하지 않는다면 일주일 간다.

　　　　　어느 겨울날 아침 시골 약국
환자:　　　　　감기약 좀 주세요.
　　　　그러자 난처해하는 약사 하는 말
약사: 시골이라 변변한 약들이 없어서, 음. 감기약이 떨어졌는데
　　어쩌지요. 감기는 그냥 푹 쉬면 얼마 지나지 않아 나아요."
환자:　　　　어휴 죽겠네, 정말 죽을 맛입니다.
약사: 그럼 다른 방법을 가르쳐 드릴 테니 그대로 해 보실래요?
　　　지금 당장 집에 가셔서 얼음물로 냉찜질을 하시고
　　　그대로 밖에서 한 두 시간 정도 돌아다니세요.
　　　　　그렇게 한 이삼일 해보세요.
　　　　그 말에 환자는 놀라며 대답했다.
환자:　　　네에? 그러다 폐렴이라도 걸리면.
약사:　　　　아, 그건 걱정하지 마세요.
　　　　저희 약국에 폐렴 약은 항상 있거든요.
르나르: 코감기는 어떤 사상보다도 훨씬 많은 고통을 준다.

암치(티베트 의사):　병을 고치기 전에 마음을 먼저 달래라.
윌리엄 홀:　　건강은 모든 소유물들 중에서 가장 귀한 것이다.
　　　　　　건강을 돌보라. 당신에겐 건강을 무시할 권리가 없다.

시내 한 병원에 도둑이 들어왔다.
경비원에게 쫓기던 도둑이 병실로 숨어들었다.
그리고는 장난감 총으로 한 환자를 위협하며 말했다.
도둑:　　가진 돈 모두 내놔! 그러면 목숨만은 살려 줄 테다.
그러자
환자가 도둑의 총을 뺏고는 화를 내며 어이없다는 듯 말했다.
환자:　　야, 이 양반아 지금 누굴 놀리는 거야? 의사선생은
　　　내가 가망이 없다는데. 당신이 무슨 수로 날 살린다는 말이야!

히포크라테스;　　지나치게 먹어서는 안 된다.
　　오히려 속을 완전히 텅 비워 버리는 편이 좋은 경우도 있다.
　　　　병의 힘이 최고조에 도달하지 않은 한은,
　　　　공복인 채로 있는 쪽이 병은 치료되는 것이다.

하루에 사과 한 개씩을 먹으면 의사가 필요 없다.　　　　　–영국
토마토가 붉게 익으면 의사들의 얼굴은 홍당무가 된다.　　–서양
카우틸랴;　건강은 적당한 식사에서 온다. 건강한 사람이라도
　　　　소화력이 떨어질 땐 음식을 섭취하지 말라.
　　　음식을 충분히 소화해 내는 사람에겐 질병이 없다.
아유르베다;　　식사법이 잘못되면 약이 소용없고
　　　　　식사법이 옳으면 약이 필요 없다.
히포크라테스; 음식으로 못 고치는 병은 의사도 고칠 수 없다

카우틸랴: 빼앗긴 재산은 찾을 수 있고, 친구도 찾을 수 있으며,
　　　　아내도, 땅도 되찾을 수 있다. 세상의 모든 것은 언젠가는
　　　다시 찾을 수 있다. 그러나 자기 몸은 결코 다시 찾을 수 없다.

태양아 병을 가져가라!
000의 병을 가져가라!
−케냐 포콧족/ 소리(단체)치료
귀와 눈은 아름다운 소리와 아름다운 모습을 한껏 즐기려하고,
입은 좋은 맛을 보려 하며, 몸은 편하고 즐거운 것을 좋아하고
마음은 권세와 명예를 자랑 하고 싶어 한다. 　　　　−화식열전

　모든 약은 그 약효를 나타내기 위하여 특별한 작용점을 가지고
있다. 어떤 약의 약효가 강하고 부작용이 적다는 것은 그 약의 성분
이 꼭 필요한 작용점에만 아주 강하게 작용하고 불필요한 다른 작
용점에는 작용하지 않는다는 것이다. 독(毒)도 소량을 섭취하면 약
이 될 수 있다는 것,독성 물질을 적절하게 소량으로 사용할 경우 인
체에 유익한 효과를 내는 것을 호르메시스 이론이라고 한다.

파라켈수스: 　　　독성 없는 약물은 존재하지 않으며
　　　　　　　모든 약물은 곧 독물이다
　　　　다만 약물과 독물은 용량에 따른 차이일 뿐이다.
톨스토이: 　　　독약은 냄새부터 좋지 않은 데 반해,
　　　　정신적인 독약은 안타까우리만큼 매혹적으로 보인다.
칼 포퍼: 　　　　　만병통치약이란 없다.
　　　　모든 병에 좋은 약은 어떤 병에도 좋지 않다.
보약은 오래 복용해도 부작용이 없어야 한다. 　　−동의보감

벤자민 프랭클린: 대체로 약은 효력이 없다는 것을 알고 있는
자가 가장 훌륭한 의사이다.

조지 산타야나: 인간을 죽이는 병 또한 인간을 지키려고 하는
본능과 똑같은 자연의 힘이다.

히포크라테스: 병을 낫게 하는 것은 자연이다. 원래 인간은 병을
치료하는 힘을 갖추고 있다. 의사는 그 힘을 충분히 발휘할 수 있도
록 도와주기만 하면 된다. 만일 육체의 대청소가 되지 않은 채 먹을
수 있는 만큼 먹으면, 그만큼 몸에 해가 된다. 병자에게 너무 먹게
하면, 병마저 키워 가는 것이 된다. 모두 정도를 넘긴다는 것은,
자연에 반하는 일이라고 똑똑히 가슴에 새겨 두도록.

편작: 나는 죽은 사람을 살려내지는 못한다.
이는 내가 살아 있는 사람을 일어나게 한 것뿐이다.

루소:나는 의사들이 환자를 위해 어떤 병을 치료해 주는지 알지 못한다.
그러나 아주 치명적인 증세를 안겨다 준다는 것은 알고 있다.
예를 들어, 무력증, 소심함, 경솔한 맹신, 죽음에 대한 공포 등이다.
의사들은 인간의 육체를 치료하면서 그 대가로 인간의 용기를 죽여 버
린다. 그들이 시체를 걷게 만든다는 사실이 우리에게 어떤 의미가 있는가?
우리에게 필요한 것은 진정으로 살아 있는 사람이다. 그러나 누구도
그들의 손에서 그런 사람이 걸어 나오는 것을 보지 못했다.

※ 어떤 위로
한 환자가 수술대에 누웠다. 의사가 수술 준비를 하는 것을 보면서
환자는 너무 긴장되어 의사에게 말했다.
"의사 선생님. 제가 처음 수술을 하는데요. 너무 긴장돼 죽겠어요!"
그러자 의사는 환자의 어깨를 두드리며 위로의 말을 건넸다.
"괜찮아요. 저도 처음이에요."

1948년 제네바 선언

히포크라테스선서 (Oath of Hippocrates)

이제 의업에 종사할 허락을 받음에

나의 생애를 인류 봉사에 바칠 것을 엄숙히 서약하노라.

나의 은사에게 대하여 존경과 감사를 드리겠노라.

나의 양심과 품위를 가지고 의술을 베풀겠노라.

나는 환자의 건강과 생명을 첫째로 생각하겠노라.

나는 환자가 나에게 알려준 모든 것에 대하여 비밀을 지키겠노라.

나는 의업의 고귀한 전통과 명예를 유지하겠노라.

나는 동업자를 형제처럼 여기겠노라.

나는 인종, 종교, 국적, 정당관계 또는 사회적 지위 여하를 초월하여
오직 환자에 대한 나의의무를 지키겠노라.

나는 인간의 생명을 그 수태된 때로부터 더 없이 존중하겠노라.

나는 비록 위협을 당할 지라도 나의 지식을 인도에 어긋나게
　　　쓰지 않겠노라.

나는 자유의사로서 나의 명예를 걸고 위의 서약을 하노라.

의사란? 사람들이 자연사로 죽는 것을 어떻게든 막는 사람이다.

벤자민 프랭클린:　　신(神)은 고치고 의사는 치료비를 받는다.

알버트 슈바이처;　　의학은 하나의 과학일 뿐만 아니라 의사의
　　　개성과 환자의 개성을 상호작용하게 하는 하나의 예술이다.

몰리에르:　　　거의 모든 사람들은 병 때문이 아니고
　　　　　치료 때문에 죽는다.

F. 퀼즈:　　　　모든 사람 가운데 의사가 가장 행복하다.
그들이 성공한 것은 세상이 널리 선전하고 그들이 저지르는
잘못은 어떻든 땅이 덮어주니 말이다.
라이프니츠:　　　　나는 자주 말하지만 위대한 의사가
위대한 장군보다 더 많은 사람을 죽인다.

의학이란 원래 질병의 뒤에 늘 따라만 다닌다.
질병이 늘 앞서므로 고래로부터 완전한 의학시대란 없었다.
의학이 아무리 발달해도 병을 따라잡을 수 없기 때문이다.

명의라는 말이 있는 한, 의학은 과학이 아니다. -의료계 금언

※ 산다는 것
난 아플 때 의사를 찾아갑니다.
왜냐하면 의사들도 살아야 하니까요.
의사는 내게 처방전을 써 줍니다.
그러면 나는 그것을 가지고 약사에게 갑니다.
약사에게 기꺼이 돈을 지불합니다.
약사도 살아야 하니까요.
약을 타가지고 집으로 돌아오면
그것을 하수구에 던져 버립니다. 왜냐하면
나도 살아야 하니까요. 그렇지 않습니까?
-배꼽/ 오쇼 라즈니쉬

알베르 빌메츠;　　　　의사는 환자도 살리고
자신도 살기 위해 병을 찾아낸다.

히포크라테스; 병을 고치는 것은 환자 자신이 갖는 자연 치유력 뿐이다. 의사는 그것을 방해하는 일이 있어서는 안 된다. 또한 병을 고쳤다고 해서 약이나 의사 자신의 덕이라고 자랑해서는 안 된다. 건강이 가장 값진 재산이라는 것을 잘 아는 사람, 자신의 판단으로 자신의 질병을 치료할 수 있는 사람은 현명하다. 치료는 세월이 해결할 문제이지만 때로는 기회가 해결할 문제이기도 하다.

조나단 스위프트;   이 세상에서 가장 좋은 의사는
                식이요법, 안정, 명랑이라는 의사이다.
H.G.보운: 자연과 시간과 인내는 3대 의사다.
로가우: 즐거운 생활과 절도 있는 생활과 평온한 생활은
                    의사를 멀리한다.
                의사를 부르기 전에 휴식,
            즐거움, 절제 셋을 위사로 삼아라. -영국

1976년 10명의 의사로부터 "폐암으로 9개월 밖에 못 산다."고
진단받은 이카리아섬 출신 미국인 스타마티스 모라이티스는 그해
고향으로 돌아가 '이카리아식'으로 살기 시작한 뒤 97세가 됐다.
그는 "어떻게 암이 나았는지 설명을 들으려 그를 진료한 10명의
            의사를 찾아 10년 전 미국에 갔지만
        의사 10명이 다 죽고 없더라."고 말했다.

T.S.매슈스: 우리는 목구멍을 틔우기 위해서 기침을 하고
            가슴을 틔우기 위해서 한숨을 쉰다.

E. 프롬 ;   정신병은 절대적 자기도취의 상태로서,
            외부 현실과의 모든 관련을 끊어버리고
            자기 자신을 현실로 대체시키는 상태이다.

사무엘 골드윈: 정신과 의사를 찾는 사람들은
            제정신이 아닌 사람이다.

한 사내가 버스 안에서 함께 타고 있던 여자 승객을 때렸다는 이유로 고소되었다. 치안판사가 그에게 할 말이 있으면 해보라고 했다.

"글쎄요, 판사님. 사실 그게 이렇게 된 겁니다. 그녀는 아래층 내 옆 좌석에 앉아 있었죠. 그런데 그녀가 핸드백을 열고 지갑을 꺼내더니 다시 핸드백을 닫고 지갑을 열었습니다. 그리고 지갑에서 동전을

하나 꺼내더니 지갑을 닫고 다시 핸드백을 열어 그 안에 지갑을

넣고 핸드백을 다시 닫았습니다. 그러고 나서 그녀는 차장이 위층으로 올라가는 것을 보고는 다시 핸드백을 열고 지갑을 꺼내더니

핸드백을 닫고 지갑을 열고 그 속에 조금 전에 꺼냈던 동전을 다시 넣고 지갑을 닫고 핸드백을 열고 지갑을 넣고 핸드백을 닫았습니다. 그러고 나서 그녀는 차장이 다시 내려오는 것을 보고 핸드백을 열고

지갑을 꺼내더니 핸드백을 닫고 지갑을 열고 동전을 꺼내고……"

그 때 판사가 비명을 질렀다.

"그만!"

판사는 그의 말을 더 이상 들을 수가 없었다.

"당신, 날 미치게 만들 거요?"

사내가 말했다.

"제가 바로 그랬다니까요."

- 배꼽/ 오쇼 라즈니쉬의 -

살바도르달리:　　나와 미친 사람의 유일한 차이는
내가 미치지 않았다는 사실이다.

한 사람이 정신병원 원장에게 어떻게 정상인과 비정상인을
결정하느냐고 물었다.
"먼저 욕조에 물을 채우고
욕조를 비우도록 찻숟가락과 찻잔과 바가지를 줍니다."
"아하, 알겠습니다. 그러니까 정상적인 사람이면
숟가락보다 큰 바가지를 택하겠군요."
그러자 원장이 말했다.
"아닙니다. 정상적인 사람은 욕조 배수구 마개를 제거합니다."

클라우스랑에:　　우울증이란 우리를 내적인 나락으로 이끄는
유혹의 손길이다.
G.A.:　　우울증을 고치는 가장 좋은 방법은 자기 몸을 잊고
남의 몸에 관심을 갖는 것.
알프레트 아들러:　　14일간의 우울증 해소법.
그것은 매일 어떻게 하면
남을 기쁘게 해 줄 수 있을까를 생각해 보는 일이다.
시간은 분노를 치료하는 약재이다.　　　　　　　　─독일
조셉 에디슨:　　웃음은 우리의 건강을 회복시키는 것임을
고려한다면, 마음에 절망을 안겨주는 우울증을 더 이상 가지지
않을 것이다. 그러므로 우리는 인생의 쾌락을 외면하지 말아야 한
다.

장수 클럽 회원 몇 명이 질문을 받았다.
신이 당신들을 100세가 되도록 삶을 누리게 하는 이유가
무엇이라고 생각 하십니까?
유복해 보이는 할머니가 망설임 없이 대답했다.
그야 물론 내 친척들의 인내심을 시험해 보기 위해서죠!

사람은 노화에 의해 죽는 것이 아니다.
의학상 '노쇠'라는 병명은 없다.
어떤 질병에 걸려 죽는 것에 불과하다.
전혀 다치지 않고 질병도 없이 장수를 누리면
사람은 120살까지 살 수 있다고 한다. 단 엄밀하게 말하면
이것도 결국 마지막에는 어떤 질병이 사인이 된다.
-120세 불로학/ 고토 마코토
수명이 본래 4만 3천 2백여 일, 약 120세이다. -동의보감

장수마을에 갔더니 106세 어르신이 계셨다.
기자: 어르신, 장수 비결이 뭡니까?
어르신: 안 죽으니까 오래 살지!

오래 전부터 최장수는 120살로 정해져 있다.
그 이상은 불가능하다.   -양생론

빌칸반바에서 118세의 노인이 건강 검진을 받으러 왔다.
의사: 담배는 언제부터 피셨습니까?
"내가 담배를 피운 건 지금으로부터 100년 전인데."
"그러나 요즘은 담배 값이 너무 비싸서 하루에 세 개비뿐이다."

M.T. 키케로: 오래 살기 위해서는 느긋하게 사는 것이 필요하다.
프란시스 루스: 죽기 전에 가진 건강을 모두 다 소모하라.
지석영: 사람이 수명이 짧은 것은 자기 몸을 소홀하기 때문이다.

한 장례사가 장수마을에 이사를 했는데 본래 장수마을이라 일거리가 없었다. 그러던 어느 날 오랜만에 장수 마을에 초상이 났다.
장례사는 한편으로는 기쁘고 또 놀라서 초상집을 찾아갔다.
장례사: 그래 어느 노인이 돌아가셨나요?
대답인 즉: 마을에 환자가 없어서 젊은 의사가 굶어 죽었구만요..

걸으면 병이 낫는다.   -스위스

히포크라테스: 새벽에 걷는 것은 심리적으로 불안한 사람에게 유익하며, 아침저녁에 걷는 것은 지나치게 감성적인 사람에게 좋다.
        그리고 기운차게 걷는 것은 잘못된 환상이나 그릇된 생각을
극복하는 데 도움이 되고 체중을 줄이고 몸을 균형 있게 한다.

적절히 일하고 적절히 운동하여
기를 지나치게 소진하지 않아야 한다.
지나치게 오랫동안 걷거나 서 있거나
앉아 있거나 누워 있거나
보거나 듣지 않아야 한다. 그렇게 하면 수명이 줄어든다.
- 동의보감 -

어느 한 가지에 정신을 오래 쏟거나 몸을 고정시키지 말고
변화를 줘야 한다.

데비 샤피로: 우리의 몸은 우리가 생각하는 대로 이루어진다.

데카르트: 남을 미워하는 감정은 얼굴의 주름살이 되고,
              남을 원망하는 마음은 고운 얼굴을 추하게 만든다.
       그러므로 사랑의 감정은 무엇보다도 건강에 좋은 것이다.

슈바이처: 나는 살려고 하는 여러 생명 중의 하나로 이 세상에 살고 있다. 생명에 관해 생각할 때, 어떤 생명체도 나와 똑같이 살려고 하는 의지를 가지고 있다. 다른 모든 생명도 나의 생명과 같으며, 신비한 가치를 가졌고, 따라서 존중하는 의무를 느낀다. 선의 근본은 생명을 존중하고 사랑하고 보호하고 높이는 데 있으며, 악은 반대로 생명을 죽이고 해치고 올바른 성장을 막는 것을 뜻한다.

   놀랍게도 건강을 유지하고 병을 치료하려는 능력은 우리가 생각하는
      것보다 훨씬 정교하고 강력하며 모든 생물의 유전자에 편성되어
             있고, 태어날 때에는 이미 완전히 갖추어져 있다.

방어: 침입한 바이러스를 공격하여 죽이고 위험요인을 인지하여파괴,
    제거하고 그 이상의 감염을 방지하는 역할로 외부의 수많은 세균,
       바이러스, 독성 물질로부터 인체를 지켜준다.

정화: 각종 오염물질 및 중금속, 면역세포에 의해 죽은 세균 및
      바이러스 등을 깨끗하게 청소하여 인체 외부로 배출한다.

재생: 면역체계는 훼손된 기관을 재생하여 건강을 회복해 준다.

기억: 면역세포는 인체에 침입한 각종 질병인자(항원)를
       기억하였다가 재침입시 항체를 만들어 대항한다.

우리 인간의 질병 원인 중 99%이상이 면역체계의 기능 저하에 있다.
                - 미국의 영양면역학자인 자우페이 첸박사 -

헤라클레이토스: 인간의 몸은 늘 새롭다

의사이자 『화학원리』라는 책을 남긴 과학 저술가인 네덜란드의 헤르만 보어하브는 1738년 죽으며 봉합된 책 한 권을 남겼다.

『의학에서 오직 한 가지의 심오한 방법』이라는 제목의 이 책은 후에 경매에서 팔려 새 주인이 봉합을 뜯어보았는데 그 첫 장에 다음과 같은 저자의 글이 쓰여 있을 뿐 나머지는 모두 비어 있었다.

"당신의 머리를 차게 하고 발을 따뜻하게 하라. 그러면 당신은 건강하게 지낼 수 있고 의사는 할 일이 없어지게 될 것이다."

※ 체온에 따른 몸의 변화 1

43℃: 단백질이 파괴되는 온도. 심각한 뇌손상 사망.

42.8℃: 악성 고열의 기준.

42℃: 뇌세포가 죽기 시작하는 온도.

41℃: 구토와 함께 심각한 두통, 어질어질함, 혼동, 환각, 착란이 일어나고 졸음이 온다. 심장박동이 불규칙해지고 호흡곤란이 일어날 수 있다.

40℃: 힘이 빠지고 정신이 혼미해지기 시작한다. 탈수·구토·두통 증상이 나타나며 땀이 줄줄 흐른다.

39℃: 심한 땀, 홍조, 심장박동이 빨라지고 숨이 가쁘다.

38.9℃: 고열의 기준.

38℃: 땀이 나고 불쾌한 기분이 들고 약간 배가 고파진다.

37.2℃: 사랑의 온도

37℃: 면역력이 상승된다.

36.5℃: 보통의 체온(36~37.5℃ 사이)

─몸이 따뜻해야 몸이 산다/ 이시하라 유미

두한족열(頭寒足熱): 머리를 시원하게 하면 병이 나지 않고, 복부와 발을 따뜻하게 하면 병나는 경우가 없다.   ─동의보감

※ 체온에 따른 몸의 변화 2

36.0℃: 몸이 열의 생산을 증가시키려 함.

35.5℃: 배설 기능 저하, 자율신경 실조증

35℃: 저체온의 기준. 피부는 창백하고 몸이 심하게 떨리며 열 생산량
이 2~5배 추위 탓에 감각이 떨어짐, 암세포가 가장 잘 증식하는 온도,
정신적·육체적 운동수행능력이 떨어지기 시작함.
바로 이 현상을 저체온증이라 한다.

34℃: 손가락을 움직이는 것이 힘듦, 논리적 사고 장애, 현실과
투쟁의지 저하, 물에 빠졌다 구조된 사람이 목숨을 건질 수 있는
최저한의 체온, 체열 손실량의 변화가 대사량의 변화에 비해
너무나 커서 체온유지를 위한 생리적 조절량이 너무 커짐.

33℃: 환각, 망상, 의식이 흐려짐, 동사(凍死)하기 전에
환각이 나타나는 체온, 치사율이 50%에 달한다.

32℃: 심장박동이 불규칙해지는 의학적인 응급상황,
떨림도 완전히 멈춤.

31℃: 사람은 알아보기 힘든 혼수상태에 빠진다.

30℃: 의식상실

29℃: 동공확대

28℃: 무릎 반사, 피부 반사, 동공 반사의 완전 정지

26℃ 이하: 심장과 호흡 정지로 대개 동사한다.

− 몸이 따뜻해야 몸이 산다/ 이시하라 유미 −

체온은 보통 36.5~37도를 유지하며, 이보다 체온이
높거나(43도)아주 낮게 되면(25도) 생명이 위험해진다.
− 체온면역학/ 아보도오루 −

※ 체온 올리는 방법은?

음식 50%, 근육 20%, 뇌 20%, 간, 심장 등 기타 10%의 에너지
를 생산한다. 근육이 많으면 오랫동안 체온을 유지할 수 있고 적으
면 빨리 체온이 낮아진다. 배는 장기의 70%가 위치한 곳으로
심부온도 36.5~38도이다. 배가 따뜻하면 혈관 통로가 넓어지고
많은 피가 흐르면 온도가 상승하여 영양공급이 좋아져 장기의 활
동성이 좋아지게 된다. 불필요한 지방는 자연스럽게 배출된다.
몸이 차가우면 지방이 딱딱해져 타지 않는다.
호흡량이 많으면 기초 대사량이 늘어나고 온도가 올라간다.

몸의 열기는 80%가 머리로 빠져나가기 때문에 발을 따뜻하게
하려면 양말을 신는 것보다 모자를 쓰는 것이 낫다. -New Life

※ 체감 온도와 그에 따라 나타나는 현상
영하 14℃: 햇빛이 없으면 나다니기 곤란함.
영하 23℃: 햇빛이 있어도 다니기 곤란함.
영하 33℃: 노출된 피부가 얼기 시작함.
영하 61℃: 노출된 피부가 1분 이내에 동상에 걸림.
※ 기온에 대한 느낌
5℃ 이하: 추위, 15℃~20℃: 쾌적한 기온, 30℃ 이상 :심한 더위

뇌는 찬 음식이 들어왔을 때 뇌를 따뜻하게 보호하기 위해
순간적으로 혈관을 수축시켜 따뜻한 피가 더 많이 들어오게 한
다. 이런 급격한 혈류 증가가 순간적으로 두개골의 압력을 높여
두통을 일으키는 것으로
뇌를 보호하기 위한 반응으로 볼 수 있다. -호르헤 세라도어

하이럼 M. 스탠리: 공간이 사물로 가득 찬 것이 아니라
사물이 공간으로 가득 차 있다.

양자물리학은 모든 원자의 99.9%가 텅 빈 공간이며 이 공간
가운데 진동하는 에너지인 소립자가 빛의 속도로 움직인다.
몸을 구성하고 있는 모든 원자들은 허공과 같아서
사실 몸은 빈 공간이라고 할 수 있다.

인체가 찌그러지지 않고 형태를 유지할 수 있는 것은
체내가 진공 상태가 아니고 일정한 압이 존재하고 있기 때문이다.
일정한 압이 존재 한다는 것은 그곳에 압을 유지할 수 있는 기체가
존재한다는 것이다. 그러나 복강에는 공기가 들어 올 수 없기 때문에
그 기체는 공기가 아니다. 음식물을 먹으면 위장이나 각각의 장에서
분절 운동과 연동 운동을 통하여 음식물이 흡수되는데
이 과정에서 발생하는 기체가 있다.
가스라고 한다. 음식물을 먹고 난 다음 위장이 팽창되는
이유는 음식물이 분해되면서 나오는 기체 때문이다. 이것이 바로
술을 먹으면 술 냄새가 나고 마늘을 먹으면 마늘 냄새가,
젖먹이는 젖 냄새가 나는 이유다. 기체가 소화기관을 중심으로
사방으로 빠져나와 피부의 기공을 통하여 빠져나온다.

데모크리토스:　　　색깔이 있다고들 하지.
달콤함이 있다고도,
쏩쓸함이 있다고도 하지.
그러나 정말 존재하는 것은 원자와 허공뿐.

존 러스킨:　　　　햇볕은 포근한 것이요,

비는 모든 것을 깨끗하게 만드는 것이요,

바람은 시원한 것이요,

눈은 우리를 기분 좋게 만드는 것이다.

그러므로 나쁜 일기(日氣)는 있을 수가 없다.

오직 여러 가지 일기가 있을 뿐이다.

한 마을의 인디언 추장은 전지전능한 능력으로 마을 인디언의
존경을 한 몸에 받고 있었다. 그러던 어느 늦가을 인디언들은
추장에게 다가오는 겨울이 추울지 안 추울지 물어봤다. 추장은 점을
쳐 봐야 한다고 말하고는 그날 읍내로 나가 기상청에 전화를 걸었다.
추장:　　　　올겨울은 날씨가 어떻겠습니까?
예보관:　　　네, 올겨울은 무지 추울 것 같습니다.
다음 날 추장은 인디언들을 모아 놓고 이번 겨울은
추울 예정이니 땔감이 부족하지 않도록 미리 준비하라고 일렀다.
　　　　　일주일이 지난 후 추장은
혹시나 해서 다시 읍내로 나가 기상청에 전화를 걸었다.
추장:　　　　이번 겨울 날씨는 어떨 것 같습니까?
예보관:　　　네, 아마도 굉장히 추울 것으로 예상됩니다.
추장은 다시 마을로 돌아와 올겨울은 확실히 추울 것이니
모든 게 부족함이 없도록 준비하라고 단단히 일렀다.
　　　　　다시 일주일이 지나고 추장은
또 혹시나 하는 마음이 생겨 읍내로 나가 기상청에 전화를 걸었다.
추장:　　　　이번 겨울 날씨는 정말 춥겠죠?
예보관:　　　　네, 확실합니다.
　　　지금 인디언들이 미친 듯이 땔감을 모으고 있거든요.

폴 투르니에:　　　　좋은 날씨를 느낄 수 있는 것은
　　　　　　　　　오랜 악천후가 끝난 뒤이다.

선생님이 우산 든 오리 그림을 주면서 "오리는 노란색, 우산은
녹색으로 칠하라"고 했다. 그런데 바비는 오리를 빨간색으로 칠했
다.
　선생님이 "빨간색 오리 본 적 있니?" 하고 묻자 바비가 대답했다
"우산 든 오리만큼 봤어요."

범죄에 있어서도 폭동이나 폭력사태 등은 저기압 때
많이 나타나고, 지능범죄는 고기압 때 많이 나타난다고 한다.
　　　　　사랑을 고백해야 할 사람은
　　　높은 곳의 분위기 있는 장소를 이용하라.
　　　성공할 확률이 최소한 2배는 높아질 수 있다.

높은 곳에 올라가면 즉 기압이 낮아지는 곳에서는 사람들의 심리
상태가 변한다. 산 정상처럼 높은 곳에서는 기압이 낮아지는 변화로
인해 사람들의 자신감이 커지고 기분이 고양된다는 것이었다. 단 추
울 경우 달라질 수 있다. 기온과 기압은 반비례 관계이다 고기압은
주의보다 기압이 높을 때, 그러니까 따뜻하거나 더울 때 공기의 압
력이 강하다. 저기압은 반대로 주의보다 기압이 낮을 때니까 춥다.
　　　차이점은, 기압의 차이와 온도의 차이다.

잠은 생태적으로 무의식적이고 정지된 가장 자연적인 상태다.

잠을 자는 경우 자연계에서는 위험과 직결된 행위이다.

외계의 정보를 의식 할 수 없는 상태이기 때문이다.

그럼에도 왜 잠을 자는 것일까? 잠은 사람에게 가장 기본적인 휴식시간을 제공하고, 낮 동안에 활동하느라 사용한 에너지를 보충시켜 준다. 또한 신체 및 근육을 회복시킬 뿐 아니라 단백질 합성을 증가시켜 뇌 기능도 회복시켜 준다. 수면시간은 성장기의 아이들에게 꼭 필요한 성장호르몬을 가장 많이 분비되는 시간이기도 하다.

‒ 쿼트 매거진 ‒

잠이 깨지면, 삶도 깨진다.

잠을 아끼려 하지 말고 깨어있는 시간을 아껴라.

아무것도 먹지 않고 12일을 버틸 수 있다.

그러나 잠을 자지 않고는11일을 버티기 힘들다.

충분한 운동보다는

충분한 휴식이 더 중요하다. ‒영국 의학 보고서

※ 과학으로 풀어보는 수면의 3대 법칙

1. 아인슈타인의 특수 상대성 이론: 잠잘 땐 시간이 빨리 간다.
2. 뉴턴의 관성의 법칙: 한 번 자면 계속 자고 싶다.
3. 도미노 법칙: 옆 사람이 자면 나도 자고 싶다.

잠은 평생 자고 일어나는 것을 하지만 누구도

완벽하게 통제할 수 없다. 자도 자도 늘지 않는 것이 잠이다.

‒ 잠의 치유력/ 쉴라 레이버리 ‒

배는 따듯하게, 머리는 차게.　　　　−동의보감
사람의 눈은 감게 할 수는 있어도 잠들게 할 수는 없다.　　−영국
잠의 치유력/쉴라 레이버리: 수면은 면역 체계가 최적의 상태로
　　　　　　　　　　　기능하는 데 중요한 역할을 한다.

봄, 여름: 늦게 자고 일찍 일어난다.
가을: 일찍 자고 일찍 일어난다.
겨울: 일찍 자고 일찍 일어난다.
봄과 여름에는 아침에 일찍 일어나고
가을과 겨울에는 푹 자고 조금 늦게 일어나는 것이 좋다.
그러나 한 가지 알아둘 것은 일찍 일어난다고 해서
닭이 울기 전에 일어나거나 늦게 일어난다고 해서
해가 뜬 후에 일어나는 것은 좋지 않다.
− 활인심방/ 이퇴계 −

W. 블레이크;　아침에는 생각하고, 낮에는 일하라.
저녁에는 먹고, 밤에는 자라.

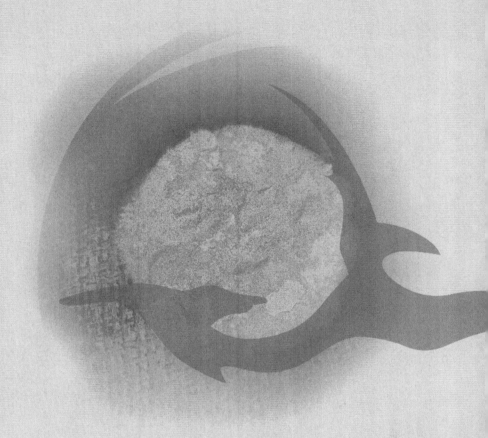

먹기 위해 사는가?
살기 위해 먹는가?

소크라테스:　　　먹기 위해 사는가? 살기 위해 먹는가?
　　　　　　살기 위해서 먹어야지 먹기 위해서 살아서는 안 된다.
음식을 나누어 먹는 것은 영혼을 함께 나누는 것이다. ─인디언

사람이 사람과 가장 친 해질 수 있는 방법은 먹이를 나누는 일.
　　　　　가까울수록 식사 시간이 길다.
　　　식사를 자주 하는 사람일수록 유대감이 강하다.

T. 플러;　　　　새로운 요리는 새로운 식욕을 만든다.

　　　파리보다 벌을 주로 잡아먹는 개구리가 있었는데,
　　　　　　친구 개구리가 물었다.
　　　　"너는 무슨 맛으로 벌을 더 좋아하니?"
　　　　개구리 왈, "톡 쏘는 맛으로!"

샤바랭:　　　당신이 무엇을 먹는지 말해 달라.
　　　그러면 당신이 어떤 사람인지 말해주겠다.
벤저민 프랭클린: 먹는 것은 자기 자신을 즐겁게 하기 위함이요,
　　　　　　입는 것은 남을 즐겁게 하기 위함이다.

남자의 가을은 무쇠도 뚫는다. 여자의 봄은 쇠 젓가락도 녹인다.
　　　가을바람은 총각바람이고 봄바람은 처녀바람이다.
여자는 오뉴월에 살찌고 남자는 구시월에 살찐다. 밥은 봄같이 먹고,
　국은 여름같이 먹고, 장은 가을같이 먹고, 술은 겨울같이 먹고,
　　밥은 따뜻하게, 국은 뜨겁게, 장은 서늘하게, 가을비는 떡비요,
　　　　겨울비는 술비다. 술은 차게 마셔라

댄 베네트: 살을 빼기 위해 다이어트를 시작한 첫 4시간
동안만큼 헛된 희망을 품는 때도 아마 이 세상에 없으리라.
헬렌 G. 브라운; 운동으로 살빼기는 체력이 되어야 한다.
다이어트의 기본은 제대로 잘 먹는 것이다.
에드가 라쉔베르거: 몸무게가 아닌 몸매를 재야한다.
인간의 몸매를 물질적인 측면에서 판단하려면
기존의 저울로는 충분하지 않다.
어떤 청춘남녀가 가벼운 소개팅을 한 후 한적한 저수지 근처의
카페로 저녁을 먹으러 갔다.
약간 어두운 저수지 근처로 씽씽 달리는데 도어 록이 찰칵
잠기는 소리에 아가씨가 당황한 목소리로 외쳤다.
"어머! 왜 이러세요!"
순간 남자도 당황하며 설명했다.
"제 차는 60킬로 넘으면 자동으로 문이 잠겨요."
이에 당황한 아가씨의 대답
"저 몸무게 60킬로 안 넘거든요!"

레슬리 리건(의사): 다이어트 방법만 약 2만 6,000종이 나왔으
나, 감량 전 체중으로 돌아가는 '요요현상'을 겪지 않은 경우는 5%
에 불과했다. 일반적인 절식요법은 무력감과 운동 내성이 감소하는
부작용이 나타난다. 정상적인 식사를 하며 운동을 하라는 논문이
영국에서 1,000편 이상이고

영국인의 1/3이 살 빼는 것을 계획적으로 한다.
당분과 탄수화물은 대부분 체내에 들어가면 지방으로 전환된다.
—귀턴의 생리학 의서

링로스 박사: 비만한 남녀는 공히 피하지방이 두꺼워짐에 따라
동일한 자극에 대해 느끼는 성감도가 반비례해 낮아진다.
비만은 당뇨병의 요인이 되기도 한다.　　　　－미국 질병 관리국

※ 다이어트

애인:　　뺄 데가 어디 있냐며 맘에도 없는 말을 가끔 한다.
마누라: 뺄 데가 장난이 아니라며 마늘만 먹여 곰 부인 만든다.

※ 라면 금기 사항

첫 번째 － 라면에 계란 넣으면 안 된다. 이유는? 맛있으니까!
두 번째 － 라면에 밥 말아먹으면 안 된다. 이유는? 배부르니까!

남자는 죽기 싫어 살을 빼지만
여성은 죽어도 살을 빼야겠다고 생각 한다.

※ 누구를 위한 다이어트

어느 뚱뚱한 여자가 있었다.
승마를 하면, 살이 빠진다는 이야기에 매일같이 승마를 했다.
그런데 몇 주가 지나자 원치 않는 결과가 나오게 되었다.
여자의 몸무게는 그대로고 말이 5kg 빠졌단다.

윌리암 오슬러 경:　　칼에 의해서 죽은 사람들보다는
과식과 과음에 의해서 죽은 사람들이 더 많다.
크라프트 에빙:　　쾌락을 추구한다는 점에서
음식과 섹스는 분리될 수 없다.
빌레름 뮤러:　　우리들이 낙원을 뺏긴 것은
먹었기 때문이었지 마셨기 때문이 아니다.
밀러: 나를 살게 하는 것은 충분한 음식이지 훌륭한 말이 아니다.
남보쿠 스님: 자기가 먹는 음식이 자기의 운명을 좌우한다.

살을 빼기로 결심한 뚱보 삼순이가 포도 다이어트를 시작했다.
포도 다이어트는 밥 대신 포도만 먹으면서 살을 빼는 것인데
포도 외에는 물밖에 먹지 않아 힘이 점점 빠지고 있었다.
그러던 중 다이어트 3일째 되던 날, 그만 의식을 잃고 쓰러졌다.
식구들이 너무 놀라 병원에 데리고 갔고, 의사 선생님에
진찰을 받은 후 어머니가 의사에게 조심스럽게 물어봤다.
"저 선생님, 우리 애가 영양실조인가요?"
차트를 보던 의사가 어이없다는 듯 대답했다.
"농약 중독입니다."

한 농부가 내게 말했다.
"야채만 먹고는 살 수 없지요.
뼈를 만들 만한 음식을 못 먹게 되니까요."
그는 이야기를 하면서 쟁기질하는 소 뒤를 따라간다.
한데 채소만 먹는 소는 농부를 끌고 다니며 밭을 가는 것이다.
- 헨리 데이비드 소로우 -

탄수화물이나 지방에서 단백질로 영양소 교류가 이루어지지 않는
다는 것이 현대의학의 주장이지만, 3대영양소는 서로 교류한다.
- 니시의학 -

육식동물이나 초식동물 모두 몸의 조성(組成)은 거의 같다.
무엇을 먹어도 몸 안에서 필요한 것으로 바뀌도록 되어 있는 것이다.
즉 채식동물과 육식동물 모두 먹는 것이 다른데도
몸의 단백질 함유율은 비슷한 16%이다.

※ 아주 위험한 음식

한 의사가 많은 사람들 앞에서 건강에 대한 강연을 하고 있었다.
"고지방 식단은 파멸을 초래하며 우리가 마시는 물조차
잘못 되었을 경우 장기적으로 몸에 악영향을 미치게 됩니다. 그러나
우리가 먹었거나 먹을 음식 중 가장 위험한 음식이 하나 있습니다.
먹고 난 후에 오랫동안 가장 큰 슬픔과 고통을 유발하는 음식이
무엇인지 말씀해주실 분 있으신가요?"
잠깐의 침묵이 흐른 후 앞줄에 앉은 한 노인이 손을 들고
조용히 대답했다.
"웨딩케이크요!"

문제는 다이어트 책의 대다수가 밥을 먹으면 살이 찐다고 말하고
있다는 점이다. 이런 연유로 젊은 여성들은 밥을 점점 더 멀리하
게 된다. 그렇게 해서 부족해진 에너지원을 이번에는 인공 감미료나
수입 밀가루로 범벅이 된 빵이나 음료수, 혹은 과일에서
보충하려고 한다.
그 결과는 바로 현대형 영양실조다.
- 몸이 원하는 밥/ 마쿠우치 히데-

자본주의 사회에서 먹을거리의 어떤 부분을 없애고, 어떤 부분은
남길지 결정하게 만드는 중요한 요인은 이윤을 남길 가능성이다.
식료품을 만드는 기준은 시장에서 갖는 상품성이지,
소비자의 건강이 아니다.
-조화로운 삶/ 헬렌 니어링과 스코트 니어링

※ 쌀밥의 위험성

1. 국내 거짓말 하는 사람의 98% 이상이 쌀밥을 섭취하고 있다.
2. 국내 흉악범의 90% 이상이 쌀밥을 먹은 뒤 24시간 이내에
   범죄를 저지르고 있다.
3. 비리 공직자나 부패 국회의원들은 청탁자들로부터 1회 이상
   쌀밥을 뇌물로 제공받은 것으로 드러났다.
4. 국내 비만 여성의 90% 이상이 쌀밥 섭취자다.
5. '밥이 보약'이라며 의약품으로 불법 유통되기도 한다.
6. 쌀밥의 중독성은 상상을 초월한다. 누구든 이틀만 굶기면
   곧바로 '밥 달라'는 말이 나온다.
7. 교도소에서는 쌀밥을 먹고 잡힌 범죄자에게 쌀밥 대신
   중독성이 약한 보리밥이나 콩밥을 준다.
8. 밥은 상대방에게 모욕을 주기도 한다. '너 정말 밥맛이야……'
9. 쌀밥을 먹지 않았던 원시시대에는 치매, 암, 성인병 등이
   존재하지 않았다.
10. 신생아는 쌀밥을 먹고 질식할 수도 있다.

어떤 사람이 장수하겠다고 보약이라는 복령, 인삼, 구기 같은 것
만 먹으면서 밥을 먹지 않았더니 백일 만에 기진맥진하여 죽게
되었는데 이웃집 노파가 와서 보고 탄식하여 말했다.
"그대의 병은 굶주림 병이다. 옛날 신농씨가 백 가지 풀을 맛보아
오곡을 심기 시작하였는데 약은 병을 고치고 음식은 굶주림을
고치는 것인즉 그대의 병도 오곡이 아니고는 고칠 수 없네."
그제야 기름진 쌀밥을 지어 먹었더니 죽기를 면했다. 불사약치고
밥만 한 게 없으며 아침저녁으로 밥만 한 그릇씩 먹고도 70여
년을 살았노라고 작중의 주인공인 민 영감이 익살을 부린다.
– 민옹전/ 연암 박지원 –

※ 비극으로 가는 지름길

뱃속의 평화가 없이 어찌 사회적 평화가 있을 수 있겠는가?
사람은 배고픈 것은 참아도 배 아픈 것은 못 참는다는 말이
있으나 현실은 배 아픈 것은 참아도 배고픈 건 참기 더 어렵다.

프랭클린: 음식을 알맞게 섭취하라.
                그러면 그대는 건강할 것이다.
             식사법이 잘못되었다면 약이 소용없고,
          식사법이 옳으면 약이 필요 없다.   —아유르베다

나폴레옹: 사람은 똑같은 행복을 지니고 있다.
        나는 황제 나폴레옹으로서보다는 인간 보나파르트로
               생활하는 것이 더 행복할지 모른다.
          하루 품을 파는 천한 노동자도 다른 사람만큼의
      행복이 있을 것이다. 나는 매일같이 맛있는 음식을 먹기 때문에
           이제는 맛있는 음식을 보아도 흥미가 없다.
       그러나 가난한 사람은 나와 같이 맛있는 음식을 자주 먹지
         못하더라도 그 점에 대해서는 나보다 행복할 것이다.
      같은 음식이라도 가난한 사람에게는 한층 더 맛이 있을 것이다.

소크라테스: 음식에 가장 좋은 양념은 공복이고
            마실 것에 가장 좋은 향료는 갈증이다.

세르반테스: 세상에서 가장 훌륭한 음식과 양념은 허기이다.
라브레: 식욕은 먹고 있는 동안에 나오는 것이다.

간디: 음식에 대해서는 맛이 있고 없고를 생각할 것이 아니라
마치 약을 사용하듯 해야 한다. 육체에 필요한 분량 이상을 먹어
서는 안 된다. 너무 적은 양의 약은 완전한 효과가 없거나 또는
아무 소용이 없다. 너무 많은 양의 약은 신체를 해칠 것이다.
음식도 또한 마찬가지이다.
헬더: 굶주림은 날카로운 가시보다 더 예민하다.

제12조. 음식을 제공하는 사람은 먼저 그 음식에 독이 없는
지 먹어 보인 다음에 다른 사람에게 권할 수 있다. 음식을 얻어
먹는 사람 역시 음식에 독이 있는가 알아보고 먹어야 한다. 음식을
동료보다 더 많이 먹어서도 안 되고 음식상을 넘어가서도 안 된다.
　　　 - 칭기스칸 대법전/ 대자사크, 예케자사크 -

※. 인간의 소화능력은 인체는 실제로 필요로 하는 음식의 3배를 소화,보관, 처리하는 잠재능력을 보유하고 있으며 과식은 불필요한 소화, 흡수, 보관, 배설하는 데 엄청난 생명 에너지를 소모한다.

※ 변비약 광고
싸게(?) 해 드립니다.

설사면 어떠하리 된똥이면 어떠하리.
너무나 많이싸 넘친들 또 어떠하리.
오오랜 변비 뒤에는 똥만 싸면 좋더라.

사람 똥 길다하되 몸 안의 똥이로다.
힘주고 또 힘주면 못 누리 없건마는
사람이 제 아니 힘주고 똥만 길다 하여라.

데일 카네기: 큰일을 먼저 하라.
             작은 일은 저절로 처리될 것이다.

제레미 리프킨: 초식동물과 육식동물은 먹는 것이 다르니
똥도 다르다. 육식동물은 단백질을 섭취해 냄새가 심하고 단백질
분해 효소가 많이 분비되어 표면이 부드러우며 장의 길이가 짧아
수분이 덜 흡수되므로 똥의 점성이 높다. 반면 초식동물의 똥은
식물에 있는 셀룰로오스가 잘 분해되지 않아서 똥의 표면이 거칠
고 장의 길이가 길어 수분이 많이 흡수되므로 똥이 단단하고
잘 부스러진다. 육식과 초식을 같이 하는 돼지와 닭 같은 잡식성
동물의 똥은 아주 독하다. 새똥이 독한 이유이기도 하다.

변비는 장의 연동운동이 약해져서 생리통이 심하면
하복부가 차갑다. 변비 환자 70%가 몸이 차가워서 생긴다.
변비로 장의 연동운동이 약해지므로 하복부가 차갑다.
설사도 수분을 배출하여 온도를 올리는 방법 중의 하나다.
소화가 안 되고 설사가 잦은 사람은 속이 냉하다.

※ 화장실 낙서
그는 똑똑했다. 그래서 나도 똑똑했다.
그는 나의 똑똑함에 쩔쩔매고 있었다.

당신이 앉아서 사색하는 동안 밖에 있는 사람의 얼굴은
사색이 된다.
당신이 밀어내기에 힘쓰는 동안 밖의 사람은 조이기에
힘쓰고 있다.

서로 최선을 다해 힘을 줍시다.
며칠 동안 못 봤더니 너무나 보고 싶어 왔는데
또 못 보고 그냥 간다.   아, 미쳐!
- 변비 환자 -

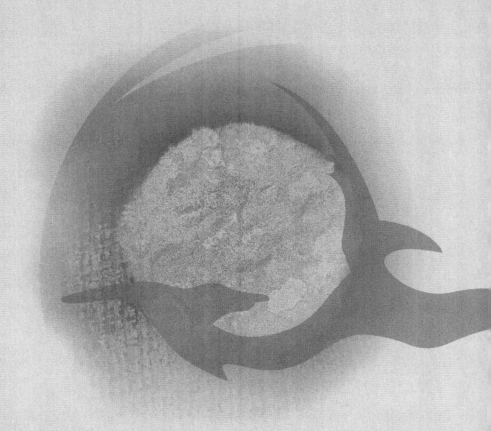

인류는 투쟁과 도피반응으로
인해 생존할 수 있었다

지금의 세상은 대단히 복잡하므로 정신적인 고뇌는 내장의
기능을 손상시키고 육체적 과로는 체력을 좀먹는다.
그러므로 사기가 온몸을 침범하여 죽음의 병을 일으킨다.
— 황제내경(2000년전) —
지난 2년 동안 생산된 정보는
인류 탄생 이후 생산된 정보량보다 많다. —IBM, 2011

크라샨 초프라: 현명한 사람은 천천히 서두른다.

현대를 살고 있는 사람들이 수용하게 되는 정보와 외부 자극은
원시시대의 인류와 비교하여 약 400~500배에 이른다고 한다.
2020년이 되면 디지털 정보량이 현재의 44배가 된다고 한다.
스트레스의 자극에 대한 신체 반응은 1/1000/초 사이에 일어난다.
사람은 하루에 40만 가지 이상의
자극을 외부로부터 오감(五感), 즉 시(視), 청(聽), 후(嗅),
미(味), 촉(觸)을 통해 외부로부터 받아들이는 자극을
뇌의 기억저장고(memory storage)에 저장한다고 한다.
미국의 데이비스 연구소에 의하면 스트레스 요인은
약 16만 3,342개가 있다고 한다. 사람은 하루에
오만(五萬) 가지 생각을 하고 오만상(五萬相)을 짓는다.

쌍둥이 형제가 시험을 봤다. 형은 5개 중 4개를 맞췄고 동생은
5개 중 1개를 맞췄다. 하지만 형은 풀이 죽어서 엄마에게 말했다.
"엄마, 나 4개밖에 안 맞았어."
그러자 옆에 있던 동생이 바로 대답했다.
"엄마, 난 4개 빼고 다 맞았어요."

스트레스라는 용어가 일상에서 널리 사용되고 많은 연구자들이
다양한 연구를 수행하고 있지만, 스트레스(stress)에 대한 정의는
통일되지 않고 다양하게 사용된다.
스트레스란 생체에 가해지는 자극에 대하여 체내에서 일어나는
생존 반응이며 계속되는 심신의 자극으로 인해
몸에 생긴 불균형 상태를 말한다.
육체가 대응과 도피반응을 나타내는 불쾌한 반응이의학적으로
현재 몸의 상태에 변화를 줄 수 있는 모든 원인을 말한다.
신체적, 심리적 위협에 대해 생존하기 위한 생리적 반응이다.
스트레스는 보이지 않고, 맛도 없고, 냄새도 없다.
무색, 무미, 무취의 자극이다.
스트레스는 사람들의 일상생활에서 느끼는 압박을 가리키는
의미로 사용하며 즉, 인간의 사회적 활동에서 특정하게
일어나는 자극에 유기체의 반응 현상이다.
스트레스는 편안한 상태의 몸으로 돌아가려는 자극에
대한 반응이다.

내가 맛보았던 불행, 불운이 무엇이었든 원래가 인간의 행운, 불
운은 저 하늘에 떠다니는 구름 같아서 결국은 바람 따라 달라지는
것에 지나지 않는다. 그렇게 생각하니까 나는 불행에도 그다지 심한
충격을 받지 않았으며 행운에는 오히려 순수하게 놀라는 게 보통이
었다.   나에게는 인생의 설계도 없으며 철학도 없다.
현명한 사람이든, 어리석은 사람이든
인간이란 모두 괴로워하며 살아가는 수밖에 없는 것이다.
– 찰리 채플린의 자서전 –

한 식인종이 정신병원을 찾았다.

식인종:　　　배고파 죽겠습니다.

의사:　　　왜 그러십니까?

식인종:　사람만 보면 이제 신물이 납니다.

1954년 캐나다의 한스 셀리 박사는 저서 『삶의 스트레스』
라는 건강 서적에서 '부정적인 사고나 감정은 육체에 화학적
변화를 가져오며 부신호르몬을 마르게 한다'고 했다.
그는 처음에는
스트레스를 '자극'으로 보았으나, 후에는 '반응'으로 보았다.
이 두 가지를 구분하기 위해서, 그는 '자극'에 대해서는
스트레서(stressor, 육체가 대응과 도피반응을 하는 불안한 상황)
또는 유발인자(trigger)라는 용어를 사용했고, 이때의 긴장상태,
즉 '반응'을 의미하기 위해 스트레스(stress)를 사용하기 시작했다.
그리고 스트레스가 많은 질병의 원인이 된다고 하여
스트레스라는 말이 처음으로 의학적 용어가 되었다.

※ 어느 지역회의에서

시골 지역회의에서 동네 지도자들이 교회묘지에 담을 치는 문제
를 의논하고 있었다. 이야기는 대체로 담을 치자는 쪽으로 크게
쏠리고 있었는데 한 사람이 불쑥 일어나더니 말하는 것이었다.
"묘지 바깥에 있는 사람들은 안으로 들어갈 생각이 없고,
그 안에 있는 사람들은 도저히 나올 수 없는 게 엄연한 사실
아닙니까. 그런데 대관절 왜 담이 있어야 한다는 겁니까?"
결국 그 안건은 기각됐다.

존 웨우드: 인류는 투쟁과 도피반응으로 인해 생존할 수 있었다.

※ 싸움을 할 때 신체 반응(fight or flight. theory)
심장은 빨리 뛰어 근육으로 많은 피를 내보내고 호흡기는 넓어져
산소공급을 늘리며 눈동자가 커져 상대방을 잘 볼 수 있게
되면서 싸움에 당장 필요 없는 소화기관의 운동은 저하된다.

인간이 가장 많이 받는 자극은 오감(五感)이다.
눈이 아름다운 배경을, 귀가 좋은 소리를, 코가 향기를 좋아하고,
입이 단맛을, 신체는 쾌락과 편안함을 원하는 것이 본성이다.
시각으로 아름답고 멋진 풍경 등을 보고 즐거워하고,
청각으로 칭찬, 응원, 아름다운 노래, 사랑하는 사람의 음성 등을
들으며, 후각으로 엄마의 체취, 꽃내음 등 좋은 향기를 맡고,
미각으로 꿀맛, 둘이 먹다가 하나 죽어도
모르는 맛 등을 느끼며, 촉각으로 따뜻한 부드러운 감촉 등의
피부 접촉을 통해 정신적, 육체적인 마음의 안정을 느낄 수 있다.

어느 고등학교 교장이 새로 부임한 교사를 소개하려고 하는데
학생들이 떠들어대는 바람에 제대로 말을 할 수가 없었다.
그래서 "여기 이 선생님은 왼쪽 팔이 하나밖에 없습니다" 하고
입을 열었다. 일순간 학생들은 물을 끼얹은 듯 조용해져서
모두가 귀를 기울였습니다.
그는 호흡을 가다듬고 조용히 말했습니다.
"오른쪽 팔도 하나밖에 없습니다."

눈 깜짝할 사이에 이루어지는 것은? 윙크
세상에서 가장 두렵고 잔인한 총은? 눈총
눈총을 피하는 방법은? 눈치
남자가 코가 크면 무엇이 클까요? 코
콧구멍이 큰 여자는 무엇이 클까요? 코딱지
고릴라의 콧구멍이 큰 이유는? 손가락이 굵기 때문에

분노 또한 마음의 상처를 더 이상 놔두면 안 되기에 거쳐야 하는
감정적 치유 단계이다.
증오도 복수도 아주 이기적인 내가 행복하기 위한 수단이다.

참고 또 참을 것이며, 조심하고 또 조심하라.
참지 않고 조심하지 않으면 작은 일이 크게 번지리라. -명심보감

마르쿠스 아우렐리우스:　　　지독히 화가 날 때에는
인생이 얼마나 덧없는가를 생각해 보라.
아리스토텔레스: 누구든지 성을 낼 수 있다. 그것은 쉬운 일이다.
그러나 올바른 대상에게 올바른 정도로, 올바른 시간에, 올바른
목적으로, 올바른 방식으로 성을 내는 것은 모든 사람들이
할 수 있는 일이 아니며 쉬운 일도 아니다.

※. 인간은 의학적으로 6초가 지나면 냉정해진다고 한다.
100번 참으면 백날이 편안하다.
참을 인 자 셋이면 죽임도 면한다.
참을 인 자 셋이면 살인도 면한다.

※ 설상가상

뭐든지 절반씩 깎는 버릇을 가진 철수는

어느 날 수박 한 통을 사기 위해 과일가게에 들렀다.

"아저씨 수박 한 통에 얼마예요?"

"네, 만 원입니다."

"에이, 오천 원에 주세요."

"허어, 안 되는데…… 그럼 팔천 원만 내세요."

그런데 철수는 아침에 먹은 감기약 때문인지 바로 전의 일이

잘 생각나지 않았다. 그래서……

"안 돼요, 사천 원에 주세요."

어이가 없어진 아저씨는

마침 날도 덥고 빨리 가게 문도 닫기 위해 말했다.

"좋수다. 그냥 사천 원 내슈."

"너무 비싸요, 이천 원만 낼게요."

"뭐라고요? 뭐 이런 사람이 다 있어?

보기 싫으니 어서 이천 원 주고 빨리 가시오."

"너무 비싸요, 천 원만 해요."

정말 화가 머리끝까지 난 수박 주인. 귀신에 홀렸다고 생각하고

어서 이 사람을 쫓아내야겠다고 생각했다.

"자, 여기 공짜로 수박을 줄 테니 어서 나가시오.

나 원 참, 재수가 없으려니까……."

하지만 다음 철수의 한 마디에 아저씨는 그만 졸도하고 말았다.

"안 돼요. 두 통 주세요."

자장(子張): 참는다는 것은 참으로 어려운 일이다.

사람이 아니면 참지 못하고, 참지 못하면 사람이 아니다.

나폴레옹:　　　　　　하늘이 만든 화는 피할 수 있어도
　　　　　　　　　자기 스스로 만든 화는 피할 수 없다.
제퍼슨: 화가 나면 열을 세어라. 풀리지 않는다면 백을 세어라.

　　　　양심은 하고 싶은 일을 하지 못하게는 하지 못한다.
　　　　단지 하면서 즐기지를 못 하게 할 뿐이다.
　　　　한이란 하지 못한 일이 많은 것이 아니라
　　　　하고 싶은 일을 하지 못해서 생긴다.

　　　　스트레스는 개인적이고 주관적인 자극이다.
　　　스트레스를 받는 정도는 각 개인에 따라서 다를 수 있다.
　　　스트레스 반응은 우리가 우리 자신을 자극하는 상황을
　　어떠한 생각과 감정으로 받아들이는가에 따라서 결정된다.
　　각각의 상황이 모두 다르게 자극에 대해 반응하기 때문이다.
모든 것은 보는 관점에 따라 변하는 상대적인 것이기 때문이다.
　　　　어디에 서 있느냐에 따라 가치관은 변하고 만다.

어떤 종류의 스트레스는 건강에 이로울 뿐 아니라 필수 요소다.
　　　　　－ 스트레스 전문가인 제이콥 타이텔봄 박사 －
세프라 코브린 피첼: 휴식의 힘은
　　　　　　　　스트레스 받는 것을 막아주는 강력함에 있다.
게이 2명이 길모퉁이에 서 있는데 예쁜 얼굴에 환상적인 몸매를
한 금발여성이 배꼽티를 입고 당당히 지나가고 있었다.
　　　　　　한 남자가 다른 남자에게 말 했다.
　　　　"이럴 때는 내가 레즈비언 이었으면 한다니까?"

심리학 실험실에서 실험용 쥐 2마리가
그들이 처한 상황에 대해 토론하고 있었다.
"드디어 과학자들을 제대로 훈련시킨 것 같아."
"어떻게?"
"이 단추를 누르면 먹이를 가져오거든."

여자가 하루 종일 여자 생각을 하면 그 여자는 레즈비언이다.
나는 여자다. 나는 하루 종일 여자 생각으로 가득하다.
그러므로 나는 고로 레즈비언이다.

※ 미국의 단편작가 비어스의 『악마의 사전』에 나오는 말
학식: 책으로부터 텅 빈 두개골 속으로 떨어진 먼지.
행복: 남의 불행을 보면서 느끼는 기분 좋은 감정.
습관: 자유를 속박하는 수갑.
웃음: 얼굴을 찡그리며 불명료한 음성을 동반하는 내부의 경련.
남성: 무시당하거나 또는 약간 모자라는 성(性)의 한 구성원.
여성: 남성과 살며 길들이기 힘든 성질을 현대까지 지켜온 동물.
인내: 미덕을 가장한 작은 절망.
정치: 사욕을 위하여 국정을 운영하는 게임.
성공: 자기 동료에 대하여 단 한 가지의 용서받지 못할 죄.
전쟁: 평화라는 적극적인 행위의 부산물.
회사: 개인적 책임을 지지 않고 개인적 이익을 획득할 수 있도록
하는 곳.
미스: 미혼여성에게 목하 매출중이라는 낙인을 찍는 직함.
이야기: 일반적으로 말해서 진실하지 않은 말.

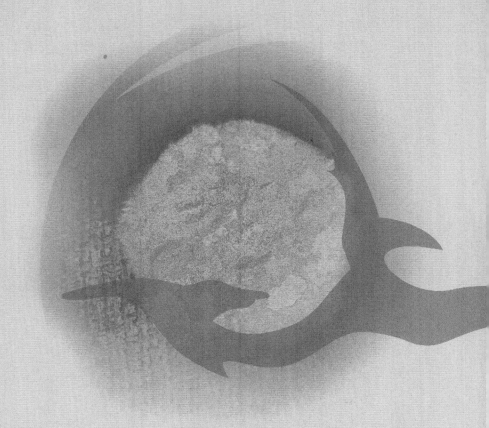

이 세상에서
가장 아름다운 꽃은

이 세상에서 가장 아름다운 꽃은
행복한 얼굴에서 피어나는 웃음꽃이다. -쇼펜하우어

로버트 프로바인: 웃음은 전통적으로 심리학의 영역에 속해 왔다.
하지만 인간의 정서를 탐구하는 심리학 역시 아직까지
웃음의 실체를 명확히 정의하지 못하고 있다.
그러나 한 가지 확실한 이론은 웃음이 언어가 통하지 않는
세계 어느 곳에서도 공감 할 수 있는 감정표현이라는 것이다.
웃음은 인간관계를 돈독히 해주는 사회적 신호 중 하나다.
데일 카네기: 웃음은 살 수도 없고, 빌릴 수도 없고,
도둑질을 할 수도 없는 것이다.

※ 미소
미소는 비용이 들지 않지만 많은 것을 준다.
주는 이가 가난하게 되지 않으면서도, 받는 이를 풍요롭게 한다.
잠깐이지만 그에 대한 기억은 때로 영원하다.
아무리 부자라도 미소가 필요 없는 사람은 없고,
아무리 가난해도 미소를 못할 만큼 가난한 사람은 없다.
미소는 가정엔 행복을 더하고, 사업엔 촉진제가 되고,
친구간의 우정을 돈독하게 만든다. 미소는 피곤한 자에겐
휴식이 되고, 좌절한 자에겐 용기를 주며,
슬퍼하는 자에겐 위로가, 번민하는 자에겐 자연의 해독제가 된다.
돈을 주고 살 수도 없으며, 빌릴 수도 훔칠 수도 없다.
- 랍비 S. R 허시 -

앤드류 매튜스; 웃으면 사람의 몸과 마음을 이롭게 하는 온갖
경이로운 일들이 일어난다.

그레빌:　　　웃음이란 몸 전체가 즐거워지는 감동이며
그 감동을 있는 그대로 표현 하는 것이다.

로버트 이안 시모어:　　미소는 입 모양을 구부리는 것에
불과하지만 수많은 것을 바로 펴 주는 힘이 있다.

타고르:　　　미소는 웃음의 가벼운 침묵 상태다.
미소는 독백, 웃음은 방백이다.
대지의 미소를 꽃피게 하는 것은 대지의 눈물이로다. 세상의
미소를 사랑하는 사람. 세상은 그가 웃었을 때 두려워했다.

마크 트웨인: 철학이 없는 웃음은 재채기 같은 유머에 불과하다.
참다운 유머는 지혜가 가득 차 있다.
인생을 향해 미소 지으면 반은 당신 얼굴로,
나머지 반은 타인의 얼굴로 간다.　ㅡ티베트
당신은 웃을 때 가장 아름답다. ㅡ칼 조세프 쿠쉘

웃음은 그 시작 단계에 일종의 자극 효과를 지니며
일단 그것이 가라앉고 나면 짧은 이완 기간이 뒤따른다.
특히 통쾌한 웃음은 다수의 근육들을 활성화시켜
일종의 신체 내부적 운동 효과를 가져다준다.
ㅡ 스탠퍼드 대학의 정신의학자 프라이(William Fry) 박사 ㅡ

웃음은 만병통치약이다.　　　ㅡ버드란트 러셀
웃음은 보약보다 좋다.　　　ㅡ동의보감
웃음은 인생의 약이다.　　　ㅡ알랭

조지 굿먼: 하루 15번 이상 웃는 이는 의사를 멀리 할 수 있다.
또 하루에 3번만 크게 웃으면 아침 조깅을 한 것과 같은 효과가
있다. 그뿐 아니라 웃음은 위산이 많이 나오는 것을 방지해
위산과다 예방과 치료에도 한 몫을 한다.
패티우텐: 당신이 웃고 있는 한 위궤양은 악화되지 않는다.
아놀드 글레소우: 웃음이야말로 부작용 없는 진정제이다.
토마스 시던: 햄마을에 좋은 광대들이 오는 것은
당나귀 20필에 실은 약 보다 건강에 좋다.

로벗 버튼: 웃음과 유머는 우울증의 벽을 허무는 중요한
수단이고 그 자체가 충분한 치료제이다.
에머슨: 우울증은 웃음이 사라진 병이다. 화를 내지 마라.
화를 내고 있는 60초 동안 그대는 행복을 잃는다.
로벗 버튼: 웃음은 피를 깨끗하게 하고, 육체를 젊고 활기차게
하며, 건강한 삶을 살 수 있게 한다. 웃음과 유머는
우울증의 벽을 허무는 수단이고 그 자체로 충분한 치료제다.
니체: 인간만이 이 세상에서 깊이 괴로워한다.
그러므로 인간은 웃음을 발명하지 않을 수 없었다. 가장
불행하고 가장 우울한 동물이 가장 쾌활한 동물인 것이다.
조섭 에디슨: 만일 우리가, 웃음은 우리의 건강을 회복시키는
것임을 고려한다면, 우리는 마음에 절망을 안겨주는
우울증을 더 이상 가지지 않을 것이다.
그러므로 우리는 인생의 쾌락을 외면하지 말아야 한다.

로제티;　　　　　　　　기억하고 슬퍼하는 것보다
　　　　　　　　　잊어버리고 웃는 것이 훨씬 낫다.
찰스 디킨스: 질병과 슬픔이 있는 이 세상에서 우리를 강하게
　　　　　　　살도록 만드는 것은 웃음과 유머밖에 없다.
셰익스피어:　　　그대의 마음을 웃음과 기쁨으로 감싸라.
그러면 1천 가지 해로움을 막아주고 생명을 연장시켜 줄 것이다.

일소일소 일로일로(一笑一少 一怒一老).
한 번 웃으면 한 번 젊어지고 한 번 화내면 한 번 늙는다.

남 :　　　우와- 기다리느라 목 빠지는 줄 알았어!
여 :　　　여보, 내가 떠나면 어떻게 할거야?
남 :　　　그런거 꿈도 꾸지마!
여 :　　　나한테 매일매일 키스해 줄거야?
남 :　　　응, 당연하지
여 :　　　당신 바람 필거야?
남 :　미쳤어? 사람 보는 눈이 그렇게 없어?
여 :　　나 죽을 때 까지 사랑 할 거지?
남 :　　　　응.
여 :　　　　여보!

거꾸로 읽어 보세요.

제임스 월쉬:　　　　　웃는 사람은
실제적으로 웃지 않는 사람보다 더 오래 산다.

윌리엄 제임스: 그럼에도 불구하고의 웃음은 힘들거나 괴로울 때에 그럼에도 불구하고 이를 극복하기 위하여 웃는 웃음이다. 우리는 행복하기 때문에 웃는 것이 아니고 웃기 때문에 행복하다.

샌드: 명랑한 기분으로 생활하는 것이 육체와 정신을 위한 가장 좋은 위생법이다. 값비싼 보약보다 명랑한 기분은 언제나 변하지 않는 약효를 지니고 있다.

밥 호프: 나는 웃음의 능력을 보아왔다. 웃음은 거의 참을 수 없는 슬픔을 참을 수 있는 어떤 것으로, 더 나아가 희망적인 것으로 바꾸어 줄 수 있다.

웃지 않는 사람은 장사를 해서는 안 된다.   ─중국

※ 생긋 웃는 얼굴
생긋 미소를 짓는 그대를 보면 웃음이 태어난다.
그냥 우울할 때 아픔이나 괴로움을 제거할 때 웃으면 훨씬 좋다.
그러니까 누군가가 침울하거나 슬퍼 보이고 불행과 하잘것없는 일에 말려 있는 것 같으면 당신의 조끼를 조금 끌어내리고 가슴을 부풀리고 웃음을 주라. 웃음, 당신의 웃음.
─ 유대교 랍비이자 시인인 사무엘 울만 ─

콘라트 로렌츠: 오랜 연구 끝에 고등동물들은 주체적인 삶을 살며 인간과 비슷하게 기뻐하고 슬퍼할 줄 안다는 것을 확신하게 되었다.

셰익스피어: 만일 그가 여전히 웃을 수 있다면 그 사람은 가난하지 않다.

엘라 윌러 윌콕스: 웃어라. 그러면 세상도 그대와 함께 웃는다.
울어라. 그러면 그대 혼자 울게 된다.
바덴: 세상에서 가장 인색한 것은 밝은 웃음을 아끼는 일이다.
눈가의 근육을 조금만 움직여 한두 번 미소 짓는 것만으로도
사람들에게 행복감을 안겨줄 수 있는데,
그것조차 안 하는 사람들이 있다.

웃음이란 마음이 만족한 상태에서 얼굴에 나타나는 표정이며,
마음속의 기쁨이 얼굴에 순간적으로 나타나는 것이다.
하루에 3번 미소 짓는 자에겐 약이 필요 없는 법이다.   —중국
지그 지글러: 일단 모든 것의 시작은 웃음이다.

하나님 앞에서는 울어라, 그러나 사람들 앞에서는 웃어라.—유태

판사: 당신이 총 쏘는 것을 직접 보았는가?
증인: 총소리를 들었을 뿐입니다.
판사: 그럼, 그것은 증거로 받아들일 수가 없다.
그러자 증인이 증언대를 떠나면서 판사에게서 등을 돌린 증인은
큰소리로 웃었다.
판사: 증인은 법정모욕죄를 저질렀다.
증인: 판사님은 제가 웃는 것을 보았습니까?
판사: 웃는 소리만 들었지.
증인: 그럼, 그것도 증거로 받아들일 수 없겠네요?

찰리 채플린: 내게 있어 영화는 곧 인생이다.
나는 온 세계인들에게 웃음으로 희망을 되찾아 줬으면 한다.

윌콕스:　　　　　인생이 노래처럼 잘 흘러갈 때
　　　　　　　　명랑한 사람이 되기 매우 쉽다.
　　　　　　그러나 진짜 가치 있는 사람은 웃는 사람이다.
　　　　　모든 것이 잘 안 흘러 갈 때도 웃는 사람 말이다.

에코:　　　　　　　웃으면 두려움이 사라지고,
　　　　　　　두려움이 사라지면 신은 필요 없게 된다.
괴테;　 이해하는 사람은 모든 것에서 웃음 요소를 발견한다.
A. 베인:　　 웃음은 타인의 권위와 체면이 상실되었을 때
　　　　　　　　　　　느끼는 쾌감이다.
쇼펜하우어: 웃음은 어떤 관념과 관념이 불균형일 때 나타난다.

테레사 수녀;　　　　 우리는 잘 알지 못하고 있습니다.
　　단순한 한 가닥의 미소가 할 수 있는 그토록 큰일에 대하여.
존 반드로 경;　 마지막 웃는 자가 가장 잘 웃는 자이다.
니체:　 오늘 가장 좋게 웃는 자는 역시 최후에도 웃을 것이다.
후나세 슌스케:　 21세기 의학의 중심은 바로 '웃음이다.
　　　　　열심히 웃어라! 당신의 생명에 기적이 일어날 것이다.

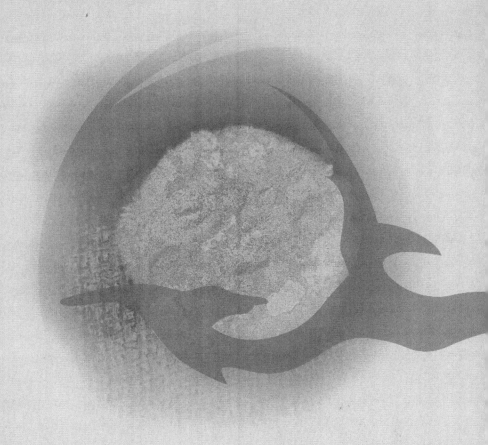

슬플 때 울지 않으면
다른 장기들이 대신 운다

헨리 모슬리: 슬플 때 울지 않으면 다른 장기들이 대신 운다.

※ 슬픔을 극복하는 방법
하나는 슬픔이 다 하도록 눈물을 흘려 우는 것이다.
하나는 슬픔이 자리 할 수 없도록 눈물을 참는 것이다.

※ 슬플 때 잘 우는 방법
남자들은 자신을 100% 이해해 주고 받아들여 줄 수 있는 사람
앞에서 목 놓아 우는 것이다.

몸을 닦는 데는 비누가 필요하고
마음을 닦는 데는 눈물이 필요하다. ─탈무드
슬픔을 지니고 있는 사람은 행복하다.
그들은 위로를 받을 수 있기 때문에. ─성서

헨리 나운: 눈물은 유해적인 호르몬을 몸 밖으로 배출하여 건강
에 이롭게 하고 평상심을 회복하며 긍정적인 마음을 가져다준다.

울음은 감정을 해독해준다.
카테콜라민이 체내에 쌓이면 소화기 질환을 유발하는 것은 물론
혈중 콜레스테롤 수치를 높이고 심근경색과 동맥경화 등을 일으
킨다. 눈물은 감정적인 긴장에 의해서 생긴 화학물질을 체외로
제거하는 역할이 있는 것이다.
─ 미국의 생화학자 윌리엄 프레이 2세 ─

그대의 기쁨은 가면을 벗은 그대의 슬픔.
그대의 웃음이 떠오르는 바로 그 우물이 때로는
그대의 눈물로 채워지는 것.
그대가 기쁠 때, 그대 가슴속 깊이 들여다보라.
그러면 알게 되리라.
그대에게 슬픔을 주었던 바로 그것이
그대에게 기쁨을 주고 있음을.
그대가 슬플 때도 가슴속을 들여다보라.
그러면 알게 되리라.
그대에게 기쁨을 주었던 바로 그것 때문에
그대가 지금 울고 있음을.
– 예언자/ 칼릴 지브란 –

페스탈로치: 고난과 눈물이 나를 높은 예지로 이끌어 올렸다.
보석과 즐거움은 이것을 이루어 주지 못했을 것이다.
메타스타시오: 극단적인 슬픔은, 오래는 계속되지 않는다.
어떤 사람이든지 슬픔에 지고 말든가
그것에 익숙해지든가 어느 쪽의 하나다.
J.지로드; 우는 자는 웃는 자보다 훨씬 빨리 원상 복귀한다.
프루스트: 행복은 육체에 이롭지만
정신의 힘을 길러 주는 것은 슬픔이다.
울기를 두려워하지 말라.
눈물은 마음의 아픔을 씻어내는 것이다. –호피족
셰익스피어: 슬픔과 우울은 언제나 혼자 오지 않는다.
뒤에서 떼를 지어 몰려오는 법이다.

슬픔은 인간이 감정이입하기 가장 좋은 표정이며 몸과 마음에
고통과 아픔이 견디기 힘들면 눈물이 난다.
눈물을 흘리는 것은 관계를 강화하기 위한
고도로 진화한 행동이다.
– 라이브사이언스 닷컴 –

※ 우는 이유
아빠와 같이 있던 아이가 울면서 엄마에게 달려왔다.
이유를 묻자,
"아빠가 망치질하다가 손을 다치셨어!"
"괜찮다. 아빠는 그래도 끄떡없단다. 다음에는 그냥 웃어라.
그러면 아빠도 더 기운이 나실 거다."
"엄마는 뭘 몰라. 내가 웃다가 맞았단 말이야!"

울고 있는 여성에게 남성이 약해지는 이유는 뭘까?
비밀은 여성의 눈물 속에 숨어 있었다.
감정에 복받쳐 흘리는 여성의 눈물에 남성의 성적 욕구나
공격성을 약화시키는 화학물질이 들어 있다는 것이다. –사이언스

노엄 소벨:눈물 속에 포함된 화학물질은 인간의 또 다른 언어다.

토러스: 지상의 모든 언어 중에 발언자는 눈물이다.
           눈물은 위대한 통역관이다.

           희랍의 전설 가운데 이런 이야기가 있다.
     어떤 여인이 마지막 인생길을 가다가 어느 강가에 도착한다.
           그때 요정이 나타나 여인에게 말했다.
     "강을 건너기 전 계곡의 샘물을 마시고 가지 않겠습니까?
     샘물을 마시면 세상의 모든 고통을 잊고 강을 건너게 될 것이오."
           "저에게 그 샘물을 주세요.
           세상의 모든 고통을 다 잊고 싶습니다."
     "하지만 당신은 동시에 모든 기쁨도 잊게 될 것이오."
           "저는 이 세상의 모든 실패를 잊고 싶습니다."
           "하지만 성공도 잊게 될 것이오."
           "나는 세상의 모든 상처를 잊고 싶습니다."
           "동시에 사랑도 잊게 될 것이오."
           한참을 생각하던 여인이 말했다.
           "나는 그 샘물을 마시지 않겠습니다."
           여인은 중요한 진리를 깨달은 것이다. '
           기쁨은 고통을 동반하고 성공은 실패를 수반하며
           사랑은 상처를 동반한다'는 사실을 말이다.

조지 버나드 쇼: 인생에는 2가지 비극이 있다.
           하나는 당신이 원하는 것을 얻을 수 없을 때요,
           또 하나는 원하는 것을 얻었을 때다.

찰리 채플린: 나는 비극을 사랑한다. 나는 비극의 밑바닥에는
언제나 어떤 아름다운 것이 있음으로 해서 비극을 사랑한다.

※ 우리가 눈물을 흘리는 이유
눈물은 순수하다. 가식이 없다.
기도할 때 거짓으로 눈물 흘리는 사람은 없다.
눈물은 물기 있는 언어다. 눈물은 말보다 더 많은 것을 전한다.
눈물은 마음에서 곧바로 흘러나온다. 눈물을 흘리라.
우리가 우는 이유는 두 가지다.
첫째로 소망하기 때문이고,
둘째로 고통을 느끼기 때문이다.
그런 의미에서 눈물은 '바람'의 언어다.
– 내 영이 마르지 않는 연습/ 밥 소르기 –

※. 슬픔에 눈물과 기쁨의 눈물의 공통점은
슬픔의 눈물도 기쁨의 눈물도 모두 눈에서 흐른다는 것이다.
슬픔을 모르는 사람은 기쁨도 모른다는 것이다.

슬픔이 그대의 삶으로 밀려와 마음을 흔들고
소중한 것들을 쓸어가 버릴 때면
그대 가슴에 대고 다만 말하라.
'이것 또한 지나가리라'
– 랜터 윌슨 스미스 –

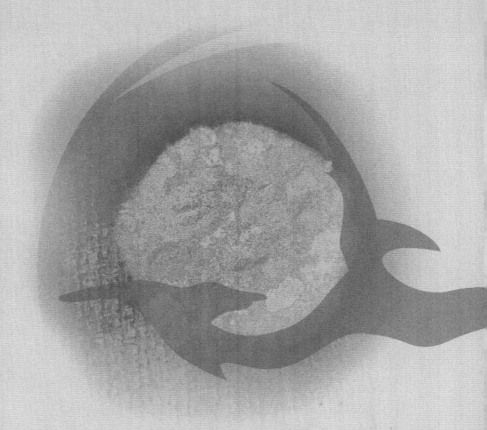

수백만의 사람이
사랑 없이도 산다

수백만의 사람이 사랑 없이도 산다.
그러나 물 없이는 아무도 살 수 없다.   —터키

'물'이란 화학적로는 H_2O , 산소 1개와 수소 2개의 결합체를
말한다. 물의 성분인 수소와 산소는 지구상의 어떠한 상태에서도,
상온 상압에서 즉 아무리 덥거나 추워도 기체 상태로만
존재하는 무기물이다. 하지만 이 두 기체 상태의 원소가 합하여
천연적으로 액체 상태의 무기물인 물을 만든다.

탈레스: 물은 만물의 근원이다.

BC 6세기경 그리스의 철학자 탈레스는, 물은 우주의 모든 것의
기본적인 원소라고 하는 일원론(一元論)을 제창하고, 모든 물질은
물이 형태를 달리한 것이라고 하였다. 물이 단순하게는 눈, 우박,
얼음, 수증기, 안개 등으로 형태가 변하는 것에서 복잡하게는
지구상의 모든 동식물의 다르게 생긴 물의 모양이라고 지구상의
대부분의 생명체는 대부분 수분과 단백질로 이루어져 있다.
물은 고체·액체·기체라는 3가지 형태를 가지고 있다. 보통 물질
(보통 2가지 물질─기체, 액체 또는 액체, 고체)과는 다른 기체의
형태의 수증기(구름 등) 액체 형태의 이슬, 비, 강물, 바다 등 고체
의 형태인 서리, 눈, 얼음 등 물은 상온 상압에서 물질의 3가지
형태 모두로 존재하는 지구상의 유일한 물질이다.

이희승: '물은 도처에 존재하는 무색, 무취, 무미의 액체이며,
생물의 생존(生存)에 있어서 잠시라도 없어서는 안 될 물질'이다.

생텍쥐페리:　　　물은 맛도 없고, 빛깔도 향기도 없다.
　　　　　　　　정 의 할 수 없으며
　　　너는 생명에 필요한 것이 아니라 생명 그 자체이다.
R. 타고르:　　물은 사람의 사지를 깨끗이 해줄 뿐만 아니라
사람의 마음도 깨끗이 해준다. 왜냐하면 물은 사람의 영에도
접촉하니까 말이다. 땅은 사람이 육체를 유지해 줄 뿐만 아니라
　　　　　　사람의 마음도 기쁘게 해준다.
왜냐하면 땅의 접촉은 육체적인 접촉 이상의 것이기 때문이다.

흐르는 것만 알 것 같은 물이지만 멈추어 서야 할 때면
　　　　　　멈추고 선다.
물은 호를 줄을 알기 때문에 멈추어 설 줄도 안다. ─논어

　　　　　　　멈춰라.
　　　　　　　돌아가라.
　　마음속에 커다란 폭풍우가 칠 때까지 기다려라.
　　　강물이 흘러갈 때 여기에 있어라.
갈 수 있는 데까지 물 속 깊이 들어가 서 있거라.
　　　물의 영향을 받지 않게 될 때,
　　　그때야말로 진정 헤맨 것이다.
　　　　　　　기다려라.
　　　　　　　거기 있어라.
　　　물이 하는 일을 알 때까지.
　　　　　　자리를 지켜라.
　　　　　─ 로버트 풀검 ─

하녀가 커다란 물그릇을 갖다 주었다.

그는 하녀가 가져 온 물그릇에 손을 씻었다.

그러자 하녀가 손으로 입을 가리고 웃으면서 말했다.

"선생님. 이 물은 마시라고 가져온 건데요."

그는 민망한 표정을 짓고 나서 새로 물을 가져오게 한 다음

그 물을 마셨다. 그 다음날, 하녀가 똑같은 그릇에 물을 떠왔다.

그는 물그릇을 받아들고 벌컥벌컥 들이켰다. 그런데

이번에도 하녀는 손바닥으로 입을 가리고 피식 웃음을 터뜨렸다.

"선생님. 그 물은 발을 씻으라고 가져온 건데요."

화들짝 놀란 그는 입 안에 담긴 물을 뱉어내고

그 물에 발을 씻었다.

그날 이후로도 하녀는 물그릇을 가져왔다.

하지만 똑같은 그릇에 물을 떠오니 어떤 물이 마실 물이고,

어떤 물이 씻는 물인지 모두지 알 수가 없었다.

참다못한 그가 하녀를 꾸짖었다.

"아무리 배우지 못했다 해도 발 씻는 물그릇과

마실 물을 담는 그릇조차 구별할 수 없는가?"

얼굴이 홍당무가 되어 버린 하녀가 한참을 망설이다가

더듬거리며 말을 꺼냈다.   "선생님!

물이 생길 때부터 발 씻는 물과 마실 물이 따로 생기나요?

저는 선생님이 목이 말라 보였을 때는 마실 물을 가져오고,

발에 땀이 찼을 때는 발 씻을 물을 가져왔을 뿐이에요."

하녀의 말을 듣는 순간,

그는 커다란 몽둥이에 뒤통수를 맞은 듯한 전율을 느꼈다.

물은 그대로 물인 것이다.

물의 역할을 대신할 만한 것은 없는 것이다.
세상사람 모두가 알건만 그 이치를 실행하는 사람은 없다. ─노자

차를 몰고 가던 남자가 물을 만났다.
물의 깊이를 몰라 망설이던 그는 옆에 있던 한 아이에게 물었다.
"애야, 저 도랑이 깊니?"
"아뇨, 아주 얕아요."
남자는 아이의 말을 믿고 그대로 차를 몰았다.
그러나 차는 물에 들어가자마자 깊이 빠져 버리고 말았다.
겨우 물에서 나온 남자는 아이에게 화를 냈다.
"이놈아! 깊지 않다더니 내 차가 통째로 가라앉았잖아!
어른을 놀려?"
그러자 아이는 고개를 갸우뚱거리며 말했다.
"어? 이상하다 아까는 오리 가슴밖에 안 찼는데……."

※. 물이 아래로 흐르는 이유는 평형을 맞추기 위함이다.
물이 멈출 때는 높고 낮음이 없을 때다.

마실 수 없는 물은 그냥 흐르게 하라.　　　　─멕시코

물은 산을 넘지 못하기에 돌아가고
산은 물을 가둘 수 없기에 흘려보낸다.
곧은 데서는 곧게 흐르고 굽은 데서는 굽어 흐른다.
곧은 것은 굽은 것이 되고 굽은 것은
곧 곧은 것이 된다는 것을 아나 보다.
─ 물의 지혜/ 차영섭 ─

천하 만물은 유에서 나오고 유는 무에서 나온다.
세상에서 물만큼 부드럽고 약한 것이 없지만
단단하고 강한 것을 공격하는데 물을 능가 하는 것이 없다. -장자

에모토 마사루: 나를 보석처럼 반짝반짝 빛나게 하고 싶으세요?
매일매일 자신에게 "감사합니다, 사랑합니다, 고맙습니다"라는
말을 많이 해 주세요. 그럼 내 몸에 있는 70%의 물이
보석이 되어 나를 빛나게 해 줄 겁니다.

헤라클레이토스: 판타 레이(Panta rhei: 모든 것은 흐른다).
당신은 동일한 강물에 몸을 두 번 담글 수 없다.

바닷가에 있는 리조트를 놀러온 꼬마가 엄마에게 물었다.
"엄마, 바다에서 수영해도 돼요?"
그러자 엄마가 말했다.
"물이 너무 깊어서 안 돼."
하지만 수영을 너무 하고 싶던 꼬마는 엄마를 다시 졸랐다.
"엄마, 근데 아빠는 지금 수영하고 있는데."
그러자 엄마는 이렇게 대답했다.
"네 아빠는 보험에 들었단다."

레오나르도 다빈치; 마시는 물은 건강을 증진시킬 수도 있고,
건강을 해칠 수도 있으며, 설사를 하게도 하고, 유황이 들어 있을
수도 있고, 슬프게도 노하게도 할 수도 있으며, 붉고, 노랗고,
초록색이나 파란 색깔을 띨 수도 있으며,
기름이 많이 들어 있기도 하고, 지방질이 있거나 맑을 수 있다.

물만 제대로 마셔도 질병의 1/3을 예방할 수 있다.
현대 질병 가운데 적어도 1/3은 잘못된 수분섭취에 따른
수분불균형에 의한 것이다.　　　　　-미국국립건강연구소

물은 가장 오래된 약이다.　　　　　　　　　　　핀란드

유혈은 역유수(流血逆流水)이다.
인간의 피는 100년도 흐르지 못하고 막힘으로써 죽음이 온다.
물은 천 년을 흘러도 만 년을 흘러도 막히지 않는 이유는 좁은
곳에서 넓은 쪽으로 흐르기 때문이다. 그러나 사람의 몸은 다르다.
심장에서 출발하여 대동맥을 거쳐서 가지 동맥을 지나서
모세혈관을 통과해야 한다. 피는 물의 흐름과는 반대다.

물은 무색무미 하지만 그 어떤 물질보다 뛰어난 신비로운
약성을 갖고 있다
인간의 수많은 질병을 치유할 해답도 찾을 수 있다는 것이다.

제14조:　　　　　물에 직접 손을 담가서는 안 된다.
물을 쓸 때는 반드시 그릇에 담아야 한다.
-칭기즈칸 대법전(대자사크, 예케자사크)

일반적으로 좋고 맛있는 물이란? 무색, 무취이며 수소이온농도가
7.5 내외이며 미네랄이 100㎎/L 정도 함유되고 온도는 8~14℃
내외 정도로서 경도가 50㎎/L의 조건을 충족하는 물을 말한다.
용존산소는 5ppm이상이 가장 맛이 좋다.
- 상하수도사업소 -

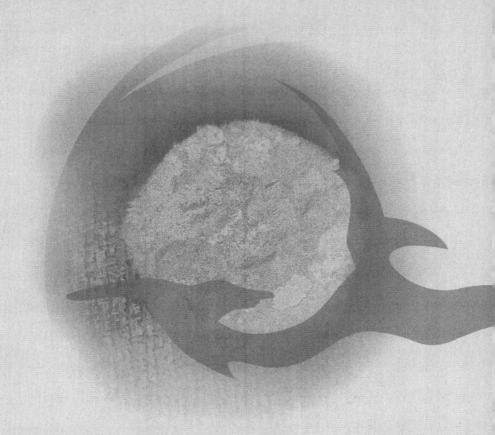

늘 깨어 있는 마음으로
먹고 마셔라

※ 술의 힘

술의 달콤함, 술의 좋은 것.
그것은 너의 핏속에 불사의 생명을 지킨다.
취하여 얻는 즐거움을
깨어 있는 이에게 전하려 말라.
달밤에 혼자 술잔을 든다.

청탁(淸濁)불고: 술의 질을 따지지 말라!
좌립(座立)불고: 술 마시는 자리를 가리지 말라!
주야(晝夜)불고: 밤과 낮을 가리지 않아야 한다.
노소(老少)불고: 대작하는 상대의 연령을 묻지 말아야 한다.
희비(喜悲)불고: 기쁜 일, 슬픈 일을 따지지 말고 마시라.
가사(家事)불고: 마시는 동안은 집구석을 잊어라!
생사(生死)불고: 죽기 살기로 마셔라!
－음주 칠불고(七不顧) －

에우리피데스;   한 잔의 술은 재판관보다
                     더 빨리 분쟁을 해결해준다.

두 사람이 술잔을 마주하니
산꽃이 피네.
한 잔, 또 한 잔,
다시 또 한 잔.
－ 산중대작/ 이백 －

새뮤얼 존슨;   술은 지금까지 인간이 만들어낸 것 중에서
가장 큰 행복을 만들어 내는 것이다.

※ 술과 사랑의 공통점
1. 한 번 빠지면 시간 가는 줄 모른다.
2. 한 번 취하면 어느새 실실 웃고 있다.
3. 의지할수록 언제나 함께할 수 있다.
4. 너무 취하면 그만큼 아프고 힘들다.
5. 깨고 나면 남는 건 병 뿐이다.

의사가 환자에게 말했다.
"유감스럽지만 환자 분에게서는 아무것도 찾을 수 없네요.
제 생각에는 술 때문인 것 같습니다."
환자가 대답했다.
"그러면 의사 선생님이 술 깨시면 다시 올게요."

술은 3잔 이상 마셔서는 안 되며 지나치면 오장(五臟)을 상하며
정신이 흐려져서 지랄발광하게 된다. 술을 지나치게 많이 마셨을
때는 속히 토해 버리는 것이 상책이다. 취한 후에 무리해서
식사를 많이 하면 종기가 생기며 취해 쓰러져 바람을 쐬면
목이 잠겨 목소리가 나오지 않게 된다.   —동의보감

그 다음 별에는 술꾼이 살고 있었다. 그 방문은 매우 짧았지만
어린왕자를 깊은 우울에 빠뜨렸다.
"뭘 하고 있어요?"
빈 병 한 무더기와 술이 가득 차 있는 병 한 무더기를 앞에 놓고
말없이 앉아 있는 술꾼을 보고 그가 말했다.
"술을 마시지."
침울한 표정으로 술꾼이 대꾸했다.
"왜 술을 마셔요?"
어린왕자가 그에게 물었다.
"잊기 위해서지."
술꾼이 대답했다.
"무엇을 잊기 위해서요?"
측은한 생각이 든 어린 왕자가 물었다.
"부끄럽다는 걸 잊기 위해서지."
머리를 숙이며 술꾼이 대답했다.
"뭐가 부끄럽다는 거지요?"
그를 돕고 싶은 어린왕자가 캐물었다.
"술을 마시는 게 부끄러워!"
이렇게 말하고 술꾼은 침묵을 지켰다.
그래서 난처해진 어린왕자는 길을 떠나 버렸다.
"어른들은 정말 참 이상하군."
하고 어린왕자는 여행을 하면서 혼자 속으로 중얼거렸다.
혹여 알려나, 어린왕자!
그 술잔 속에는 흘리지 못한 아버지들의 눈물이 반이라는 걸!

반성/ 김영승: 술에 취하여 나는 수첩에다가 뭐라고 써 놓았다.
술이 깨니까 나는 그 글씨를 알아볼 수가 없었다.
3병쯤 소주를 마시니까 "다시는 술 마시지 말자"는
글씨가 보였다.

토마스 러브 피콕:　　　술을 마시는 이유는 두 가지다.
하나는 목이 말랐을 때 목을 적시기 위해서.
또 하나는 목이 마르지 않았을 때,
목이 마르는 것을 방지하기 위해서다.

첫 잔은 갈증을 면하기 위하여,
둘째 잔은 영양을 위하여,
셋째 잔은 유쾌하기 위하여,
넷째 잔은 발광하기 위하여 마신다.
－로마 속담

마르틴 루터:　　술과 여자와 노래를 사랑하지 않는 자는
일생 동안 어리석은 자로 남는다.

※ 남자와 개의 차이점
남자들과 여자들이 섞여서 모이는 어느 모임에서
갑자기 어떤 숙녀가 좌중을 향하여 질문을 던졌다.
"남자와 개의 차이는 무엇일까요?"
여러 가지 대답들이 나왔다. '남자는 사람이고 개는 동물'이라는
지극히 평범한 답변부터 '거시기'와 관련한 답변까지,
문제를 낸 숙녀는 모든 답변에 고개를 저었다.
그리고는 조용히 답을 말했다.
"개는 술에 취해도 사람이 되지는 않습니다."

존 허버트:　　 술이 들어가면 지혜가 나온다.
러시아:　　 남자가 술을 마시면 집이 절반 불탄다.
　　　　　　 여자가 술을 마시면 온 집이 불타 버린다.

주거니 받거니 허물을 깨는 건 술이요,
주어도 받아도 그리움이 쌓이는 건 사랑이다.
뱃속을 채우는 건 술이요,
영혼을 채우는 건 사랑이다.
손으로 마시는 건 술이요,
가슴으로 마시는 건 사랑이다.
아무에게나 줄 수 있는 건 술이요,
한 사람에게만 줄 수 있는 건 사랑이다.
마음대로 마시는 건 술이요,
내 뜻대로 안 되는 건 사랑이다.
입맛이 설레는 건 술이요,
가슴이 설레는 건 사랑이다.
잠을 청하는 건 술이요,
잠을 빼앗는 건 사랑이다.
머리를 아프게 하는 건 술이요,
마음을 아프게 하는 건 사랑이다.

술은 우리에게 자유를 주고, 사랑은 자유를 빼앗아 버린다.
술은 우리를 왕자로 만들고, 사랑은 우리를 거지로 만든다.
　　　 － 술과 사랑의 다른 점/ W.위철리 －

레오나르도 다 빈치: 술고래가 술을 마신다.
　　　　　　　　술은 그때서야 비로써 술고래에게 복수한다.

남이 술자리에 자주 가는 것은 인생을 낭비하는 것이고,
내가 술자리에 자주 가는 것은 인생을 즐기기 위한 것이다.
남이 술잔을 돌리는 것은 위생관념이 전혀 없는 것이고,
내가 술잔을 돌리는 것은 다정다감한 정을 나누자는 것이다.

한 남자가 25도짜리 소주 4병, 6도짜리 맥주 10병, 45도짜리
　　　　고량주 3병 모두 마셨다.
그렇다면 이 남자가 마신 술은 모두 몇 도일까?　　　졸도!

　　　　　　　사람이 술을 마시고
　　　　　　　　술이 술을 마시고
　　　　　　　술이 사람을 마신다.
　　　　　　　　- 법화경 -
제롬:　　　　우리는 서로 건강을 위해 축배하고,
　　　　　　자신들의 건강을 해친다.

※ 술을 마심에 있어 먼저 갖추어야 할 4가지
첫째: 몸이 건강하지 않은즉 술의 독을 이기기 어렵다.
둘째: 기분이 평정하지 않은즉 술의 힘을 이길 수 없다.
셋째: 시끄러운 곳, 바람이 심하게 부는 곳, 좌석이 불안한 곳,
햇빛이 직접 닿는 곳, 변화가 많은 곳, 이런 곳에서는 마실 수 없다.
넷째: 새벽에는 만물이 일어나는 때다.
이때 많이 마신즉 잘 깨지 않는다.

※ 금주

술주정꾼이 길을 가다 금주에 대해서 쓴 포스터를 보았다.

"술은 사람을 서서히 죽이는 독약이다."

그는 그 아래 이렇게 적었다.

"결코 빨리 죽고 싶지 않은 사람은 술을 마셔라."

T. 풀러:　　　바다에 빠져 죽는 사람보다

　　　　　　술에 빠져 죽는 사람이 더 많다.

게오르크 짐멜 : 주정뱅이의 절제는 묘한 것이지만,

　　　　무서운 일은 술 마시지 못하는 사람이 만취하는 것이다.

　　　　취한 사람은 사랑이 보이는 사람

　　　　술에 취하건 사랑에 취하건

　　　　　　취한 사람은

　　　　　제 세상이 보이는 사람

　　　입으로는 이 세상 다 버렸다고 하면서도

　　　　눈으로는 이 세상

　　　　　다 움켜쥔 사람

　　　　　깨어나지 말아야지.

　　　　술에 취한 사람은 술에서

　　　사랑에 취한 사람은 사랑에서

　　　　　깨어나지 말아야지.

　　　　- 취한 사람/ 이생진 -

술은 한 달에 3번만 마셔라. 그 이상 마시면 처벌하라.
한 달에 2번 마신다면 참 좋고 한 번만 마신다면 더 좋다.
안 마신다면 정말 좋겠지만 그런 사람이 어디 있으랴.
– 칭기스칸 대법전 –

※ 술의 해악
아버지가 아들에게 술의 해악을 가르쳐주기 위해 벌레 한 마리를
물잔 속에 넣고 다른 벌레 한 마리를 위스키 술잔 속에 넣었다.
얼마 후 물속의 벌레는 살았지만 위스키 속 벌레는 몸을
비틀다가 마침내 죽어버렸다.
아버지는 아들에게 물었다.
"애야, 이게 무슨 의미인지 알겠니?"
"술을 마시면 뱃속의 벌레가 다 죽는다는 거죠."

권주가/ 백거이: 죽은 후 백두성에 닿을 만 한 돈을 남기더라도
생전의 한 잔 술만 못하다.
술은 마시면 죽는다. 술은 마시지 않아도 죽는다.　　　–몽고
※ 술이란?
삼배(三杯)이면 대도(大道)로 통하고, 말술이면 자연에 합치된다.
애주가는 정서가 가장 귀중하다.
얼큰히 취하는 사람이 최상의 술꾼이다.
술은 최고의 음식이며 최고의 문화다. 술은 비와 같다.
진흙 속에 내리면 진흙을 어지럽게 하나, 옥토에 내리면
그곳에 꽃을 피우게 한다. 술잔의 마음은 항상 누룩선생에 있다.

※ 술 한 잔

날씨가 좋아서   한 잔.

비가 오니   한 잔.

꽃이 피었으니   한 잔.

꽃이 지었으니   한 잔.

기분이 안 좋아   한 잔.

기분이 좋아서   한 잔.

마음이 울적해서   한 잔.

마음이 상쾌해서   한 잔.

이유가 있어 술을 마시고 이유가 없어도 술을 마신다.

그래서 오늘도 마시고 있다.

밥은 바빠서 못 먹고 죽은 죽어도 못 먹고 술은 술술 먹는다.

도연명: 인생이 쓰면 술이 달다.

낮술에 취해 울던 세월아!

비틀거리던 청춘아!

눈물 흘리지 마라!

빈 잔 술에 눈물 나고 한 잔 술에 웃음 난다.

인생은 짧다. 그러나 술잔을 비울 시간은 아직도 충분하도다.

술 속에 진리가 있다.

신은 단지 물을 만들었을 뿐인데

우리 인간은 술을 만들었지 않는가?

※ 술 마셔야할 때

좋은 일 있을 때 마신다.

나쁜 일 있을 때 마신다.

축하할 일 있을 때 마신다.

친해지기 위해 마신다.

고백하기위해 마신다.

그리운 사람이 생각 날 때 마신다.

그리운 사람을 잊기 위해 마신다.

누구나 보고 싶을 때 마신다.

누군가 잊고 싶을 때 마신다.

울적할 때 마신다.

비가 오면 마신다.

피로에 지쳤을 때 마신다.

단합을 위해 마신다.

외로우면 마신다.

울고 웃기 위해 그냥 마신다.

그리고 술이 있으면 언제든지 마신다.

꽃은 반만 피는 것이 좋고 술도 반만 취하는 것이 좋다. -채근담

송강 정철은 기주유사(嗜酒有四)에서 술을 즐기는 4가지 이유
"첫째, 기쁠 때 술을 마시고,

둘째, 슬퍼서 술을 마시며,

셋째, 먼 데서 벗이 찾아오니 아니 마실 수 없고,

넷째, 권하는 잔을 뿌리칠 수 없어 마신다고 했다."

※ 늘 깨어 있는 마음으로 먹고 마셔라

어떤 알코올 중독자가 술이 끊고 싶어서 어느 깊은 산에
지혜가 높은 스님이 살고 있다고 해서 술병을 차고 올라가
스님을 찾아 헤매고 있었다. 그때 산꼭대기로부터
한 스님이 에 취해 흐느적거리며 천천히 내려오고 있었다.
알코올 중독자는 스님을 붙잡고 애원했다.
"저는 술을 완전히 끊고 싶습니다. 하지만 아무리 노력해도
술을 완전히 끊을 수가 없습니다. 어떻게 하면 될까요?"
그러자 스님이 말했다.
"술을 마시는 것은 괜찮습니다.
다만 잊지 말고 늘 깨어있는 마음으로 드십시오!"

추위를 물리치고 혈액순환을 좋게 하고 신진대사를 돕고
약 기운을 끌어주는 데는 술처럼 좋은 것이 없다.　ー동의보감

※ 주당 이야기

2명의 술꾼이 술을 마시고 있었다.
"술을 끊으면 장수한다는 게 사실일까?"
"아냐, 단지 사람들이 그렇게 느끼는 것뿐이야."
"어째서? 네가 그걸 어떻게 알아?"
"실은 나도 그 얘길 듣고 시험 삼아 하루 끊어봤거든.
그랬더니 하루가 얼마나 긴지
정말 오래 사는 기분이 들더라니까."

내 몸 상하는 줄 몰랐노라.
술 끊는 것이 좋은 줄 왜 모르겠는가?
오늘 아침부터 술을 끊으리라.
앞으로 다시는 술 안 마시려 맹세한다.
부상 물가까지 가리라.
맑은 정신은 얼굴에 화색이 돈다.
이렇게 하면 천 년은 살겠지?
－도연명

※. 기분이 좋은 거나하게 취한 상태라고 할 때는
혈액 100cc 중 0.1g의 알코올이 들어 있을 때이다.

자네 집에 술 익거든 부디 나를 청하시소.
초당에 꽃피거든 나도 자넬 청하옴세.
백년 덧 시름없을 일을 의논코자 하노라.
－ 김육

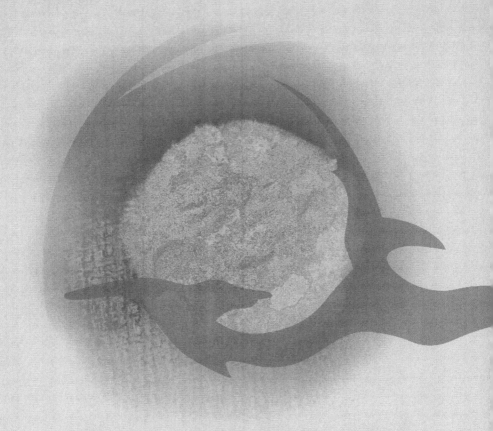

인생은 짧고 예술은 길다

히포크라테스:　　　인생은 짧고 예술은 길다.
기회는 덧없이 흘러가 버리고, 시도는 불확실하며, 판단은 어렵다.

※ 어느 화가의 일화

어느 화창한 오후, 한 여인이 파리의 거리를 한가롭게 거닐고 있었다.
바로 이때 그녀는 길가의 한 카페에서 스케치를 하고 있는 한 화가를
발견했다. 그림 솜씨가 제법이었다. 그녀는 즉석에서 그 화가에게 자신
을 스케치해줄 수 있느냐고 물었고 적당한 사례를 하겠다고 약속했다.

화가는 불과 몇 분 만에 후다닥 여인의 초상을 그렸다.

"얼마를 드려야지요?"

여자가 물었다.

"5,000프랑입니다."

여자가 따졌다.

"3분 만에 그린 그림인데 그렇게 비싸나요?"

화가가 무표정하게 대답했다.

"마담, 3분이 아닙니다. 내 그림은 창조입니다.

그리고 이 정도 그림을 그리기까지는 내 일생이 걸렸습니다."

이 화가가 바로 파블로 피카소다.

피카소:　　　예술은 슬픔과 고통을 통해서 나온다.
모네;　　우리들은 작은 새들이 지저귀듯이 그림을 그린다.

무명화가가 화가에게 이렇게 말했다

"3시간 그린 그림을 아직도 팔지 못했습니다."

그랬더니 화가가 이렇게 말했다

"3년을 그려보시오. 3초 만에 팔릴 것입니다."

앙드레지드: 예술 작품은 어느 하나의 개념을 과장시킨 것이다.

백남준: 예술은 사기다.

세네카: 우연하게 이루어진 것은 예술이 아니다.

베토벤 :   학문과 예술만이 인간을 신성에까지 끌어 올린다.

괴테: 감정과 의지에서 나오지 않는 예술은
                  참된 예술이라고 할 수 없다.

혼자 사는 할머니와 성공하지 못한 예술가의 공통점은?
                  영감이 없다.

베토벤 :   명성을 얻은 예술가는 그 때문에 괴로워한다.
                  따라서 그들의 처녀작이 때로는 최고다.

위고: 예술을 위한 예술이 아름다울지도 모른다.
                  그러나 진보를 위한 예술은 더욱 아름답다.

어느 영국 부호가 그림을 많이 사들였다. 그러나 그의 예술적
지식은 매우 유치했으며 허영심은 자연히 질보다 양 이었다.
그는 항상 자기가 초대하는 손님들에게 제 딴에는 굉장한
가치가 있다고 생각되는 폭넓은 화실을 보이곤 했다.
그날도 조지 버나드 쇼를 비롯한 \많은 손님들을 청해 놓고
                  자랑에 열을 올리고 있었다.
"저는 이 그림을 어떤 공공기관에 몽땅 기증하고 싶습니다.
단지 어떤 기관에 기증해야 좋을지 망설이고 있을 뿐입니다."
                  그때 버나드 쇼가 입을 열었다.
"아, 좋은 곳이 있습니다. 맹인학교에 기증하십시오."

러스킨;　　　　　예술의 가치와 과학의 가치는
　　　　　　　만인의 이익에 대한 사욕이 없는 봉사이다.
러스킨:　　　　예술의 기초는 도덕적 인격에 있다.
발자크:　　　예술의 사명은 자연을 모방하는 것이 아니라
　　　　　　　　자연을 표현하는 일이다.
피카소:　　　위대한 예술은 언제나 고귀한 정신을 보여준다.
M. 블라맹크:　놀라운 그림은 맛있는 요리와 같은 것으로,
　　　　　　　맛볼 수는 있지만 설명할 수는 없다.
밀레: 사랑하는 작품이란 그것이 자연에서 탄생한 것에 한한다.
　　　　　　　그 밖의 작품은 모두 꾸미거나 공허한 것이다.
카알라일: 인도를 잃어버리더라도 셰익스피어를 잃고 싶지 않다.
J. 고티세: 음악은 뭇 소리 중에서도 가장 값진 것이다.

　이탈리아 '바이올린의 신'이라는 별명으로 유명한 니콜로 파가니
니는 인색하기로 유명했다. 그 당시 인기 절정에 있던 한 여가수가
그와 결혼하고 싶어 무척 애를 태우고 있었다. 누군가가 그 이야기
를 파가니니에게 슬쩍 귀띔해 주었다. 파가니니는 펄쩍 뛰었다.
　　　　　　"절대로 안 돼! 결혼이라니.
공짜로 내 바이올린 연주를 들으려고? 얌체 같으니라구⋯⋯."

J. 윌슨:　　　　　음악은 세계 공통어이다.
베토벤: 음악은 어떤 지혜나 철학보다도 더 높은 계시를 준다.
M. 베버:　　　음악은 참된 일반적인 인간의 언어다.
R. W. 에머슨: 인간에게 있어 심금을 울리며,
모든 병을 치료하는 가장 좋은 것은 음악의 힘과 언어이다.

모차르트가 어느 날 음악 애호가의 집을 방문하였다.
그 집의 12살 난 아들은 피아노를 매우 잘 쳤다.
그 소년은 모차르트를 보자 얼른 질문을 했다.
"저는 작곡이 무척 하고 싶어요.
무엇부터 시작해야 하는지 가르쳐 주세요."
그러나 신동이라는 말을 듣기 싫어했던
모차르트는 이를 거절하며 말했다.
"너는 너무 어리다. 난 그 말밖에 할 수 없다."
그러자 소년이 매우 불만스럽게 말했다.
"하지만 선생님께서는 더 어려서부터 작곡을 하시지 않았습니까?"
"나는 어떻게 해야 좋을지 누군가에게 묻지 않았다.
난 혼자 했어."

음악적 경험을 통해 혈압, 맥박의 속도, 호흡, 피부반응, 뇌파
그리고 근육 반응 등에 긍정적 변화를 가져 온다는 것이 여러
연구를 통해 밝혀지고 있다. 도겔은 음악이 혈액순환, 심장 박동
뿐만 아니라 호흡에까지 영향을 준다는 것을 증명했다. 흥분을 자극
시키는 음악과 안정과 침체를 유도하는 음악 등 음악이 인간의
감정, 정서에 영향을 미친다는 것은 보편적인 사실이다.
– 캐나다음악치료협회 –

헨리 워드비처; 지구상의 모든 음악 중 하늘 저 멀리까지
        울려 퍼지는 음악은 진심으로 사랑하는 마음의 고동소리다.
R. W. 에머슨: 인간에게 있어 심금을 울리며,
        모든 병을 치료하는 가장 좋은 것은 음악의 힘과 언어이다.
셰익스피어: 음악이 사랑의 양식이라면, 연주를 하라.

아들: 엄마 학교 다녀왔습니다.

엄마: 덥지. 뭐 좀 마실래?

아들: (한참 고민하며) 엄마 물어볼 게 있어요.

엄마: 우리 아들이 뭐가 궁금할까?

아들: 엄마는 미술가가 좋아요? 아님 음악가가 좋아요?

엄마: 음……. 엄만 다 좋은걸.

아들: (빙그레 웃으며) 정말요?

아들은 가방에서 종이를 꺼내어 엄마에게 보여드렸다.

기말고사 성적표 '미술/ 가', '음악/ 가'

윈스턴 처칠: 전통이 부재한 예술은 목자 없는 양 떼와 같고,
　　　　　　혁신이 없는 예술은 시체와 같다.

헤르만 헤세: 　　　인생은 살 가치가 있다는 것,
　　　　　　그것이 모든 예술의 궁극적 내용이고 위안이다.

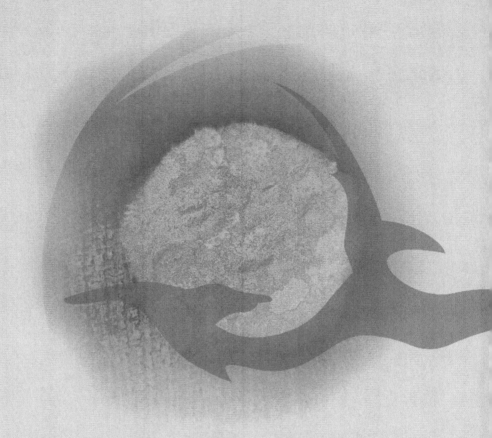

신앙이 존재하는 곳에
신은 존재한다

※ 천국으로 가는 시
당신이 갈 수 없는 곳에 가라.
당신이 볼 수 없는 곳을 보라.
당신이 갈 수 없는 곳에 가라.
소리가 없는 것을 들어라.
그러면 당신은 신을 이해할 것이다.
－안겔루스 질레지우스

쟈르토르:　　종교는 모든 문명의 어머니이다.
　　　　　　종교는 말이 아니고, 실행이다.　　　－영국
　　　　나는 이 부서지기 쉬운 육체가 아니다.
부서지기 쉬운 육체는 마음과 영혼을 담고 있는 모체이다.－도교
토마스 페인: 모든 종교는 사람에게 선하라고 가르친다.
조지 버나드 쇼:　인간은 종교적인 신념을 위해서 행위를
　　　　　할 때보다 충실하고 충만하게 악을 행한 적이 없다.

어떤 목사님께서 천국은 매우 아름답고 좋은 곳이라고 자세히 설명했
다. 가만히 듣고 있던 한 어린이가 예배 후 목사님을 찾아가 질문했다.
　　　"목사님은 한 번도 실제로 가 본 적도 없으시면서
　　　어떻게 그곳이 좋은 곳인지 알 수 있지요?"
　　　　　　목사님 왈,
"하늘나라가 싫다고 되돌아온 사람은 아직까지 한 사람도 없었거든."
몽테스키외: 믿음이 깊은 사람과 무신론자는 언제나 종교를
논한다.　　　　전자는 그가 사랑하는 것을 말하고
　　　　후자는 그가 두려워하는 것을 말한다.

조지 칼린:　종교는 모든 시대를 통틀어서 최고의 허풍이다.
　　생각해보라. 종교는 당신의 모든 일을 지켜보는 보이지 않는
　　사람이 있다고 말한다. 그리고 그 보이지 않는 사람은 당신이
　　　하지 말았으면 하는 10가지의 목록을 가지고 있다.
　　　　당신이 그 10가지 중 어느 것이라도 하면,
　　　그는 당신을 고문하고 고통을 주며, 세상이 끝날 때까지
　　　　목이 메도록 비명을 지르고 울부짖게 할 것이다.

A. J. 크로닌: 그런데 너는 신에 대해서 무엇을 알고 있는 거지?
　　　　　아니, 그렇다면 나도 신에 대해서 뭘 알고 있나?
　　　　　대답은, 아무것도 모른다고밖에 할 수 없는 거야.
　　　　　신은 절대로 알 수 없는 것, 이해할 수 없는 것,
　　　상상력과 모든 감각의 인식에서 무한히 초월하고 있는 것이다.
　　　　　　우리는 신의 모습을 알 수도 없고,
　우리에게 대한 신의 태도도 인간의 말로서는 설명할 수가 없다.
　그러니까 샤넌, 지성으로서 신을 알려고 하는 것은 미친 짓이야.
　　　　헤아릴 수 없는 것을 헤아릴 수는 없다.
　　　신에 대해서 우리가 범하고 있는 최대의 과오는,
　오로지 믿어야 할 것인데 항상 이것을 비판하고 있는 것이다.

아서 클라크:　　인류의 큰 비극 중에 하나는
　　　　　도덕이 종교에 의해 납치되었다는 것이다.
버나드 쇼:　　신앙자가 무신론자보다 행복한 것은,
　　　　술에 취한 사람이 술에 취하지 않은 사람보다
　　　　행복한 것과 같다는 점에 불과하다.

교회란? 천당에 가보지 못한 사람들이 천당을 자랑하는 곳이다.
교회란?   고민하는 사람을 위로하고
     편안한 사람을 고민하게 만드는 곳이다.

니체; 믿음은 무엇이 진실인지 알고 싶지 않다는 것을 의미한다.
     무엇일까, 인간이 하나님의 큰 실수 중 하나일까?
     하나님이 인간의 큰 실수 중 하나일까?
에이브러햄 링컨: 내가 좋은 일을 할 때 기분이 좋고,
     내가 나쁜 일을 할 때 기분이 나쁘다 이게 나의 종교다.

     유대교는 예수를 인정하지 않는다.
     신교도들은 교황을 인정 하지 않는다.
     침례교는 주류 판매점에서 서로를 모른 척한다.

리처드 재니: 종교가 있거나 없거나, 당신은 좋은 일을 하면
     좋은 사람이고 나쁜 일을 하면 나쁜 사람이다. 그러나
     악한 일을 해도 좋은 사람이 될 수 있는데, 그것이 종교다.

     목사님이 질문을 했다.
     "우리가 죄를 용서 받으려면 어떻게 해야 합니까?"
     한 어린이가 말했다.
     "네, 우선 죄를 지어야 합니다."

세르반테스: 신앙이 존재하는 곳에 신은 존재한다.
볼테르: 신은 너로 하여금 신을 사랑하도록 만든 것이지,
     신을 이해하도록 만든 것은 아니다.

※ 부처와 예수의 차이

동창들이 모여 크리스마스 파티를 열었다.

이런저런 얘기를 나누던 친구들이 종교문제로 화제가 바뀌자

한 친구가 "예수님과 부처님의 근본적인 차이는 뭘까?" 하고 묻자

아무도 딱 부러지게 대답을 하지 못했다.

종교학을 전공한 친구가 심각한 어조로 입을 열었다.

"음…… 그건 아무래도 헤어스타일 아니겠어?"

포이에르 바하: 신이 인간을 창조한 것이 아니라
                    인간이 신을 창조했다.

파스칼: 사람이란 참 신기한 동물이다.
          지렁이 하나 만들지 못 하면서 신은 많이도 만들어 낸다.

아시모프 이삭: 적당하게 읽어보면,
  성경은 무신론을 확신하는 데 가장 강력한 힘을 주는 것입니다.

알버트 아인슈타인: 나는 성경에 나오는 이야기들의 많은 부분이
                    사실일 수 없다는 확신을 갖게 되었다.

마크 트웨인: 나는 지금껏 내세에 대한 티끌만한 증거도
                    본 적이 없다.

조지 버나드 쇼: 현재로서는 이 세상에 신뢰할 만 하다고 확인된
                    종교는 단 하나도 없다.

어니스트 헤밍웨이: 분별 있는 사람은 모두 무신론자다.

에피쿠로스: 그가 악을 막을 의지가 있으나,
그럴 능력이 없는 것인가?   그렇다면 그는 무능하다.
그가 능력은 있으나, 의지가 없는 것인가?
그렇다면 그는 악의적이다. 그가 능력도 있고 의지도 있는가?
                그렇다면 왜 악이 존재하는가?

※ 무신론자와 무식의 차이

어느 무신론자가 종교인에게 말했다.

"신이 존재한다는 증거를 대보시오.

그러면 나도 기꺼이 신을 믿겠습니다."

종교인이 대답했다.

"성경은 읽어 보셨습니까? 어느 한 부분이라도 읽어 보셨습니까?"

"아니오."

"그럼 불경은 읽어 보셨나요?"

"그것도 안 읽었소."

"그럼 당신은 도대체 뭘 읽었습니까?

철학자나 현인들의 글은 읽어 보셨습니까?"

"아니오, 난 그런 건 읽지 않소."

그러자 종교인이 한숨을 지으며 결론을 내렸다.

"그렇다면 당신은 진정한 무신론자가 아닙니다.

당신은 그저 무식한 사람일 뿐입니다."

칼 세이건: 결정적인 증거 없이 믿는 것을 신앙이라고 한다.
결정적인 증거를 찾고 믿는 것을 지식이라고 한다.

벤자민 디스렐리: 지식이 끝난 곳에서 종교가 시작된다.

마오쩌둥: 어리석은 사람은 그들이 본 것을 부정하고
생각한 것을 인정한다. 현명한 사람은 생각한 것을 부정하고
본 것을 인정한다.

아인슈타인: 만약 사람들이 두려움 때문에 그리고 보상을
받기 위해 선을 행한다면, 그것은 정말 부끄러운 일일 것이다.

손자들이 방학 동안에 온다는 기쁜 소식을 들은 할머니가
교회에 특별 감사헌금 5천 원을 했다.
손자들이 집으로 가는 주일, 할머니는 감사헌금 1만 원을 했다.

마크 트웨인: 내가 이해할 수 없는 성경의 부분를 고민하는 것이
아니라 내가 이해할 수 있는 부분 때문에 고민한다.
이어령: 의지해야 할 사람이 필요하다.
그것이 불가능할 때 인간은 신을 찾는다.

어느 목사가 혼자서 등산을 하다가 실족하는 바람에 절벽 밑으로
굴러 떨어졌다. 목사는 위급한 상황에서도 용케 손을 뻗쳐
절벽 중간에 서 있는 소나무 가지를 움켜쥐었다.
간신히 목숨을 구한 목사는 절벽 위에 대고 소리를 질렀다.
"사람 살려! 위에 아무도 없습니까?"
그러자 위에서 목소리가 들렸다.
"아들아! 염려 말라 내가 여기에 있노라!"
목사가 "누구십니까?" 하고 물으니, "나는 하나님이다"라는
대답이 들렸다. 목사는 다급한 목소리로 소리쳤다.
"하나님, 저를 이 위험한 곳에서 구해 주시면
신앙을 위해 목숨을 바치겠나이다."
위에서 목소리가 들렸다.
"좋다. 그러면 내가 시키는 대로 하여라. 그 나무를 놓아라."
"아니 무슨 말씀이십니까? 저는 이걸 놓으면 떨어져 죽습니다."
"아니다. 네 믿음대로 이루어질 것이다.
믿음을 가지고 그 나무를 놓아라!"
그러자 목사는 아무 말 없이 잠시 침묵을 지켰다.

그리고 잠시 후 목사가 소리쳤다.
"위에 하느님 말고 누구 딴사람 안 계세요?"

나는 너를 모른다.   —마태복음

혼잡한 길거리에서 어떤 남자가 큰 소리를 외치며 걷고 있다.
" 나야말로 신이 보낸 자로다. 이 몸은 신의 사자니라. "
그 반대편에서 다른 남자가 역시 목청 높여 소리친다.
" 신이 보내신 자는 이 몸이다. 나야말로 신의 사자노라. "
두 남자의 눈동자에는 정기가 없다.
맞닥뜨리게 된 둘은 " 나야말로 ", " 이 몸이야 말로 "
하고 한 치의 양보도 없이 언성을 점점 높여갔다.
이 모습을 보는 것도 아니고 안 보는 것도 아닌듯이
지켜보며 콧방귀를 뀐 남자가 있다.
둘은 이 남자에게 둘 중 어느 쪽이 진짜로 보이냐고 묻자,
그는 딱 귀찮다는 듯이,
" 흥 , 놀고 있네.. 짐은 사자를 보낸 적이 없노라 !

기도할 때 결코 비굴해서는 안 된다, 당당해야 한다는 것이다.
다시 말해 기도는 이익을 얻기 위한 사사로운 것이어서는 안 된다는 것
오직 가족과 이웃과 민족을 위하고, 어려운 이들을 위하고,
선함과 밝음을 위한 기도여야 한다는 것이다.
그때 신은 비로소 우리의 기도를 흔쾌히 들어주신다는 것이다.
- 인디언 주술사 구르는 천둥 -

한 지역에 교회와 술집이 붙어 있었는데 술집의 음탕한 소리,
술주정 소리가 너무 시끄러워서 교회에서는 이렇게 기도했다.
"주여, 저 술집에 불이 나서라도 사라지게 하여 주옵소서."
　　　밤낮으로 기도하자 정말로 술집에 불이 났다.
술집 주인은 소송을 걸어 교회가 기도해서 불이 났다고 주장했다.
그러자 그 교회의 목사는 이렇게 대답했다고 한다.
"에이, 기도한다고 정말 그런 일이 일어나겠습니까?"
"기도를 통해 원하는 것이 이루어지면 그건 기도가 아니고 통신이죠"

라 막리뉴나:　　인간이란 신(神)의 그림자이다.
　　그러므로 인간에 봉사한다는 것은 신을 숭배하는 것과 같다.
프레보:　종교는 큰 강과 같다. 근원에서 멀어질수록 오염된다.
간디: 역사에 기록된 가장 극악하고 잔인한 범죄들은 종교 또는
　　　그와 비슷한 성스러운 동기의 미명아래 행해져 왔다.

　　　　　※ 선교사와 식인종의 대화
　　　선교사와 식인종 추장이 만나 얘기를 나눴다.
　　2차 세계대전에 대해 선교사가 각종 최첨단 무기의 위력을
　　　　　설명하자 추장이 궁금해서 물었다.
　　"그럼 그 많은 희생자들을 어떻게 다 먹어 치웁니까?"
　　　　　선교사는 이렇게 대답했다.
　　"우리 문명사회에서는 사람고기를 먹지 않습니다."
　　　그러자 추장은 고개를 갸우뚱하며 물었다.
　　　"그럼 뭣 때문에 그렇게 죽이지요?"
톨스토이:　　　신의 존재를 믿는다는 것.
　　　인간의 행복은 이 한 마디로 족하다.

중생:　　　　　　스님은 절에서 무얼 하십니까?

승려:　　　　　　고행과 수행과 도량을 닦아요.

중생:　　　평생 고행, 수행, 도량을 닦기만 하면
　　　　　　　　　무슨 의미가 있습니까?

승려:　　　　　중생을 구원하는 일을 하지요.

중생:　　　　　　　식사는 하십니까?

승려:　　　　　　　잘 먹고 있지요.

중생:　　　　　손수 농사를 지어 드십니까?

승려:　　아니오. 중생들이 갖다 준 공양으로 먹고 살지요.

중생:　　중생이 스님을 구원하고 절도 구원하는군요.

승려: ???

　　　　우리에게 일용할 양식을 주소서.
　　우리는 그런 기도를 믿을 수 없다. ―어느 인디언 추장

　　배부른 중은 닦으라는 도는 안 닦고 에쿠스를 닦고,
　얼빠진 목사는 믿으라는 예수님을 믿지 않고 돈을 믿는다.

디즈레일리:　　인간은 결코 죽음을 생각해서는 안 된다.
　　　　　오직 삶을 생각하라. 이것이 참된 신앙이다.

리버 소올:　　종교가 민중에게 필요한 것은 민중을 행복하게
　　　하기 위해서라기보다는 오히려 그들의 불행을 견디어
　　　　　　　　내도록 하기 위해서이다.

형제여, 우리는 당신네 종교를 파괴하고 싶지도 않고
그 종교를 당신들에게서 빼앗고 싶은 생각도 없다.
우리는 다만 우리 자신의 것을 누리고 싶을 뿐이다
　　－ 세네카족 추장 붉은 윗도리가 보낸 편지 －

떠오르는 태양을 바라보며 기도하라.
그리고 혼자서 자주 기도하라.
그대가 무엇을 말하건 위대한 정령은 귀를 기울이시니라.
　　－ 인디언 도덕경 －

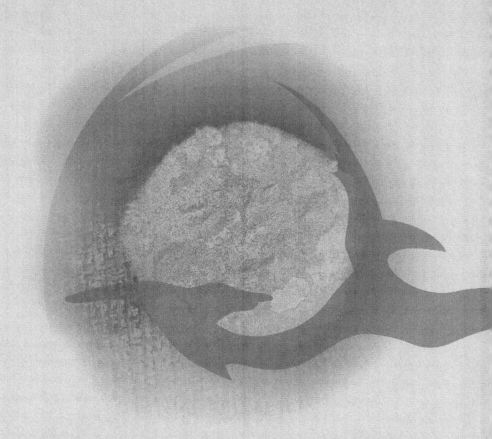

살 것인가, 죽을 것인가,
그것이 문제로다

"살 것인가, 죽을 것인가, 그것이 문제로다."
가혹한 운명의 화살을 맞고도 죽은 듯 참아야 하는가. 아니면
성난 파도처럼 밀려드는 재앙과 싸워 물리쳐야 하는가.
"죽음이란 잠들면 그뿐!
- 셰익스피어의 햄릿 중 -

더 파이팅:　　네가 죽어도 바뀌는 것은 아무것도 없어.
하지만 네가 살아있다면 무언가는 바뀔 수 있겠지.
삶은 언제나 예측불허. 그리하여 생은 그 의미를 얻는다.
노력한다고 항상 성공할 수는 없겠지.
하지만 성공한 사람은 모두 노력했다는 걸 기억해둬.
칸트:　　　　삶은 순간들의 연속이다.
한순간, 한순간을 사는 것이 성공하는 것이다.

세상 누구나 아는 사실이지만
그건 바로 세상 누구도 내일을 알지 못한다는 것이다.
다시 과거로 돌아간다면 누구나 수 없이 상상 해보았을 것이다.
하지만 시간이란 한번 가버리면 다시는 돌아오지 않는 다는 것을
우리는 안다. 내가 만약 인생을 다시 산다면 이란 생각을 한다면 지
금 시작해야 한다. 죽어도 해야 할 일이 있으면 살아서 해야 한다.
죽으면 아무것도 할 수 없으니까?
살아 있는 동안 행복하게 살아야 한다.
죽어서는 죽어도 행복할 수 없으니

죽었다 깨어나도 할 수 없는 것은? "죽었다 깨어나기"

오쇼 라즈니쉬: 삶을 놓치는 사람은 다른 모든 것도 놓치고 만다.

인무백세인(人無百歲人)이나 왕작천년계 (枉作千年計)니라.
사람은 백 살을 사는 사람이 없건만
부질없이 천 년의 계획을 세운다.
- 명심보감 -

잠시 왔다가는 인생, 잠시 머물다 갈 세상,
백 년도 살기 힘든 것을
천 년을 살 것처럼 천년의 고민을 짊어지고 사는 것이 인간이다.

석 자 되는 흙 속으로 돌아가지 아니하고서는 백 년의 몸을
보전하기 어렵고, 이미 석 자 되는 흙 속으로 돌아가서는
백 년 동안 무덤을 보전하기 어렵다.
- 명심보감 -

"여보, 난 당신이 100살까지 살고
석 달 정도 더 살았으면 좋겠어!"
"고마워. 그런데 왜 석 달이야?"
"난 당신이 갑자기 죽는 건 싫거든."

선비가 다행히 이 세상에 두각을 나타내어 편안하게 지내면서도
좋은 말과 좋은 일을 할 생각조차 하지 않는다면
이 세상에서 백 년을 산다 해도 하루도 살지 않음과 같으니라.
- 채근담 -

A. 세네카:　　　우리들은 항상 생명이 짧음을 한탄하면서,
　　　　　　　마치 생명이 다할 때가 없는 것처럼 날뛴다.
토마스 풀러:　　　홀륭하게 죽는 법을 모르는 사람은
　　　　한 마디로 살았을 때도 사는 법이 나빴던 사람이다.
　　　　삶은 결코 죽음과 분리되어 있는 것이 아니다.
　　　　　　그냥 그렇게 보일 뿐이다.　　　-검은발족

실수로 살인자가 된 맹구, 사형 집행을 앞두고 집행관이 물었다.
사형 집행관:　　　마지막 소원이 무엇인가?
맹구:　　　　　저는 반드시 죽어야 합니까?
사형 집행관:　　　　그렇다.
맹구:　　마지막 소원은 제가 원하는 방법으로 죽고 싶습니다.
사형 집행관:　　　어떻게 죽고 싶은가?
맹구:　　　나는 늙어서 죽는 게 소원입니다.

에픽테투스: 정당하게 사는 자에게는 어느 곳이든 안전하다.
　　　　　죽음을 바라는 자는 가련하다.
　　　그러나 죽음을 두려워하는 자는 더욱 가련하다.　-독일
제이 메이:　　　왜 죽음을 두려워하는가?
　　참된 삶을 맛보지 못한 자만이 죽음을 두려워하는 것이다.
T. 브라운: 살아 있다는 습관이 붙어 버렸기 때문에
우리는 죽음을 싫어한다. 죽음은 모든 고민을 제거시켜 주는데도.

지옥은 네가 가기 전까지는 만원이 되지 않는다.　　　　-영국

이솝:　　　　　무엇을 위해 어떻게 죽을 것인가?
　　　　　우리는 벌거숭이로 이 세상에 왔으니
　　　　　벌거숭이로 이 세상을 떠나리라.
세르반테스:　　나는 알몸으로 이 세상에 태어났다.
따라서 나는 이 세상을 떠날 때도 알몸으로 가지 않을 수 없다.

내 몸은 지금 문제가 좀 있다. 대체로 좋은 건강상태를 유지하고
있지만, 간에 10개의 종양이 있고 살날은 몇 달밖에 남지 않았다.
　내가 처한 상황에 낙담할 수도 있겠으나 그렇게 하는 것은
　나나 내 가족들에게 아무런 도움도 되지 않을 것이다.
　　자, 그렇다면 지금부터 어떻게 할 것인가.
장벽은 절실하게 원하지 않는 사람들을 걸러내려고 존재한다.
　　장벽은 당신이 아니라
'다른' 사람들을 멈추게 하려고 거기 있는 것이다.
　　– 마지막 강의/ 랜디 포시 –

소크라테스:　이별의 시간이 왔다. 우린 자기 길을 간다.
　나는 죽고 너는 산다. 어느 것이 더 좋은 가는 신만이 아신다.

어떻게 살지? 이렇게, 저렇게, 요렇게 살면 되지!

장자: 다른 사람들이 죽었다라고 말하기 전까지는 살아 있는 것
　　　삶은 죽음의 동반자요, 죽음은 삶의 시작이니
　어느 것이 근본인지 누가 알까? 삶이란 기운의 모임이다.
　　기운이 모이면 태어나고, 기운이 흩어지면 죽는다.

이와 같이 죽음과 삶이 같은 짝임을 안다면 무엇을 근심하랴.
함마슐트:　죽음을 찾지 말라. 죽음이 당신을 찾을 것이다.
　　　　　그러니 죽음을 완성으로 만드는 길을 찾으라.

내가 태어났을 때
나는 울었고 내 주변의 모든 사람은 웃고 즐거워하였다.
내가 내 몸을 떠날 때
나는 웃었고 내 주변의 모든 사람은 울며 괴로워하였다.
덧없는 삶에의 유혹으로부터 벗어나라. 자만심으로부터
무지로부터 어리석음의 광기로부터 속박을 끊으라.
그때 비로소 그대는 모든 괴로움으로부터 완전히 자유로우리라.
생과 사의 사슬을 끊으라.
어리석은 삶으로 빠져드는 이치를 알고 그것을 끊어 버리라.
그때 비로소 그대는 이 지상의 삶에 대한 욕망으로부터
자유롭게 되어 고요하고 평온하게 그대의 길을 걸어가리라.
－ 티베트 사자의 서, 운명 －

한 제자가 스승에게 물었다.
"스승님,
만일 다시 태어난다면 단 한번뿐인 인생 어떻게 살겠습니까?"
스승은 짧지만 강력한 한 마디를 남겼다.
"인생이 딱 한 번인 것처럼."

스피노자:　비록 내일 지구가 멸망하더라도
　　　　　나는 오늘 한그루의 사과나무를 심으리라.

토마스 풀러: 인간은 울면서 태어나서, 불평하면서 살고,
            실망하면서 죽어가는 것이다.

벤다이크: 죽음을 두려워하는 나머지
            삶을 시작조차 못하는 사람이 많다.
괴테: 생명은 자연의 가장 아름다운 발명이며 죽음은
            더 많은 생명을 얻기 위한 자연의 계교다.
M. E. 몽테뉴: 생명은 생명의 희생으로 이루어진다.
            죽기로 작정했다면, 삶을 낭비하라.
            오래 살려면, 삶을 절약하라.   —수메르 점토판
염파: 죽음을 알면 반드시 용기가 솟아나게 된다. 죽는 것
그자체가 어려운 것이 아니고 죽음에 대처하기가 어려운 것이다.

        제가 17살에 이런 인용구를 읽은 적이 있습니다.
"만약 매일을 당신의 인생의 마지막 날이라고 생각하고 살아간다면,
        언제가 그것이 사실인 날이 반드시 올 것이다.
    " 그 말은 제 뇌리에 깊게 각인되었습니다.
그 이후로 지난 33년간 저는 매일 아침 거울을 보며 묻곤 했지요.
        "오늘이 내 인생의 마지막 날이라면
    그래도 오늘 계획하고 있는 일들을 할 생각인가?"
    대답이 여러 날 째 연속해서 "아니오"일 때,
    저는 무언가 변화가 필요한 때라는 걸 알 수 있었습니다.
저는 우리가 머지않아 곧 죽는다는 것을 되새겨보는 것만큼 인생의
    커다란 결정을 내리는데 도움이 되는 것은 없다고 생각합니다.
왜냐하면 대부분의 것들, 남들의 기대, 자존심, 망신을 당하는 것과
실패에 대한 두려움 이러한 것들은 죽음이란 단어 앞에 너무나 사소해

져 버려서 우리가 정말로 중요한 것에 비로소 집중할 수 있게 해줍니다.

죽음의 순간을 떠올려 보는 것은 우리가 이미 잃을 것이 너무 많아서 어쩌면 조심조심 살아가야 할지도 모른다는 생각의 오류에 빠지지 않게 해줍니다. 우리는 모두가 다 벌거벗고 사는 것이나 다름이 없습니다. 자신의 내면의 목소리에 귀 기울이지 않는다면 그건 정말로 불행한 일일 것입니다. 누구도 죽음을 원치 않습니다. 천국에 가고 싶어 하는 사람조차도 거기에 가기 위해 죽기는 싫어할 겁니다.

그런데도 죽음은 우리 모두가 공유하는 삶의 종착역이지요.

지금까지 어느 누구도 죽음을 피해갈 수 없었습니다.

그리고 그것은 아마 축복일 것입니다. 왜냐하면 죽음은

우리가 인생을 가치 있게 살게 해주는 인생이 우리에게 주는 선물이기 때문이고, 또한 죽음은 세대교체를 이루어주는 촉매제입니다.

죽음은 오래된 삶을 거두어 가서

새로운 삶이 들어 설수 있는 자리를 마련해줍니다.

지금은 여러분이 새로운 삶이겠지만, 머지않은 어느 날 여러분도

오래된 삶이 되어 거두어지는 처지에 놓일 것입니다.

너무 극적으로 이야기해서 미안하지만 이건 분명한 사실입니다.

여러분에게 주어진 시간은 제한되어 있습니다.

다른 누군가의 삶을 대신 살아가는데 자신의 생을 낭비하지 마십시오.

다른 사람의 생각의 결과물을 따라서 사는 오류를 범하지 마십시오.

다른 사람의 견해 속에 자기 내면의 목소리가 파묻히지 않도록 하세요.

가장 중요한 건 자신의 직관과 열정을 따라갈 수 있는 용기입니다.

당신의 마음은 당신이 정말로 무엇이 되고 싶은지 이미 알고 있습니다.

다른 모든 것들은 부차적인 것에 불과합니다.

— 2005년 스탠퍼드대학 졸업식의 축사/ 스티븐 잡스 —

오쇼 라즈니쉬:　　　삶이란 원래 위험한 것이다.

그대는 기꺼이 그 위험을 감수해야 한다.

잘못을 저지를 가능성은 많지만 실수를 통해 배우게 마련이다.

삶이란 그 자체가 시행착오인 것이다.

톨스토이: 삶을 깊이 이해하면 할수록 죽음으로 인한 슬픔은

그만큼 줄어들 것이다.

슬퍼하지 말라.

가장 현명하고 훌륭한 인간에게도 불행은 닥치는 법이다.

계절이 다하면 죽음이 찾아오게 마련이다.

그것은 위대한 자연의 명령이며 살아있는 모든 생명들은

복종해야 한다. 이미 지나간 일이나 인간의 힘으로는

어쩔 수 없는 일에 대해서는 슬퍼하지 말아야 한다.

슬픔이 우리 삶에만 일어나는 것이 아니다.

어느 곳에서나 슬픔은 있게 마련이다.

－(빅 엘크)블랙 버팔로추장의 죽음에 대한 추모/ 오마하

죽음이란 없다. 변하는 세상만 있을 뿐.　－두와미시족

틱낫한:　　　　　존재한다는 것은

시작도 끝도 없는 세월과 함께 산다는 것을 의미한다.

한 해가 시작되었다.

우리 천막 안에도, 당신의 마음속에도 새로운 날들이 찾아 왔네.

우리에게 남아 있는 날들이 얼마나 될지는 모르지만

우리는 최상에서 최선을 다해 살아갈 것이다.

후회 없이 이 대지 위에서 생을 마칠 것이다.　　－아시니보인족

어느 날 디오게네스가 구걸한 음식으로 허기를 채우고 있을 때,
어린아이가 손으로 물을 떠 마시는 것을 보고는 무릎을 치며 외쳤다.
"밥그릇도 필요 없잖아!"
그러면서 마지막으로 가지고 있던 밥그릇마저 던져 버렸다. 어느 날,
알렉산드로스 대왕이 디오게네스에 대한 소문을 듣고 강가로 찾아왔다.
알렉산더가 찾아왔을 때 디오게네스는 윗도리를 벗고 강가에서 따뜻한
햇살을 즐기고 있었다. 현자를 만난 알렉산더 대왕은 그에게서 적지
않은 위안을 받았다. 그의 모습이 평온하고 행복해 보였기 때문이었다.
그는 이 헐벗고 가난한 철학자에게 도움을 주고 싶었다.
그리하여 대왕은 물었다.
"그대가 원하는 것이 무엇인가?"
"조금만 비켜 주시오. 당신이 햇살을 가로막고 있지 않소?"
기가 막힌 대왕이 웃으면서 그에게 말했다.
"내가 만약 다시 태어난다면 당신처럼 살고 싶소."
그러자 디오게네스는 웃으면서 대답했다.
"난 다시 태어나더라도 대왕처럼 살긴 싫소."

※ 내 영혼의 주인
내가 옳지 않은 일을 한다면, 내 영혼을 책임져야 할 사람은
바로 나 자신이다.
저 너머에 있는 산이나 태양 탓으로 돌릴 수도 없다.
바로 내가 잘못한 것이다.
나의 잘못에 대해 누구도 뭐라고 할 사람은 없으며
나를 무덤으로 데려갈 사람은
다른 사람이 아니라 궁극적으로 바로 나 자신이다.
- 무탄트의 지혜 -

※ 천국으로 가는 길

어느 한적한 시골, 마을 성당에서 신부님이 강론을 하고 있었다.
"천당에 가려면 가장 확실한 방법은 뭐라고 생각하시나요?" 하고
신부님이 묻자
"매일 기도해야지유", "뭐니 뭐니 해도 착하게 살아야지유",
"도둑질 하면 안 되요" 하고 여러 가지 답변이 나왔다.
그때 술에 취한 70대 노인이 흔들거리며 들어오면서 말했다.
"일단 죽어야지유?

함마슐트: 죽음을 찾지 말라. 죽음이 당신을 찾을 것이다.
             그러나 죽음을 완성으로 만드는 길을 찾아라.
월트 휘트먼: 죽음은 한 순간이며, 삶은 많은 순간이다.
             죽음보다 더 아름다운 것은 일어날 수 없다.
사무엘 푸트: 죽음과 주사위는 모두에게 공평하다.
부처: 실로 삶은 죽음으로 끝난다.

mementomor?   나는 언젠가 죽는다는 것을 생각하라.
         – 로마 시대 개선장군이 황제에게 하는 첫 번째 말 –

영원히 산다고 생각해 보라.
영원한 삶이란
인간이 감당하기에는 너무나 지루하고 무료한 사치이다.

레오나르드 다빈치: 열심히 일한 날은 잠이 잘 찾아오고,
             열심히 일한 일생에는 조용한 죽음이 찾아온다.

오랜 친구 사이인 두 할머니가 이야기를 나누고 있었다.
서로의 안부를 묻고 나서 한 할머니가 말했다.
"바깥어른은 잘 계신가요?"
"지난주에 죽었다우.
저녁에 먹을 상추를 따러 갔다가 심장마비로 쓰러졌지 뭐유."
"이런, 쯧쯧, 정말 안됐소. 그래서 어떻게 하셨소?"
"뭐, 별 수 있나. 그냥 시장에서 사다 먹었지."

사마천: 죽음은 때로는 태산보다 무겁고 때로는 새털보다 가볍다.
바킬리데스: 인간에게 가장 고통스러운 죽음은
그가 미리 아는 죽음이다.
엥겔스: 죽을 때에 죽지 않도록 죽기 전에 죽어두어라.
그렇지 않으면 정말 죽어버린다

"죽음의 왕(염라대왕)에게 보이지 않으려면
세상을 어떻게 보아야하겠습니까?"
"항상 정신을 차려 자기를 고집하는 편견을 버리고 세상을
빈 것으로 보라. 그러면 죽음을 넘어설 수가 있을 것이다.
이처럼, 세계를 보는 사람을 죽음의 왕은 보지 못한다."
– 숫타니파타 –

죽는다는 것은 매우 어렵고 힘든 일이다.
죽을힘을 다해야 죽을 수 있다.
그러나 인간은 누구나 살아갈 힘은 없어도 죽을힘은 있다.
어떤 상황에서도 그러니 죽을힘을 다하며 살 필요는 없다.

니체:　가슴 뛰는 삶을 위하여 어쩔 수 없이 살지 마라.

자랑스럽게 사는 것이 그 이상 가능하지 않을 때

사람은 자랑스럽게 죽어야 한다.

마태복음: 사람이 온 세상을 얻는다 해도 제 목숨을 잃으면

무슨 소용이 있겠느냐?

사람의 목숨을 무엇과 바꾸겠느냐?

시골의 어느 초등학교 수업시간,

선생님과 학생들이 대화를 하고 있다.

선생님: 얼음은 고체일까? 액체일까?

학생1:　네, 그대로 있으면 고체 녹으면 액체입니다.

선생님: 잘했어요. 그럼 달걀은?

학생2:　네, 겉은 고체 속은 액체입니다.

선생님:　오! 훌륭해! 정확하구먼, 그럼 사람은?

학생3:　네, 살아 있으면 육체, 죽으면 시체입니다.

아프리카에서 매일 아침 영양은 잠에서 깬다.

영양은 가장 빠른 사자보다 더 빠른 속도로 도망가지 않으면

죽는다는 것을 잘 안다.

아프리카에서 사자도 매일 아침 잠에서 깬다.

사자는 가장 빠른 영양보다 더 빨리 달리지 않으면

자신이 굶어죽는다는 것을 잘 안다. 그래서

사자든 영양이든 태양만 떠오르면 서로 더 빨리 달리려고

죽을힘을 다한다.

– 퍼펙트 마일/ 닐 배스컴 –

바빠서 시간은 없지만 죽을 시간은 있다.
바빠서 죽지 못하는 사람은 없다.
힘이 없어도 죽을힘은 있다.

삶은 죽음에서 분리되어 있지 않는다.
그것은 단지 그렇게 본다.　　　　－블랙푸트어

까마귀 발 추장은 죽음을 앞두고 있었다.
그의 큰 딸이 그에게 조심스럽게 물었다.
"아버지 인생은 무엇이에요?"
딸의 질문을 받은 그 추장은 한동안 그의 삶을 돌아보았다.
모든 옛날기억들이 한순간 그의 머릿속을 지나치고 있었다.
그는 힘들게 입을 열었다.
"살아 있음은 초가을 황혼 무렵 풀을 스치는 바람소리 같고,
밤에 날아다니는 불나방의 번쩍임과 같고,
한겨울에 들소가 내쉬는 숨결 같은 것이며
풀밭 위를 가로질러 달려가 저녁노을 속에 사라져 버리는
작은 그림자 같은 것이다."

죽음에 대해서 우리가 분명하게 아는 것은 다음의 5가지이다.
1. 누구나 죽는다. 2. 순서가 없다. 3. 아무것도 가져가지 못한다.
4. 대신할 수 없다. 5. 경험할 수 없다.

C. 콜린즈:　　　　자살은 살인의 최악의 형태이다.
자살은 참회의 기회를 남겨 놓지 않기 때문이다.

산다는 것은 죽음 쪽에서 보면 순간순간 죽어오고 있는 것.
그러므로 순간순간 내가 내 인생을 어떻게 살고 있느냐에 따라
그것이 삶일 수도 있고 죽음의 길일 수도 있다.
우리가 이 세상에 태어난 것은
당당하게 살기 위해서이지 죽기 위해서가 아니다.

고대 그리스 시대 어느 바닷가
어부들이 바닷가에 앉아 있었다.
그들은 물고기가 잡히지 않아서 시간을 때우기 위해
이를 잡았다.
당시 최고의 현인이자 한 철학자가 우연히 지나가다가
그들에게 고기잡이가 어떠냐고 물었다.
"우리는 잡은 것은 던져버리고 잡지 않는 것은
그냥 가지고 있습니다."라고 대답 했다.
그들은 이를 이야기 한 것인데 현인은
그 말을 이해 할 수 없었다.
그리고 그 수수께끼를 풀어보려 애썼다.
그러나 수수께끼를 풀 수 없었다.
그래서 수치심에 자살을 하고 말았다.

파스칼:　　자신은 이 세상의 전부이다. 왜냐하면 죽어버리면
　　　　　모든 것이 무(無)가 되기 때문이다.
존 바에즈:　어떻게 죽을 것인가를 선택하려 들지 말라.
　　　　　또는 언제 죽을 것인가도. 당신은 지금 이 순간
　　　　　어떻게 살 것인가를 결정할 수 있을 따름이니까.
D. 데포:　　자살은 더할 나위 없는 겁쟁이의 결과다.

인생일사도무사(人生一死都無事). 사람은 한 번 죽으면 그만이다.

아주 추운 어느 겨울밤,
한 남자가 포장마차에서 깡소주를 마시고 있었다.
뇌수술을 받은 그는 이혼까지 당한데다, 최근 이런저런 일로
5차례나 큰 사건을 겪었던 터라, 살고 싶은 마음이 사라졌다.
남자는 자살을 결심했다. 그리고 소주를 취하도록 마시고 천천히
다리로 걸어 다리 한쪽을 난간 위로 올리려던 찰나,
지나가던 중년 남자가 이렇게 말했다.
"지금 뛰어내리면 얼어 죽어요.
좀 기다렸다가 따뜻한 봄에 뛰어 내리세요."

조지 버나드 쇼: 살아있는 실패작은 죽은 걸작보다 낫다.
까뮈: 자살이란 어떤 의미에서는 멜로 드라마 처럼 고백하는 것
그것은 인생에 패배했다는 것을
혹은 인생을 이해하지 못한 것을 고백하는 것이다.
플루타르크: 자살은 명예를 빛내기 위하여 할 일이지
해야 할 일을 회피하기 위한 수치스러운 수단이 되어서는 된다.
자기 혼자만을 위해 살거나 죽는 것은 수치스러운 일이다.
윌리엄 해즐럿: 죽음은 최대의 악이다.
모든 희망을 끊어 버리기 때문이다.
세네카: 어떻게 사는가를 배우는 데는 전 생애를 요한다.
에머슨: 내가 아직 살아있는 동안에는
나로 하여금 헛되이 살지 않게 하라.

어느 추운 날 밤, 다리 위에서 뛰어 내리려는 사내를 난간에서
끌어내린 한 경찰관이 그를 간절하게 설득하기 시작했다.
"제발 내 사정 좀 봐줘요.
당신이 뛰어내리면 나도 뒤따라 뛰어들어야 해요.
이렇게 추운 날 밤에 물속으로 뛰어 들었다가는 미처 구급차가
오기도 전에 얼어 죽을지도 모를 일 아닙니까?
게다가 나는 수영도 잘 못하니 빠져 죽을지도 몰라요.
그리고 난 마누라와 자식 다섯이 딸린 몸이란 말이오.
그러니 제발 나를 생각해서……
집에 가서 목을 매고 죽어달라는 말이오."

아이슈타인:　　　삶을 사는 데는 두 가지 방법이 있다.
　　　　　　하나는 기적이란 없는 듯이 사는 것,
　　　　하나는 모든 일이 기적인 듯이 사는 것이다.
아이아코카:　지난달에는 무슨 걱정을 했지? 지난해에는?
　　　　　　그것 봐라 기억조차 못하잖니?
그러니까 오늘 걱정하고 있는 것도 별로 걱정할 일이 아닐 거야.
　　　　　잊어버려라. 내일을 향해 사는 거야.
스피노자:　어떻게 죽을 것인가 고민 하지 마라.
　　　우리가 지금 당장 고민해야 할 것은
　　어떻게 살아야 할 것인가 하는 문제이다.
현자는 삶에 대해서 생각하지 죽음에 대해서는 생각하지 않는다.

　　　　　인생에 답은 있다.
세상에 살아있는 것, 죽은 다음부터는 인생이라 하지 않는다.

※ 죽고 싶을 때

가장 먼저 죽고 싶다는 생각이 들면

하루 동안 아무것도 먹지 말아 보라. 배고파 죽는다.

죽지 않았다면 하루 동안 못 먹었던 음식을 쌓아두고 다 먹어 보라.

배 터져 죽는다.

이래서도 안 되면 하루 동안 아무 일도 하지 말아 보라.

심심해 죽는다. 그래도 안 죽으면

자신을 힘들게 하는 일에 맞서서 2배로 일해 보라. 힘들어 죽는다.

그래도 죽고 싶다면 홀딱 벗고 거리로 뛰어 나가 보라.

얼어 죽기보다는 쪽팔려 죽는다.

이상의 방법으로도 죽을 수 없다면,

아직은 당신이 이 세상에서 할 일이 남아 있다는 것이다.

미하일 아르치바세프:　인간의 삶에는 목적이 없다.

살아가는 것, 그 자체가 목적이다.

내가 스스로 선택한 일은 끝을 봐라.

내가 스스로 선택한 일을 끝마무리 할 수 없다면

너의 인생에는 스스로 할 수 있는 일이 별로 없을 것이다.

알게 해주세요. 이것이 진정한 것인지. 알게 해주세요.

내가 살고 있는 이 삶이 진정한 것인지.

모든 곳에 계시는 위대한 정령이시여, 알게 해주세요.

이것이 진정한 것인지. 내가 살고 있는 이 삶이.

- 파우니족 기도문 -

※ 아직 삶을 모르는데 어찌 죽음을 알겠는가?
어느 날 자로가 공자에게 물었다.
"죽음에 대해 알고 싶습니다."
"삶도 아직 다 모르는데 어찌 죽음을 말하겠느냐?"
"신을 섬기는 법을 말씀해주십시오."
"사람도 다 못 섬기는데 어찌 신을 말하겠느냐?"
– 논어 선진 편 –

이제 또 한 사람의 여행자가 우리 곁에 왔네.
그가 우리와 함께 지내는 날들이 웃음으로 가득하기를.
하늘의 따뜻한 바람이 그의 집 위로 부드럽게 불기를.
위대한 정령이 그의 집에 들어가는 모든 이들을 축복하기를.
그의 모카신발이 여기저기 눈 위에 행복한 발자국을 남기기를.
– 탄생 축원/ 체로키 –

세네카: 어떻게 사는가를 배우는 데는
              자신의 전 생애을 필요로 한다.

소크라테스는 아테네 감옥에서 독배를 마시고 생을 마감했다.
그는 독배를 마시기 전에 제자 플라톤에게 이렇게 말했다.
"사는 것이 중요한 문제가 아니라 바로 사는 것이 중요하다."
              바로 사는 것이란?
'진실하게 사는 것, 아름답게 사는 것, 보람 있게 사는 것이다'

알프렛 테니슨: 지나가 버린 아름다운 나날은 또 다시
                내 앞으로 되돌아오지 않는다.

살아있는 동안 열심히 살아라. 죽어서는 열심히 살 수 없을 테니
살아있는 모든 것들이 경이로운 것은
살기 위해 최선을 다한다는 것이다.
처음부터 끝까지 자신의 삶을 살아야 한다.
누구도 그대를 대신해 살아 줄 수 없다.
- 호피족 -

제임스 보즈웰: 사람이 어떻게 죽느냐가 문제가 아니라
어떻게 사느냐가 문제다.
살아간다는 것은 축복이 아니라
어떻게 살아갈지 아는 것이 축복이다.   -마야

삶에서 일어나는 모든 일에는 그만한 이유가 있다.
삶은 어디에나 있다. 나뭇가지 위에도 작은 개미집 속에도
물가의 돌 틈 사이에도 세상 어디에도 삶은 연결되어 있다.
우리는 모든 것들 속에서 모든 것들과 연결되어 있다.
방향을 가리켜 보이지만 말고, 그 방향으로 나아가라.
- 모호크 족 -

모든 것이 아름답다.
내 앞에 모든 것이 아름답고,
내 뒤에 모든 것이 아름답고,
내 아래 모든 것이 아름답고,
내 위에 모든 것이 아름답고,
내 둘레 모든 것이 아름답다.
- 나바호족의 노래 -

지금 이 순간에 살지 못하고 끝없는 미래로 삶을 미룬다면
삶을 바람 부는 대로 구름 떠도는 대로 숨 쉬라!
그대는 살아있다.
지금이 순간 기쁨을 발견할 수 있다면
그대는 영원히 또한 어느 곳에서 기쁨을 찾을 수 없다.
– 깨어있음의 기적/ 틱낫한 –

니체: 언젠가 많은 것을 말해야 할 이는
        많은 것을 가슴 속에 말없이 쌓듯이 언젠가
     번개에 불을 켜야 할 이는 오랫동안 구름으로 살아야 한다.
앙드레 모로아: 살아가는 기술이란
        하나의 공격 목표를 골라 그리로 힘을 집중시키는 일이다.
마틴 루터 킹: 무엇인가를 위해 죽지 않을 사람은
              살아있기에 적합하지 않다.

오쇼 라즈니: 삶 안에 존재하는 진리를 깨닫는 것은
            해방을 향한 축복의 첫걸음이다.
        삶을 놓치는 사람은 다른 모든 것도 놓치고 만다.
            모든 살아있는 것을 존중하라.
          그러면 그것들도 널 존중할 것이다.   –체로키
우리는 언제나 생명이 소중한 것이라고 생각해 왔다.
     생명보다 더 귀한 것을 우리는 알지 못한다.   –모독족
벤자민 프랭클린: 삶이 비극인 것은,
        우리가 너무 일찍 늙고 너무 늦게 철이 든다는 점이다.
타고르: 내가 존재한다는 사실이야말로 확실하고
            영원한 생명의 경의로움 이다.

마냥 빛나고 반짝인다.
이슬은 이른 새벽 살아 있는 모든 것들 속으로
살금살금 기어든다.
그 누구도 이슬이 오는 소리를 들을 수 없다. 찬란하지 않은가?
햇살이 그 이슬 위로 내려 비출 때는
그리곤 어느새 사라져 버린다. 우리의 삶도 그와 마찬가지이다.
─카도족

윈스턴 처칠: 지난날 우리에게는 깜박이는 불빛이 있었고,
오늘날 우리에게는 타오르는 불빛이 있다.
그리고 미래에는 온 땅과 바다 위를 비추는 불빛이 있을 것이다.

※ 서시
죽는 날까지 하늘을 우러러
한 점 부끄럼이 없기를
잎새에 이는 바람에도
나는 괴로워했다
별을 노래하는 마음으로
모든 죽어가는 것을 사랑해야지
그리고 나한테 주어진 길을
걸어가야겠다.
오늘 밤에도 별이 바람에 스치운다.
─1941.11.20/윤동주

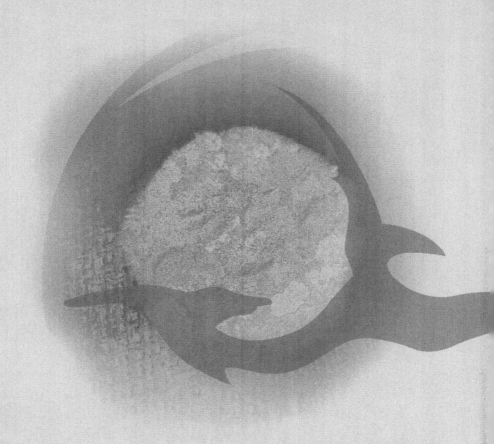

오늘은 선물입니다

단테: 오늘이라는 날은
        두 번 다시 오지 않는다는 것을 잊지 말라.
랄프 w. 에머슨: 내가 헛되이 보낸 오늘 하루는
        어제 죽어간 이들이 그토록 살고 싶어 했던 내일이다
아미엘: 오늘 하루를 헛되이 보냈다면 커다란 손실이다.
        하루를 유익하게 보낸 사람은 하루의 보물을 파낸 것이다.
        하루를 헛되이 보냄은 내 몸을 헛되이 소모하고 있다는 것을
                        기억해야 한다.
    호라티우스: 매일매일 마지막 날이라고 생각하라.
            그러면 기대하지 않은 시간만큼 버는 것이 된다.
푸블릴리우스 시루스: 하루하루를 마지막 날인 듯이 보내야 한다.
루스벨트: 어제는 역사다. 내일은 미스터리고 오늘은 선물이다.
                그 선물을 성실히 살아라.
제임스 딘: 영원히 살 것처럼 꿈꾸고
                내일 죽을 것처럼 오늘을 살아라.
체스터필드: 게을리 하지 말며, 헤이해지지 말며,
                    우물거리지 말라.
        오늘 할 수 있는 일을 내일까지 미루지 말라.
C. 힐티: 오늘의 식사는 내일로 미루지 않으면서
                오늘 할 일은 내일로 미루는 사람이 많다.
윌콕스: 하루의 가장 달콤한 순간은 새벽에 있다.
F. 실러: 시간의 걸음걸이에는 세 가지가 있다.
        미래는 주저하면서 다가오고, 현재는 화살처럼 날아가고,
                    과거는 영원히 정지하고 있다.
롱펠로: 미래를 신뢰하지 마라, 죽은 과거는 묻어버려라,
            그리고 살아있는 현재에 행동하라.

카토: 내게 남아있는 날 중에 오늘이 가장 젊은 날이라네.

※ 신과의 인터뷰>에서
나는 신과 인터뷰하는 꿈을 꾸었다. 신이 말했다.
"네가 나를 인터뷰하고 싶다고 했느냐?"
나는 대답했다.
"시간이 있으시다면……."
신이 미소 지었다.
"나의 시간은 영원이다. 무슨 질문을 품고 있느냐?"
"사람들이 볼 때 어떤 것이 가장 신기한지요."
신이 대답했다.
'인간에게서 가장 놀라운 점이 무엇인가요?'라고 묻고 있다.
신은 이렇게 대답했다.
"어린 시절이 지루하다고 서둘러 어른이 되는 것.
그리고는 다시 어린 시절로 되돌아가기를 갈망하는 것.
돈을 벌기 위해 건강을 잃어버리는 것.
그리고는 건강을 되찾기 위해 돈을 다 잃는 것.
미래를 염려하느라 현재를 놓쳐 버리는 것.
그리하여 결국 현재에도 미래에도 살지 못하는 것.
결코 죽지 않을 것처럼 사는 것.
그리고는 결코 살아 본 적이 없는 듯 무의미하게 죽는 것."

멘리: 현재와 같은 시간은 없다.
짐멜: 시간은 언제까지든 당신을 기다리는 것은 아니다.
세네카: 인생을 사는 것처럼 어려운 일도 없다.
그러나 우리는 살아가는 동안 사는 법을 배울 수밖에 없다.

세네카: 인간은 항상 시간이 모자란다고 불평을 하면서
          마치 시간이 무한정 있는 것처럼 행동한다.

세일즈맨이 노크하자 나타난 것은 기차게 예쁜 여자였다.
"안녕하십니까, 부인. 바깥양반 만나 뵐 수 없을까요?"
"안됐네요. 그 사람 출장 중이에요. 1주일 지나야 돌아올 겁니다."
세일즈맨은 한참 여자를 다시 바라보고는 한숨지으면서 물었다.
          "들어가서 기다리면 안 될까요?"

에디슨: 변명 중에서도 가장 어리석고 못난 변명은
          '시간이 없어서'라는 변명이다.

아들이 날마다 학교도 빼먹고 놀러만 다니는 망나니짓을 하자
하루는 아버지가 아들을 불러놓고 무섭게 꾸짖으며 말했다.
  "에이브러햄 링컨이 네 나이였을 때 뭘 했는지 아니?"
          아들이 너무도 태연히 대답했다.
                  "몰라요."
          그러자 아버지는 훈계하듯 말했다.
      "집에서 쉴 틈 없이 공부하고 연구했단다."
          그러자 아들이 대꾸했다.
"그 사람 나도 알아요. 아버지 나이였을 땐 대통령이었잖아요?"

에리히 프롬: 현대인은 무슨 일이든 그것을 재빨리 해치우지
    않으면 시간을 손해 본다고 생각한다. 그러나 그들은 시간과
    함께 자신이 얻는 것은 무익하게 시간을 보내는 것 외에는
              무엇을 해야 할지 모른다.

※. 세상에서 가장 느린 것은?
미워하는 사람이 좋아지는 데 걸리는 시간,
사랑하는 연인을 기다리는 시간,
백수로 있을 때 아무리 자고 또 자도 가지 않는 시간,
용서하는 시간, 그리고 나 자신을 아는 데 걸리는 시간.

J. 하비스: 승자는 시간을 관리하며 살고,
                패자는 시간에 끌려 산다.
아뷰낭드: 세월은 누구에게나 공평하게 주어진 자본금이다.
            이 자본을 잘 이용한 사람에겐 승리가 있다.

환자: 아픈 이를 빼는 데 얼마입니까?
치과의사: 5만원입니다.
환자: 단지 몇 분 동안 하는 일인데 5만원이라고요?
치과의사: 원하신다면 더 천천히 할 수도 있어요.

키케로: 시간이 덜어주거나 부드럽게 해주지 않는 슬픔이란
                    하나도 없다.
이솝: 어려운 일은 시간이 해결해준다.
카네기: 우리는 일 년 후면 다 잊어버릴 슬픔을 간직하느라고
            무엇과도 바꿀 수 없는 소중한 시간을 버리고 있다.
              소심하게 굴기에 인생은 너무나 짧다.
드래커: 계획이란 미래에 관한 현재의 결정이다.
파킨: 지나가는 일은 그것이 쓰일 수 있는 시간이 있는 만큼
                  팽창한다.

까뮈: 최후에 심판을 기다리며 이리 저리 뛰어다닐 필요는 없다.
그것은 날마다 일어나고 있다.

당신이 어디에 있고 어디로 가고 있는지도 모를 정도로
그렇게 빨리 인생을 살지 말아요.
시간이나 말을 함부로 사용하지 말아요.
둘 다 다시는 주워 담을 수 없으니까요. 인생은 경주가 아니라,
그 길의 한걸음 한걸음을 음미하는 여행이라 여기세요.
어제는 역사이고, 내일은 미스터리이며, 오늘은 선물입니다.
그렇기에 우리는 오늘(present)을 선물(present)이라고 말합니다.
ㅡ 코카콜라회장 신년사 중 ㅡ

"나는 해 지는 풍경이 좋아. 우리 해지는 거 구경하러 가."
"그렇지만 기다려야 해."
"뭘 기다려?"
"해가 지길 기다려야 한단 말이야."
ㅡ 어린왕자 ㅡ

마르티알리스: 어리석은 사람은 '나는 내일에 산다'고 말한다.
그러나 현재도 너무 늦은 것이다. 현명한 사람은 과거에 산다.

잠 못 이루는 사람에게는 밤은 길고
지친 나그네에게는 지척도 천리. ㅡ법구경

과거는 당신 앞에 있고 미래는 당신 뒤에 있다. ㅡ인디언 격언

※ 시간
친절하기 위해 시간을 내라.
행복으로 가는 길이다.
꿈을 꾸기 위해 시간을 내라.
뜻을 품는 것이다.
사랑을 위해 시간을 내라.
구원받는 자의 특권이다.
주위를 살피는 데 시간을 내라.
이기적으로 살기에 짧은 하루다.
웃기 위해 시간을 내라.
영혼의 음악이다.
- 하루를 살아도 행복하게/ 안젤름 그륀 -

거사가 예정 된 아침, 25세의 윤봉길은 담담한 얼굴로
식사를 끝내고 김구 선생에게 말했다.
"선생님, 제 시계와 바꿉시다.
선생님은 조국을 위해 저 보다 더 많은 시간이 필요하니
제 것은 6원짜리고, 선생님 시계는 2원짜리입니다.
저는 이제 한 시간 밖에 더 소용이 없습니다."
두 사람은 시계를 바꿔 찼다.
백범은 목 메인 소리로 "후일 지하에서 만납시다."라고 말했다.

카로사: 영혼이 깃든 청춘은 그렇게 쉽사리 사라지지 않는다.
오스카 와일드: 나이 드는 것의 비극은 마음이 늙지 않고
젊다는 데 있다.

빛을 보기위해서는 눈이 필요하고
소리를 들으려면 귀가 있어야 되지.
그런데 시간을 느끼려면 무엇이 있어야 하나?
그래, 그것은 마음이야.
마음이 없어 시간을 느끼지 못하게 되면
그 시간은 없는 것과 마찬가지란다.
— 모모 중에서/미카엘 엔데 —

※ 생체시계이론이란

생체시계 이론은 동물과 식물의 생리, 행동, 발생, 대사, 노화 등
주기적인 리듬을 담당하고 생체리듬의 주기성을 나타내는 것으로
우리 몸 안의 어딘가에 생체 시계가 있고 사람마다 미리 정해진
시간표에 따라 태어나서부터 죽을 때까지 신체의 성장 및
발달과 노화 과정이 조절되어 노화가 진행된다는 것이다.

키케로: 오래 살기 위해서는 천천히 살아가는 것이 필요하다.

어떤 친구의 장례식장에서 한 친구가 다른 친구에게
"그 친구 얼마나 남기고 떠났나?" 하고 물었다.
다른 친구가 대답 했다.
"모두 다 남기고 떠났네."

노자: 끝을 맺기를 처음과 같이 한다면 실패가 없다
세네카: 인생은 짧은 이야기와 같다.
중요한 것은 그 길이가 아니라 가치다.

나를 길들여줘.
가령 오후 4시에 네가 온다면
나는 3시부터 행복해지기 시작할거야.
그러나 만일, 네가 무턱대고 아무 때나 찾아오면
난 언제부터 마음의 준비를 해야 할지 모르니까.....
– 어린왕자 –

E.B. 브라우닝: 오늘로서 내일을 빛내라!

오늘이 오늘이소서
매일 매일에 오늘이소서
오늘 같이 좋은 날은
저물지도 새지도 말고
날이 샐지라도 매일 같이
오늘이 오늘이소서
–양금신보/ 심방곡(心方曲)
이 노래는 고려 말부터 조선중엽까지 즐겨 불렀던 축가

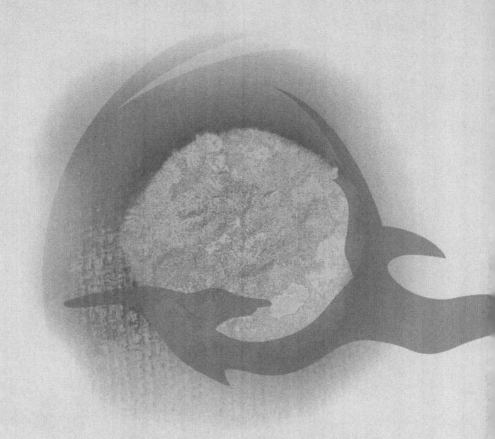

이 대지 위에서 누린
우리의 생은 행복했다

이 대지 위에서 누린 우리의 생은 행복했다.
더 이상 후회가 없다. 호카헤이!
오늘은 죽기에 참으로 좋은 날이다.
ㅡ라코타족 미친말(백인들에게 처형당하면서 남긴 말)

보라! 여기에 디오판토스 일생의 기록이 있다.
그 생애의 1/6은 소년이었고(14세),
그 후 1/12이 지나서 수염이 나기 시작했고(21세),
또다시 1/7이 지나서 결혼했다(33세).
그가 결혼한 지 5년 뒤에 아들이 태어났으나(38세)
그 아들은 아버지의 반밖에 살지 못했다(42세).
그는 아들이 죽은 후 4년 후에 죽었다(84세).
ㅡ디오판토스(고대 그리스 알렉산드리아의 수학자)의 묘비명

아무것도 보지 않고,
아무것도 듣지 않는 것만이 진실로 내가 원하는 것이라오.
그러니 제발 깨우지 말아다오. 목소리를 낮춰다오.
ㅡ 미켈란젤로의 묘비명 ㅡ

돈키호테;   미쳐서 살고 깨달아서 죽었다.
모파상;   나는 모든 것을 소유하고자 했지만
             결국 아무것도 갖지 못했다.
박수근: 천당이 가까운 줄 알았는데, 멀어 멀어…….
걸레스님 중광: 힘든 세상 힘들게 태어나 힘들게 살다가
             힘 빠져서 이제 가노라! 괜히 왔다 간다.

나는 아무것도 바라지 않는다. I hope for nothing.
나는 아무것도 두려워하지 않는다. I fear nothing.
나는 자유롭다. I am free.
- 니코스 카잔차키스 묘비명 -

※ 한 코미디언의 유언

미국 뉴욕에 살던 한 코미디언이 죽기 전에 이러한 유언을 남겼다.
"내가 죽고 난 후 나의 시체를 대학의 해부 실험용으로 기증하겠습니다.
특별히 대학 중에서도 꼭 하버드 대학으로 보내주시길 바랍니다.
왜냐하면 이것이 내 부모님의 소원을 풀어드릴 수 있는
유일한 방법이기 때문입니다.
내 부모님의 평생소원은 내가 하버드 대학에 입학하는 것이었는데,
내가 하버드에 들어갈 수 있는 방법은 이 길 밖에 없습니다."
평생 동안 다른 사람들을 웃기며 살았던 그의 마지막 순간이었다.
그는 가쁜 숨을 몰아쉬면서 이어서 이런 말을 남기고 세상을 떠났다.
"죽음은 역시 고통스럽습니다."

어느 코미디언의 묘비명? "야! 웃지 마. 이건 진짜야."

프랭크시나트라: 최상의 것은 앞으로 올 것이다.
스탕달: 살았다, 썼다, 사랑했다
키츠: 여기, 이름을 물 위에 새긴 사람이 잠들다.

너는, 흙에서 난 몸이니 흙으로 돌아가기까지 이마에 땀을 흘려
야 낟알을 먹으리라. 너는 먼지이니 먼지로 돌아가리라. -구약성경

말 많은 한 정치인이 죽기 전에 이런 말을 했다.
"내가 죽거든 내 묘비에 이렇게 써줘.
난 오직 민주화투쟁을 위해 헌신했으며 법을 통해 약자의 편에
서서 봉사하려 노력했고 청문회를 통해 재벌들의 비리를 파헤치려
했으며, 순간의 인기를 얻으려고 하지 않았고 먼 장래를 위해
일했으며 그로 인해 나의 인기는 바닥이었지만 그래도 나의 뜻을
후세가 알아줄 것이라고 또 열심히 끝까지 노력하다가
여기 잠들었노라."
이 말을 가족으로부터 전해들은 석공은 너무 난감했다.
묘비에 새기기엔 너무 긴 글이어서 이렇게 적었다.
"마침내 영원히 입 다물다."

※ 알렉산더의 유언
알렉산더는 자신이 아킬레우스의 후손이며 태양의 아들이며
살아있는 신을 자처하였다.
그러나 그는 열병에 걸려 죽음을 맞게 되자
이런 유언을 남겼다고 전한다.
"내가 죽거든 관에 구멍을 내어 내 양팔을 내 놓도록 하라.
그리하여 나 알렉산더도 죽는다는 사실을 만민이 보게 하라!"

조지 버나드 쇼/ 법정 스님: 우물쭈물하다 내 이럴 줄 알았다.
아펜젤러: 나는 섬김을 받으러 온 것이 아니라 섬기러 왔습니다.

테드터너: 깨우지 마시오!
데카르트: 고로 여기 이 철학자는 영원히 존재할 것이다.
노스트라다무스: 후세 사람들이여! 그의 휴식을 방해하지 마시오.

링컨: 국민의 국민에 의한 국민을 위한 정부는
          영원히 사라지지 않을 것이다.

  프랑스 당대 최고의 코미디언, 다리우스 워즈니악은 자기 자신뿐
아니라 모든 개그 소재거리를 비하하는 표현으로 사람들을 사로잡았다.
  그의 개그는 언제나 냉철함이 배어 있었지만 동시에 사람들의
  허를 찌르는 솔직함이 있었다. 그랬던 그가 어느 날 돌연사하고
  만다. 수많은 사람들은 그의 장례에 참여하기 위해 몰려들었고,
  그가 남긴 마지막 개그이자 유언이 된 묘비명은 사람들을
          섬뜩하게 하면서 동시에 웃게 만들었다.
          다리우스 워즈니악의 묘비에는
"나 대신 당신이 이 관 속에 들어있었으면 좋겠다"라고 쓰여 있었다.
        - 웃음/ 베르나르 베르베르 -

      갔노라. 그러나 용서하지는 않노라.
  - 생전에 바람을 피웠던 남편의 무덤에 아내가 새긴 비명 -

  어떤 사람이 무덤가의 묘비를 우연찮게 보게 되었다.
  그 묘비에는 3줄의 글이 쓰여 있었다. 첫 번째 줄에 "
  나도 전에는 당신처럼 그 자리에 그렇게 서 있었소!"라고
적혀 있는 것을 보고 그 사람은 픽 하고 웃었다. 두 번째 줄에는
"나도 전에는 당신처럼 그곳에 서서 그렇게 웃고 있었소!"라고
  적혀 있었다. 그는 진지한 태도로 세 번째 줄을 읽었다. "
      이제 당신도 나처럼 죽을 준비나 하시오."

젊고 자유로워서 상상력에 한계가 없을 때
나는 세상을 변화시키겠다는 꿈을 가졌었다.
좀 더 나이가 들고 지혜를 얻었을 때
나는 세상이 변하지 않으리라는 것을 알았다.
그래서 내 시야를 약간 좁혀
내가 살고 잇는 나라를 변화시키겠다는 결심을 했다.
그러나 그것 역시 불가능한 일이었다.
황혼의 나이가 되었을 때 나는 마지막 시도로,
나와 가장 가까운 내 가족을 변화시키겠다고 마음을 정했다.
그러나 아무것도 달라지지 않았다.
이제 죽음을 맞이하기 위해 자리에 누운 나는 문득 깨닫는다.
만약 내가 나 자신을 먼저 변화시켰더라면,
그것을 보고 내 가족이 변화되었을 것을……
또한 그것에 용기를 내어 내 나라를
좀 더 좋은 곳으로 바꿀 수 있었을 것을…….
그리고 누가 아는가? 세상까지도 변화되었을지!
―영국 웨스트민스터 대성당 지하묘지의 한 성공회 주교의 묘비

※ 화장실 낙서
신(神)은 죽었다. ― 니체
니체, 넌 죽었다. ― 신(神)
너희 둘 다 죽었다. ― 화장실 청소 아줌마

삶은 소유물이 아니라 순간순간의 있음이다.
영원한 것이 어디 있는가.
모두가 한때일 뿐.
그러나 그 한때를 최선을 다해 최대한으로 살 수 있어야 한다.
삶은 놀라운 신비요, 아름다움이다.
　　　　　　　　　－버리고 떠나기/ 법정

千年葉

지상이 끝나는 아득히 희미한 곳에
쓸쓸한 휘 바람 불며
파르르 흐느적거리는 몸짓
해거름 따라 한없이 마르고 마른
그 아스라질 듯 한 그리움,
파스락 거린다.

시작인지 끝인지 모를 그 앙상한 가지에
실낱같은 삶의 향기가 흔들거릴 때
영원히 더러운 상념 끊고
싸늘히 흩어진 영혼들
헝클어져 뒹 구른다.

어스름 별빛 새벽침묵이
멧부리 삿갓구름 하늘 끝에 머물러
날빛 흙냄새 나면
천년을 여기에 두고 머무르리라.

그리고
천년을 살고 천년 후에 태우리라.
천년의 노을이 붉게 물들을 때
천년의 마지막 흔적이 되리라.
−1999년12월 어느 날−
− 김형남 −

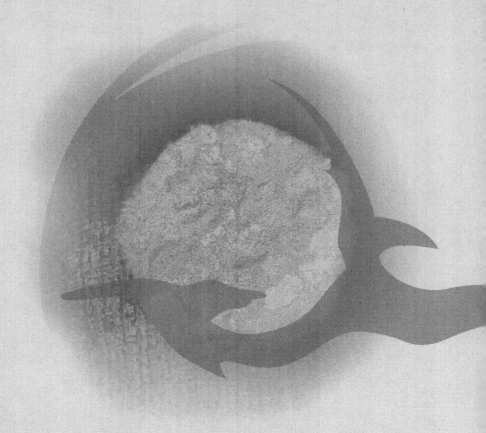

우리에게는
'자연'이란 말이 없습니다

영어의 'Nature'는 인간과 분리된 것들을 가리키는 듯합니다.
우리는 그러한 구별을 인정할 수 없습니다.
'자연'에 가장 가까운 번역어는 '생명을 부양하는 모든 것'입니다.
　　　　　　　　　　- 오드리 세난도어 -

루소; 　　　　　자연은 결코 우리를 속이지 않는다.
　　　　　우리를 속이는 것은 언제나 우리 자신이다.
로댕; 　자연은 언제나 완전하다. 결코 잘못을 저지르지 않는다.
　　　　우리의 입장, 우리의 눈에서 잘못이 있는 것이다.
루소: 　　　　자연을 보라. 그리고 자연을 배우라.
　　　　　자연은 끊임없이 자신을 단련한다.
솔로: 　　　대자연은 인간이 사는 거리와 멀리 떨어져
　　　　　자연만이 혼자 있을 때 가장 번영한다.

프리드리히 니체: 지구는 피부를 가지고 있다. 그리고 그 피부는
　　　　여러 가지 병을 가지고 있다. 그 병의 하나가 인간이다.
　　　　　이 대지는 선조로부터 물려받는 것이 아니라,
　　　　우리의 자손에게 빌린 것이다. 　　-인디언 격언
　　　한 사람이 흙 폭풍을 일으킬 수 있지만
　　　　　그 누구도 멈출 수는 없다. 　-미국농업안정국
프랭클린 루즈벨트: 흙을 파괴하는 나라는 스스로 멸망한다.
너는, 흙에서 난 몸이니 흙으로 돌아가기까지 이마에 땀을
흘려야 낟알을 먹으리라. 너는 먼지이니 먼지로 돌아가리라.
　　　　　　　　　- 창세기 -
괴테: 　　　　　자연의 극치는 사랑이다.
　　　　사랑에 의해서만 사람은 자연에 접근할 수 있다.

제8조   짐승을 잡을 때는 먼저 사지를 묶고 배를 가르며
    짐승이 고통스럽지 않게 죽도록 심장을 단단히 죄어야 한다.
이슬람교도처럼
짐승을 함부로 도살하는 자는 그같이 도살당할 것이다.
– 칭기스칸 대법전 –

H. 베르그송;   생명은 전체로서 하나의 거대한 물결과도 같다.
이 물결은 하나의 중심에서 전파되고 그 원주(圓周) 의 거의
모든 부분에 멈춰 서서 곧장 진동으로 바뀌어진다.

태양은 살아 있는 모든 것들에게 생명을 준다.
태양이 없다면 사방이 캄캄하여, 아무것도 자라지 못한다.
이 대지 위에 생명을 가진 것은 아무것도 자라지 못한다.
이 대지 위에 생명을 가진 것은 아무것도 없게 된다.
그러나 태양이 생명을 창조하려면 대지의 도움을 얻어야 한다.
– 시애틀 추장 –
맹자: 하늘을 따르는 자는 살고, 하늘을 거역하는 자는 망한다.
나폴레옹;   자연은 우리에게 2가지 귀중한 선물을 주었다.
언제 어느 때나 바라는 대로 잠들 수 있는 능력과
과식할 수 없는 육체의 조건이다.
한 해가 시작되었다.
우리 천막 안에도 당신의 마음속에도 새로운 날들이 찾아 왔네.
우리에게 남아 있는 날들이 얼마나 될지는 모르지만
우리는 최상에서 최선을 다해 살아갈 것이다.
후회 없이 이 대지 위에서 생을 마칠 것이다.
– 아시니보인족 –

태초에 세상이 창조될 때 우리에게는 스승이 없었다.
길을 인도해줄 사람도, 학교도 없었다.
우리는 창조의 신에게 눈을 돌렸고, 자연을 공부했으며,
자연을 모방했다. 우리는 자연을 모방해 문명을 건설했고,
자연 속에서 믿음을 찾았으며, 자연을 따라 나라를 만들었다.
그리고 우리의 나라는 수천 년 동안 변함없이 이어져왔다.
오늘날 역사학자들이나 고고학자들은 우리의 역사를 연구하기
위해 땅을 파고 있다. 그렇지만 그들은 어디에서도
감옥과 죄인들의 흔적을 찾을 수 없으며,
정신병원의 흔적을 찾을 수 없다.
자연이 없었더라면 서로 다른 말을 사용하는 수많은 사람들이
글로 쓰인 단 한 줄의 율법도 없이
어떻게 조화롭게 살아갈 수 있었을까?
— 맨 처음 씨앗의 마음으로/ 시애틀 추장 외 —

식물들도 소리와 에너지를 통해 사람의 말을 알아듣는다는 것도
그렇게 우리 사람과 조금도 다르지 않다는 것을 존재 방식만
우리와 달랐지 모두 다 우리와 똑같은 사람이라는 것을 말이야.
삶의 방식이 다른 생명이 아는 것이지.   —세네카 늑대부족

내가보는 모든 것,
내가 생각 하는 모든 것이 조화를 이루기를.
내 안에 있는 신,
내 둘레에 있는 신,
모든 나무를 만드신 이와.
— 차누크 노래 —

마키아벨리: 산을 보려면 들로 가서 우러러 보아야 하고,
들을 보려면 산에 올라 내려다 봐야 한다.
자연과 함께 하는 사람들은 결코 외롭지 않다.
필요한 것만 취하고 대지를 처음 그대로 내버려 두라. ―아라파호

백인들이 레이니어 마운틴을 가리키며 물었다.
"저 산은 누구의 소유인가?"
인디언들은 배꼽을 잡으며 웃기 시작했다.
우리는 우리의 땅을 사겠다는 당신들의 제안에 대해
심사숙고할 것이다.
하지만 나의 부족은 물을 것이다. 얼굴 흰 추장이 사고자 하는 것이
무엇인가를. 그것은 우리로서는 무척 이해하기 힘든 일이다.
우리가 어떻게 공기를 사고팔 수 있단 말인가?
대지의 따뜻함을 어떻게 사고판단 말인가?
우리로서는 상상조차 하기 어려운 일이다.
부드러운 공기와 재잘거리는 시냇물을 우리가 어떻게 소유할 수
있으며, 또한 소유하지도 않은 것을 어떻게 사고팔 수 있단 말인가?
햇살 속에 반짝이는 소나무들, 모래사장, 검은 숲에 걸려있는 안개,
눈길 닿는 모든 곳, 잉잉대는 꿀벌 한 마리까지도
우리의 기억과 가슴 속에서는 모두가 신성한 것들이다.
— 시애틀 추장 —

하늘과 대지를 지으신 이여, 당신은 나이고 나는 곧 당신입니다.
— 나바호족 소녀의 기도문 —

루소: 자연은 군주도 만들지 않고 부자나 귀족도 만들지 않는다.
인간으로서 그리고 시민으로서 어떠한 사람도 자기 자신
외에는 사회에 바칠 재산이란 없다.
그 외의 재산이란 모두 이 사회의 것이기 때문이다.

수도승이 물었다.
"자연의 경이보다 신비로운 것이 있을까요?"
스승이 답했다.
"그렇다. 바로 자연의 경이를 아는 네 지각이다."
- 안겔루스 질레지우스 -

슈바이처: 나무에서 잎사귀 하나라도 의미 없이는 뜯지 않는다.
한 포기의 들꽃도 꺾지 않는다. 벌레도 밟지 않도록 조심한다.
스티븐슨: 세상에서 가장 아름다운 것은 물론 세상 그 자체이다.

마지막 나무가 잘려나가고 마지막 강이 오염되며
마지막 물고기마저 사라질 때,
인간은 그제야 돈은 먹을 수 없는 것임을 깨달을 것이다. - 인디언

"만물의 어머니인 대지를 당신들에게 맡기고 우리는 떠난다.
늦었지만 이제라도 이 세계를 파괴하지 않으면서
당신들 문제에 대한 해결책을 찾아내길 바란다."
- 무탄트의 메시지 -

참고문헌

그래도 계속 가라/ 조셉 M. 미셜

긴장완화 반응/ 허버트 벤슨 박사

나는 현대의학을 믿지 않는다/ 의학박사 로버트 S. 멘델존

내장지방을 연소하는 근육 만들기/ 이시이 나오카타

노화와 생명의 수수께끼/ 마크 베네케

놀라운 회복(Remarkable Recovery)/ 마크 이완 바라쉬, 카일 허쉬베르그

눈물에 대한 8가지 약이 되는 이야기/ 제프리 A. 코틀러

마음에는 평화 얼굴에는 미소/ 탁닉한

마틴 루터 킹 자서전/ 클레이본 카슨

몸과 마음의 관계/ 린다 와스머 스미스

몸이 원하는 장수요법/ 이시하라 유미

무소유/ 법정

백과사전 자연의학/ 마이클 T 머레이, 조셉 E 피조르노

병을 부르는 말 건강을 부르는 말/ 바바라 호비맨 레바인

산다는 것과 배운다는 것/ 가또 다이조

생로병사의 비밀/ 오타 유키코

여덟 가지 행복한 마음/ 조셉 머피

왜 인간인가/ 마이클 가자니가

음악과 상상력/ 아론 코플랜드

인간과 유인원, 경계에서 만나다/ 제인구달 & 루이스리키

인간은 왜 병에 걸리는가/ 랜딜 프네스, 조지 윌리암스

인간이란 무엇인가/ 파스칼 피크 장디디에 뱅상

조화로운 삶/ 헬렌 니어링과 스코트 니어링

즐거워서 웃는 게 아니라 웃어서 즐겁다/ 마이클 T 머레이

지구에서 웃으면서 살 수 있는 87가지 방법/ 로버트 풀검

치유의 기술/ 데이비드 스페로

캐서린 제이콥슨 라민/ 당신의 뇌를 믿지 마라

항암제로 살해당하다/ 후나세 순스케